GOSICK

ゴシック

BLUE

角川書店

CONTENTS

装画　カズモトトモミ
装丁　大武尚貴

世界はふたたび、緑につつまれ、美しいものになりました。そして、あの火事に焼かれなかった深い森の中では、ひとりの女とひとりの男が目をさましました。そのふたりの人間は、オージンがそこへかくしておいて、「神々のたそがれ」と言われるラグナリョークのあいだ、寝かせておいたものでした。

――『北欧神話』岩波少年文庫
P・コラム作　尾崎義訳

CHARACTER

ヴィクトリカ・ド・ブロワ――超頭脳〈知恵の泉〉を持つ銀髪の美少女。ヨーロッパの小国ソヴュールより戦火を逃れ、一弥とともに新大陸・ニューヨークに渡る。

久城一弥《くじょうかずや》――留学生時代にヴィクトリカと出会い、以後、行動をともにする東洋人青年。

ボンヴィアン――大富豪ラーガディアの孫で、大人気アメリカンコミック〈ワンダーガール〉作者・ボン&クーの作画担当。おかしな星条旗模様のスーツを着用。

クードグラース――ボンヴィアンの相棒で、〈ワンダーガール〉作者・ボン&クーの脚本担当。

ラーガディア――65年前にニューヨークに渡ってきたイタリア系移民で、煙草産業で財を成した女傑。世界一の高層タワー〈アポカリプス〉のオーナー。

ジョーイ――イタリア系移民。〈アポカリプス〉でシェフとして働く。

メアリ――市長から勲章をもらった女性消防士。

トロル――小柄ながら立派な風采の、謎の名士。

ロバート・ウルフ――自動車王。〈デイリーロード新聞社〉を買い取った。

ベッツィ――ラーガディアと移民船で乗り合わせた赤子連れの女性。

武者小路瑠璃《むしゃのこうじるり》――一弥の姉。国際警察機構に勤める夫についてニューヨークにやってきた。

〈ワンダーガール〉登場人物

ワンダーガール――惑星国家〈ワンダースター〉から地球にやってきた元気な女の子。銀髪をたなびかせ勇気りんりん、〈バビロンシティ〉にはびこる悪を倒す。

リンリン――小柄な中国人少年。ワンダーガールの相棒。

グリムリーパー――悪人を操り、〈バビロンシティ〉を恐怖に陥れる悪の首領。

プロローグ

〈ワンダーガール〉第一話
絵&作　ボン&クー
「コミックマンハッタン」
――一九二九年一月号

終末の空が赤銅色に――

燃えている。

沈むことをやめてしまった燃えかすの太陽が、夜か昼かもわからない鉛色の空の半分近くを覆い尽くして、錆《さ》びたような永遠の夕暮れ色に光っている。

海岸も荒れ果て、暗い水平線が太陽に溶かされたように不気味に滲《にじ》んでいる。ねっとりとうねる波は、まるでおおきな生物の断末魔の呼吸のようにぐったりと寄せて返すばかり。

固い塩の層が海岸線に続いている。空を反射し終末の赤に染められている。

ワンダースターの最期の時が迫る。

あれほど高度に発展した文明を持つ、そして平和な理想国家が――。豊かな緑と豊富な資源を持つおおきな星が――。誇り高き女王陛下に統治された、宇宙一の惑星国家ワンダースターが――。

しかしそれは誰の責任でもないのだ。ただ時が過ぎたというだけ。平和と繁栄の中で長い時が流れ、気づけば星の寿命の終わる瞬間が迫っている。

……死の時が。

気味の悪い緑の苔《こけ》に覆われた王家の丘。神殿の残骸《ざんがい》が巨大な太陽の燃えかすを反射して恨みがましく光る。時折、海からの臭気のこもった風が吹くほかは音も気配も動きもない。

この星は、今まさに、死んでいくところ。

巨星、ついに墜《お》つ……。

……神殿の倒れた柱を押しのけるように、何者かが姿を現す。大きく立派な柱を、細い片手でおどろくほど軽々と持ちあげて……。銀色に輝く長い髪をした、まだ十代前半と見える、人形のような体つきをした、華奢《きやしや》で小柄すぎるほどの少女だ。衣服は身につけず、青白い裸を寒々とした滅びの風にさらすばかり。

少女は鼻っ柱の強そうな顔つきをしている。

太い柱を片手にしたまま、しばらくじっとしていたが……。

〈フンッ！〉

折れそうに華奢な様子には似合わぬ、元気いっぱいの鼻息もろとも、ふいに赤い空高く放り投げてみせた。

柱はおどろいたようにぶぅんっとしなり、棒っきれの如く飛んでいく。鉛色に沈む海に落っこちて、汚い色の飛沫《しぶき》を上げる。

少女は不満そうな、不機嫌そうなふくれっ面で辺りを見回す。

母なる惑星の惨状にまるで納得していない様子だ。子供らしいまっすぐな怒りが浮かぶ。

鉛色の波が寄せては返す。

と、そのとき……。

〈――ワンダーガール!〉

背後に立ったおおきな人影が話しかけてくる。少女――ワンダーガールが振りむくと、銀の髪がマントのようにはたはたとはためいた。

よく似た銀の髪をなびかせる、大人の女――繁栄惑星ワンダースターの最後の女王、ワンダークイーンが立っている。

凛々《りり》しく素晴らしい容姿と威厳を誇ったクイーンも、今では片腕がもげ、立派な王冠もなくし、おおきな乳房と引き締まった腹、立派な尻《しり》を誇るボディも片側に傾いたままだ。

〈おかあさま!〉

少女が呼び返し、ついで悲しみとふがいなさに顔を歪ませる。

二人の銀色の髪が絡まりあい、滅びの風にたなびく。鬣《たてがみ》のようにぎらぎら光る。

〈行くのです、ワンダーガール。かけがえのない王女……。未来の希望の娘《ガールオブトゥモロー》よ!〉

〈行くっていったいどこへ? おかあさま。女王陛下。だって我々の星はもう燃え尽きてしまう。希望もまた……。生まれ育った大地がっ。星がっ。思い出がっ。そして未来が……。あた

し、悔しい……！〉

〈未来はあるわ！〉

〈どこに？〉

〈空の――彼方《かなた》に！〉

　ワンダークイーンが空を……燃え尽きる太陽の、もっと先、宇宙の彼方のどこかを指さす。指が何本ももげてしまっている手がブロンズ色に輝く。

〈お聞きなさい。この星は終わりの時を迎え、国土は燃え、文明は滅び、我々の民ももうどこにもいない。でも、ワンダーガール。あなたは生きているわ。年若いあなたの手を離し、一人旅立たせるのは不安よ。でも、あなたならきっとできると信じてる。ワンダースターのつぎの女王になるはずだったあなたになら、未来さえひれ伏すことでしょう！〉

〈でも……〉

〈宇宙の彼方には、ワンダースターとよく似た、そしてずっと未熟な、おおきな青い星があると博士から聞いたことがあるわ。あなたはこれからその星に旅立つのです……〉

〈おかあさま……〉

〈ブロンズ製の丈夫なボディに、百万馬力の力持ち！　心は優しく、体は強く！　あなたなら新しい世界に行っても、人々を助け、良き娘として生きていけるはず。……さぁ、博士の作ったカプセルにお乗りなさい！〉

〈おかあさまも一緒でしょ？〉

〈えっ？　……えぇ、そうねぇ……〉

不安な顔をし始めた少女を見て、クイーンはゆっくりとうなずいてみせた。それから目を逸《そ》らした。

海岸線に白い細かな雪片が舞い始める。それも太陽の腐りかけの色を反射してところどころ赤く染まって光る。

青白い彗星《すいせい》が空を幾つも流れては、消える。

空の海を渡ることのできる機械の巨大グモ。海藻と苔にまみれたボタンを押すと、コックピットのフタが開いた。クイーンはちいさくて丈夫で力持ちの娘をぐいぐい押しこむと、

〈その星の名前をあなたに教えましょう〉

〈ええ。……ねぇ、おかあさまはどこに乗るの？〉

〈後ろに乗るから！　ほら早くなさい！〉

〈はっ、はい〉

〈……私も乗るというのは嘘よ。一人乗りカプセルだもの〉

〈ちょっ、待って……。一緒じゃなきゃ！〉

〈大丈夫よ。あなたはもう立派な大人だから〉

クイーンは努めてさばさばと言い、コックピットのフタを下げて娘の頭を押しいれる。

〈おっ、おかあさま。いやだってば……〉

〈ワンダーガール！　けっして忘れないで。自分の強さを……。そしてその力をなにに使うかを〉

〈これでお別れなんて嘘でしょ。いままでずっと……。ワンダースターの最期の時にだって…

……〉
〈自分の力を正しいと信じることにお使いなさい！〉
〈おかあさま！〉
〈青い新しい惑星の名は――〉
〈おかっ〉
〈――地球《ブルースター》！〉

おおきな音を立ててコックピットが閉まる。

ワンダーガールの視界は、巨大グモ型一人乗りカプセルの、苔に半ば覆われたガラス窓だけになってしまう。

空高くにカプセルが飛び立つ。

あわてて振りむく。

ガラス越しに見えるのは、たちまち遠ざかっていくワンダースター……。母なる文明惑星……。

と、裸の少女の目の前で真っ二つに割れて燃え始める。またたくまに燃え尽きて、黒く冷えたおおきなカタマリに変わっていく……。

〈いやっ……。ワンダースターが！　ワンダークイーンが！〉

少女は銀の髪を震わせて唖然《あぜん》とする。

それから正面の窓をゆっくりと見る。

燃え尽きようとしている巨大な太陽の横を通り過ぎて、カプセルは暗い宇宙空間をどこまでもどこまでも飛び続ける。

さて、どれぐらい時が経ったか——。

目の前に……。

青くてきらきらした惑星が現れる。みずみずしい海のうねり。模様を描く白い雲。大地の豊かさ。新しい世界の持つ命の輝き。明るい青。若い青。未熟の青。なんときらめいて眩《まぶ》しいことか！

一人ぼっちで泣いていたワンダーガールも、ようやく顔を上げ、その星を見る。

驚き。そして新鮮な感動が胸いっぱいに広がっていく……。

〈あぁ、これが……〉

さくらんぼみたいな唇を開いて、低く、

〈……地球っ!?〉

ブロンズボディに百万馬力の勇猛果敢な少女——ワンダーガールを乗せたちいさなカプセルが、宇宙空間を旅して、ぐんぐん……新しい星《ブルースター》の青い海に……未来に……落ちていく……。そして……。

——ザバーンッ！

と、アメリカ合衆国の東端にある小島型ネオ発展都市〈バビロンシティ〉の沖に、おおきな波しぶきが上がったのである。

——〈以下次号!〉

一章　狭間の海

1

一九三〇年夏――。

沈みゆく旧大陸と希望の新大陸のあいだに広がる灰色の海。風は凪《な》いで、時折、気味の悪い形をした渡り鳥が、不吉な伝令を咥《くわ》えた使者のようにゆっくりと行きすぎる。

おおきな移民船が揺れながら海を渡っている。

二度の世界大戦《グレートウォー》を生き抜いた古い古い船。初めは艶《つや》めいていたであろう外壁も、今では砂の船の如くざらついた色に変わっている。

ボロボロの甲板を疲れた顔の船員たちが行き来する。

きしむ階段を降りると、痩《や》せた鼠が何匹も走り出てくる。食堂の椅子では汚れたエプロン姿のコックがぼんやりしている。桶《おけ》の中には汚れた皿が山と積まれている。

廊下には船酔いによる嘔吐《おうと》物の匂いが立ちこめている。船倉は三等船客の共同寝室を兼ねており、藁《わら》布団が敷かれている。こめかみに巻き髪を垂らしたユダヤ人の男に、濃い髭《ひげ》のロシア人に、浅黒い肌のアルメニア人の女に……。さまざまな民族の移民が寄り添いあって眠っている。

出発した時には聞こえていた歌声や、見知らぬ者どうしで交わす話し声も、十日以上の過酷な旅のあいだに消えた。いまでは男たちの鼾《いびき》と子供の泣き声と女たちのひそひそ話。そして祈りの声ばかり……。

希望の新天地に向かうのに、人々の横顔は土気色に変わっている。貧者の船の過酷な日々……。

と、さっきから続いていた赤子の泣き声がひときわ大きくなる。

鼾の一つが途絶えたかと思うと、「……おい！　そのガキをだまらせろっ！」と叱責《しっせき》が飛ぶ。

それでも赤子は泣き続ける。

人々の視線が泣き声のするほうに飛ぶ。

イタリア人らしき若い母親に、もう赤子をあやす元気もないことを見てとる。彼女は臥《ふ》せっているのだ。額からつめたい脂汗を流しながら固く目を閉じて。

その横に……。まだ子供なのか……ちいさな体を毛羽立った粗末な灰色の布で包んで丸くなる何者かがいる。そして寄り添う東洋人の青年のほうも、姿勢を正したまま疲れ切ったように目を閉じている。漆黒の前髪が額を隠している。

と、ふいに……。

夢の中で怒られたのか、青年がびくっと瞼《まぶた》を震わせる。

「父さん……」

青年が寝言を言う。

一章
狭間の海

「ぼくはっ。父さん……。ごめん。でも、ぼくはぼくの道を……っ。選ぶ……」

つぶやきながら、青年――久城一弥《くじょうかずや》はゆっくりと目を開ける。

黒い二つの瞳《ひとみ》が夜を見据える。

ぼやけた視界に、灰色に沈む船倉の空気と、藁布団の山と、さまざまな民族衣装の移民が映る。ここはどこというようにきょとんとする。

と、耳いっぱいに赤子の泣き声が届く。一弥ははっとする。それから隣に丸まっている灰色の布を被《かぶ》った誰かを見下ろして、優しくうなずいてみせる。

……どこからかひそひそ声が聞こえてくる。

「だから……。俺たちの村には、昔……。一族皆殺し事件ってのがあってな。イタリア北部の……コロネア村ってとこさ。六十年以上前かなぁ」

「犯人は捕まってないのかよ？」

「あぁ。……山から国境を越えてきた山賊にやられて皆殺しだったってよ。いや……みつかっていない人もいたな……三十代半ばの子連れの出戻り女が……。おかしなベッツィってあだ名で呼ばれてた女だよ。まぁ美人だったから、子供もろとも犯人一味に連れさられちまったんだろうってさ。で、すぐ殺されたのさ」

「こえぇなぁ！」

「平和な村だったのになぁ。親からよく聞かされたもんだぜ」

一弥は声のするほうを見た。布団の陰で酒盛りをしている労働者風の男たちがいる。彼らの表情も疲れて沈んでいる。

赤子の泣き声がますます大きくなる。

男たちが顔を上げ、苛立《いらだ》ったように、

「ったく、うるせぇなぁ！　眠れやしネェだろ！」

「まったくだよッ！」

「そのガキをだまらせろ！」

一弥のかたわらに丸まっていた灰色の布がうごうごとうごめいた。

と、奥から……まるで夜に光る流星群のような銀色の髪が覗《のぞ》いた。ランプの光を、ところどころ溶けるような金色の輝きで照りかえしてもいる。男たちがギョッとしたように凝視し始めた。

猫か、いや、ちいさいがもっとずっと獰猛《どうもう》な……獣に喩《たと》えるなら、豹《ひょう》か狼か……不気味にぎらぎら光る緑の目が二つ、布の奥で瞬きした。泣き声のするほうをみつめる気配がする。

と、母親が身動きした。

「誰かこの子、を……。この子を……」

男たちがあきれて顔を見合わせる。

「おいおい、知らない誰かさんが世話をしてくれるとでも思ってんのか？　そんな余裕があるわけないだろッ！」

「みんなぎりぎりなのさ！　新天地でどんな生活が待ってるかわかったもんじゃねぇ！」

「だ、誰か……」

そのとき、灰色の布の奥から、ちいさくてぷくぷくしているのに、奇妙なほど青白い手が現れて、若い母親に向かって伸びた。

母親は意識がだいぶ混濁しているようで、不気味な二本の手を畏《おそ》れることなく、

「あなたは……神さまですか……？」

「いや！」

おどろいたように、布の奥のちいさな人物が言う。

まるで百年の時を生きた老人のような、暗く重たく恐ろしいしわがれ声だった。男たちがぎょっとする。男か女か、子か老人か、国籍もわからない謎の声が続ける。

「……わたしは、その……むしろ逆の存在と言えるだろう、君」

「あなたが誰でもかまわない……」

「むっ？」

「この子の父親が私たちの到着を待ってくれている……。陸地に着きさえすれば……。父親がいて……。家もあり……。この子の新しい生活が始まるのに…………。だから、お願い……」

若い母親はつぶやくと、力尽きて目を閉じた。

布の奥の、子供か大人か、若いか年老いているのか、男か女か、人か獣かもわからぬ、恐ろしげな気配の生き物が観察し続けている。優しさも人間らしい戸惑いも感じられない。弱りきった母親と泣くばかりの赤子を、今度こそ餌として食べてしまうのか……？

青白いぷくぷくの手が虚空で止められる。

船倉の人々もそれきり黙りこんだ。寝転び、座りこみ、互いの肩にもたれ、目を閉じる。疲れきって静止する。終末世界を描いた中世の絵画のように誰も動かなくなる。物音一つしない。

貧しい船が揺れる。

波が高くなったようだ。

船は行く。

灰色にけぶる古い海を分けて、新天地に向かう。

その姿は傷んで、暗く重々しく、まるで旧世界の怪談に登場する巨大な棺桶船のようでもあり、中世の言い伝えにある、罪人を乗せて海に捨てられた阿呆船《あほう》のようでもあった。

船は――行く。

古い世界を抜けだした移民にはもどるところなどないのだった。海を進むしかないのだ。

空に黒い夜が立ちこめていった。船を覆いつくし、海を染め替えていった。


――時は、二度目の世界大戦《グレートウォー》終結からまもない夏。

東洋のちいさな島国の少年だった久城一弥は、旧大陸のソヴュール王国に留学し、山奥の学園に隠された図書館塔でうつくしく謎めいた少女ヴィクトリカと出逢《であ》った。明晰《めいせき》な頭脳を持つ伝説の灰色狼の子孫――。だがまもなく世界大戦が始まると、彼女はソヴュール王国オカルト省の重鎮たる父親ブロワ侯爵の手で監禁された。薬物を投与され、世界の戦局を占う〝オカルト兵器〟として酷使されることとなった。一弥は強制帰国させられ、兵士として出征。ヴィクトリカは母狼コルデリアの助けで父侯爵から逃れ、脱獄し、一弥と再会するために海を越えた……。

そして長い嵐が過ぎ去ってようやく再びともに生きることになったとき、ヴィクトリカと一弥は、またもや運命の歯車に巻きこまれ、新大陸に渡ることになったのである……。

そして船は行く。二つの大陸の狭間《はざま》に広がる海を越え、人々を運んでいく……。

どれぐらいの時が経っただろうか。

灯《あか》り取りの丸窓からスポットライトのように光が射しだす。朝の光が再びやってくる。倒れ伏していた移民たちが目を覚まし、よろめいて立ちあがる。

船の速度が落ちていく。

エンジンが怪物のような咆哮《ほうこう》を上げる。

一人が母国語で叫ぶ。

と、ついでさまざまな言語で声が上がる。

「着いたぞ！」

「着いた」

「到着だっ！」

と。

眠っていた人々も一人また一人と顔を上げ、立ちあがろうとする。一弥もまたはっと目を覚まし、瞬きする。隣の灰色の布を被った謎の人物をそっと揺すってみる。

すると老女の如きしわがれ声が、不機嫌そうに、

「……なんだね？」

「新大陸に着いた！」

「……うむ、そうか」

布を被ったまま、ちいさな人物もゆっくりと立ちあがる。

階段をつぎつぎに駆けあがる移民たちについて、二人も甲板に向かう。周囲にたくさんの足音が響いている。互いに足を踏んでしまい、壁に倒れかかり、頭もぶつけあい、それでも気にせず、ひたすら歩を進める。

外に出ると、朝の気持ちいい空気で肺がいっぱいにふくらんでいく。旧大陸の国籍豊かな人々があふれ、お祭り騒ぎになっている。さまざまな民族の言葉と習慣で、歌い、踊り、しゃべり、笑いだす。

「ほら！」

「自由の女神だッ！」

つぎつぎに指さしてみせる。

二人も手を繋《つな》いで眩《まぶ》しげに見上げる。切れ長のエメラルドグリーンの瞳と、漆黒のぱっちりした瞳が同じものをみつめる。

海の色も青く変わっている。

朝の光に照らされて、〈自由の女神〉像がたったいま高らかに手を挙げたように炎を掲げている。頭に王冠を戴《いただ》いた若くて勇敢な女。おおきな乳房と引き締まった腹、豊かな臀《でん》部。巻き毛もつやつやと背中に垂れる。希望を、未来を見据える新大陸の巨大な門番……。

女神の台座に彫られた文言こそは、今や〝世界一有名な詩〟と言えた。移民はたいてい暗記しているものだったから。字を読める者も、読めない者も。英語を解する者も、わからない者も。辛《つら》い旅路のあいだ、心の中でひたすら繰りかえしたからだ。
誰からともなく大声で唱え始める。
甲板はたちまち、英語、フランス語、ドイツ語、イディッシュ語、イタリア語、ギリシャ語など……さまざまな言語による大合唱になる。

「古き大陸の神々よ、かつての栄華を誇るがよい。
そして我に与えたまえ！
疲れ、貧しき、古き人々の群れを。
荒れ果てた岸辺に倒れ伏す、屑《くず》の如き惨めな死にかけの民を。
家もなく、嵐に玩《もてあそ》ばれるだけの魂を。
彼らが遥《はる》かな海を渡ってくれれば、
〈青い門《ブルーゲート》〉をくぐり、希望の灯火を手にする。
そして新しい人間となって立つだろう」

とても気持ちのいい風が——びゅうっと吹き抜ける。
詩を唱え終えた者たちの頬に熱い涙が流れ始める。二度目の嵐は終わった。我々はいわゆる神々の黄昏《たそがれ》を生きのびた者たち……。新しい神々によって選ばれし民……。数か月前までは互いに敵と味方だったかもしれないが。かつては敵国の兵として銃を持ったこともあるが。しかし戦いは終わり、敵も味方ももうない。嵐は今度こそ永遠に去った。あぁ、なにもかもがついに終わったのだとも……。だから、新しい世界で、愛しあおう、笑いあおう、今度こそ互いの頬にキスを……。

（……ほんとうに？）

（……嵐は、終わったのか？）

（……二人が引き離されることは、二度とないのか？）

甲板のお祭り騒ぎを続けながら、怪談の棺桶船は、中世の監獄船は、ゆっくりと、新天地――積み荷と労働者と車でごったがえす朝の港に入っていく。

――船倉から大荷物が運びだされていく。移民たちは先を争うように船から下りようとする。一刻も早く陸地に足を下ろさんとはしゃいでいる。

その中で一点だけ動かない影がある。赤子を抱いた若い女……。

灰色の布を被ったちいさな人物が、気づいて足を止め、じっと見下ろす。一弥ももどってきて、膝《ひざ》をついて母親を抱き起こす。

痩せた母親は目を開けたまま事切れていた。青い顔には死神の鎌の跡が刻まれていた。四肢は固まり、皮膚も死に染まって灰色だった。

と、赤子が目を開け、火がついたように泣きだした。

一弥が指を伸ばし、死者の目を閉じさせる。祈りの言葉をつぶやくと立ちあがる。しかし布の奥の人物は動かないまま……。いつまでも母親の顔をみつめている。毛羽立った粗末な布の奥から伸ばされた手が、赤子の熱い額に触れる。火傷《やけど》したようにびくっと震える。

と、一弥が小声で、

「行こう。……行くよ。ねぇ、君！」

次第に子供を諭すような口調になる。相手はあくまでも動こうとしない。一弥は息を吸うと、相手の名前を強く呼んだ。

「——ヴィクトリカ・ド・ブロワッ！」

すると子供のように震えるしわがれ声が答えた。

「久城、だが、だが……」

「その人はもう死んでる！　神の国に召された後だよ！　だから」

「夜明けまでは……まだ生きていた……。たまたま隣りあって旅してきた……。しかし病に倒れたとき、助けることができず……」

「ヴィクトリカ……」

「……久城。君は？」

と、妙に心細そうなヴィクトリカの声がささやく。

一弥もまた戸惑ったように相手を見下ろしている。

辺りには足音と埃《ほこり》が満ちている。我先にと人々が外の世界に出ていこうとしている。かしましく陽気な物音に囲まれている。灯り取りの窓から射しこむ夏の強い朝日が埃をきらきらと照らしだす。

布の奥から響く声が……次第に不機嫌そうな響きを帯び始める。

「すこしばかり変わったようだなぁ？」

一弥も反論する。

「君こそだよ、ヴィクトリカ！　君は、その、ぅん、前とは変わった……。その！　その……」

「なんだね？」

声がさらに不吉に低くなる。一弥は首をかしげて考え、

「えっと……。優しく、なっ……た……？」

ヴィクトリカは布の奥で鼻を鳴らしてみせると、強い口調で続けた。

「ふんっ。慎重に言葉を選んだつもりなのだろうねぇ、君！　しかし久城、君の如き人間の心などこのわたしにはお見通しなのだよ。さては君は、このわたしが……。弱くなったと言いたいのだな。平凡な、善良な女になったと！　そしてそのことにすこしばかり失望しているとでもいおうか！」

布の奥から、老女のように罅《ひび》割れてしわがれた声が響く。

一弥は畏れるようにみつめている。

……粗末な灰色の布がゆっくりと床に落ちていく。

すると素晴らしく光る銀の髪が、夜の色に染まった絹のターバンのように、ところどころ薄い金にもきらめきながらほどけ落ちた。

緑に輝く獣の瞳。形のいい鼻と、さくらんぼのようにつやつやした唇。おそろしいほど整った、ちいさなうつくしい顔――。蒼白《そうはく》で体温をまるで感じさせない。まるで箱に詰められたまま外気に触れることなく千年も過ぎた高価な磁器人形のようなうつくしさ。死のような長い時

間の気配に沈みこんだ無表情。

神々しいが気味悪くもある姿——。

一弥は黙って、ヴィクトリカ・ド・ブロワをじっとみつめた。

布の奥に隠す必要を感じさせるほどの、この世のものとも思われぬうつくしさはどこも変わらないが、しかし……。投与され続けた薬物の副作用なのか、それとも……。肌は青白く、前よりも痩せて見える。それに……エメラルドグリーンの瞳にはかすかにやわらかい光も垣間《かいま》見える。

一弥はいまさらながら、美と、得体のしれぬ闇と、嵐が及ぼした変化と、それに……旧世界の不思議なものの気配を感じながらヴィクトリカを観察した。

迷うように黙ってから、ううん、と首を振る。

「……ちっ、ちがうよ！」

「むっ？」

ヴィクトリカがほっぺたをふくらませて、むっつりと睨《にら》みかえす。一弥は拳《こぶし》を握って振り回し、

「君はね、ほんとうはちっとも変わってないんだって。ぼくにはやっぱりそんな気がするよ。……ただ、以前の君はどこかに隠れてるんだって。中世の深い森の奥に。二度目の嵐のあいだ、危険な目に遭い続けたから。君ぃ、ほんとうにここはもう安全なのかね、って、森の奥から顔を出してきょろきょろ様子を窺《うかが》ってるんだ。……でしょ、ヴィクトリカ？」

と熱心に言った。

ヴィクトリカの切れ長の瞳が一瞬、さらに不思議な光を帯びた。それから低いしわがれ声をむっとさせ、

「ふんっ！　それより、そういう君こそちょっとばかり変わったようだぞ、久城！」

と言い募り始めた。

「えっ、そう？」

「うむ。だ、だいたいだな、こんなときにいなくなった人のことを思って騒ぐのは、君の役目だったはずだがね？　君こそ、冷淡な、あきらめを知る……大人の男になってしまったのか？いやそれとも……」

ヴィクトリカの緑の瞳と一弥の漆黒の瞳が、視線を合わせる。ヴィクトリカはさらに低い声になり、

「かつての君も……極東の島国にある深い森の奥に隠れているというのかね？」

「えっと、ぼくは……。どうかなぁ」

と一弥は黙りこむ。沈黙が流れる。

それから一弥が、決意を込めたように顔を上げ、また拳を固めて、

「とにかくこの先へ行こう、ヴィクトリカ……。ようやく狭間の海を越えたんだ。船を下りて新大陸に足を踏みだそう。――ぼくたち、二人で！」

ヴィクトリカが瞬きした。

一弥は握った拳を振り上げて、生真面目に、

「なにかがぼくたちを待ってる気がするんだ。冒険かも、危険かも、新しい出会いかも……。

わかんないけど、でも」

「……そうかねぇ、君？」

とヴィクトリカが案外穏やかな声で答えた。一弥を見上げる。

一弥は力強くうんとうなずく。大型トランクを持ちあげる。

それきりもう話さない。以前より長身になった一弥は、両腕と肩に二人分の荷物を持つ。ぷくぷくのほっぺたを青白く染めたヴィクトリカは、見知らぬ赤子を重そうに抱く。

そして階段をゆっくりと上っていく。

2

移民の多くは色とりどりの民族衣装姿で、頭にもカラフルな布や丸帽子をかぶっている。甲板にひしめき、両手に大荷物を抱えて、さまざまな言語を口走りながらタラップを降りていく。

マンハッタン島の手前にあるちいさなエリス島に、アメリカ合衆国移民局がある。詩に詠《うた》われた通りの〈青い門《ブルーゲート》〉が怪物じみた口を開けている。朝から夜までたえまなく到着する移民を忙しく飲みこみ続ける、新大陸のおおきな口蓋《こうがい》……。ヴィクトリカが畏れるように足を止める。一弥はそんなヴィクトリカを叱咤《しった》しながら、列に従って門をくぐった。巨大なバラックのような移民局に入っていく。

登録ホールはガランと広く、ところどころロープで四角く区切られていた。家畜のように詰めこまれ、ひたすら順番を待つ。床は掃除されていないのか汚物まみれで、夏のせいもあって異臭を放っていた。さっきまで歌ったりはしゃいでいた人々も不安げに沈みこみ始める。なにしろ医師や検査官の面接をクリアしなければマンハッタン島に上陸できないのだから。強制送還、措置入院、逮捕勾留《こうりゅう》……。

到着した船の名を記した四角い紙を、ピンで襟に留められる。医師と看護師が、病人をみつけるたびに洋服の肩部分にチョークで病名を書いていく。書かれた者は手で払って消そうとするが、もう手遅れだ。忌避すべき存在だと周りもそそくさと離れていく。文字を書かれた者は悔し涙を浮かべる。ほどなく係員がやってきて列から引きはがし、連行する。入院か送還か。ともかく彼らは新しい土地を踏むことができない。

列はじりじりと進んでいく。

一ブロック進むのに何時間もかかる。

夏の朝だったのにいつのまにか昼になり、午後を過ぎる。人々は汗を浮かべ並び続ける。

一弥は姿勢を正してビシリと立っている。傍らのヴィクトリカは赤子を抱いてうつむいている。

医師が足早に通り過ぎようとし、ヴィクトリカに目を止めた。青白い肌と震えている指に気づき、眉《まゆ》をひそめる。

一弥が緊張する。と、医師がつめたい声で、

「君っ？　薬物の経験があるな？　指の震えが証拠！　禁止薬物の重度中毒患者か！」

ヴィクトリカは顔を上げる。強情そうに顎《あご》を引き、

「……ち、ちがう」

「こらっ、顎を上げろ！　目をよく見せろッ！　白目の奥まで！　口を開けて！　ちゃんとこっちを見なさいッ！」

赤子を抱いたまま、ヴィクトリカが全身かちかちに固まる。医師は続けて、

「新世界には、チフスなど伝染病患者、病弱や不健康が原因で経済的女性《フェミナエコノミカ》として働けない者、重度アルコール中毒患者、薬物中毒者は入れない決まりだ！　我々の国に必要なのは、健全で善良な精神と健康な肉体を持つ市民であり……」

目と喉《のど》の奥にぶしつけにライトを当てられる。看護師が足早にやってきて補佐する。

ヴィクトリカの周りからも人々があわてて離れていく。

一弥が焦って「いや、この女性は、健康で……っ」と庇《かば》うが、看護師に「離れなさい！」と叱責されてしまう。

そのとき……。

「なんだよぉっ！」

と、離れたところから若い女の喚《わめ》き声がした。みんなおどろいて振りむく。

真っ赤な口紅を塗った若い女が、荷物を投げまくりながら叫んでいた。屈強な体軀《たいく》の職員が取り押さえている。

「なにが悪いってんだっ！　あたしにゃ船に乗るお金がなかったんだよ！　だけどどうしても……。わかるだろ？　あんただってわかってんだろ！」

「あきらめなさいッ！　船内でのことは報告されている。不品行な女はマンハッタン島に上陸できない決まりだ。送還される！」

「ひどいじゃないか！　あたしがどんな悪いことをしたってんだい。女一人でほかにどうやって稼ぐんだよ！　船の中で商売してなにが悪いのさ？　あたしだって根っから悪い人間じゃない！　ちくしょう、神さまならわかってくださるだろうに！」

「じゃあおまえの神と話せッ！　こっちは規則通りに処理するだけでね。……こっちにこい！」

事情を察した人々のささやき声が響く。女は急にうなだれて悲しげに泣きだし、全力で抵抗しながらも引きずられていく。振り回すトランクの角が子供の頭に当たる。子供がびっくりして叫ぶ。鼻血を出してしまったよう……。医師と看護師が顔を見合わせ、そちらに向かう。

灰色の布にくるまったちいさな女性のことは、それきりうやむやになる。

ヴィクトリカと一弥の周りに人々がもどってくる。一弥がヴィクトリカを庇ってまた寄り添う。

昼を過ぎたころ。ようやく列がまた進んだ。

検査官のデスクの前に出る。

ヴィクトリカが連れてきたイタリア人の赤子が、最初に検査をパスした。父親の身元が確かだという。さきに新大陸に渡り、職を得て家族を呼んだらしい。港に迎えにきていると。

一弥は、出身地、健康状態、身元引受人についての質問に答えていった。「姉とその夫がグリニッジビレッジにおります。夫は政府機関に勤めております。身元を保証してくれるはずです」と説明する。

　ヴィクトリカの審査には……長い時間がかかった。

　検査官が上から下までじろじろ見ると、ため息をつく。

「新しい世界にようこそ《ウェルカムトゥアメリカ》……」

　半信半疑のような顔つきで、ようやく決まり文句を呻《うめ》くように吐き出し、ビザに薄く捺印《なついん》する。しっしっと手を振って追い立てる。

　検査官のデスクを通過すると、つぎの検査官、書記、通訳が並ぶ審査委員会の面接室に通される。

　長い質問の果てに、ヴィクトリカはむりに誓いの言葉を復唱させられる。

「自由の女神の前で、わたしは……誓います。

　新大陸の開拓、発展のために、家庭で、職場で、新しい経済的女性《フェミナエコノミカ》として働くことを……。

　怠惰に過ごす日など一日もありません……。古き邪神を信仰せず、娼婦《しょうふ》にもならず、よき職業婦人、よき家庭人としてまっすぐ前にのみ進みます……」

「よし……」

「アメリカ合衆国に神の祝福を《ゴッドブレスアメリカ》……」

　木の実を詰めこみすぎた栗鼠《りす》のようにほっぺたをまんまるくふくらませ、あまりよくない態度でだが、宣言する。一弥が笑ってはいけないと我慢しているような表情になる。

「ふむ、行きなさい」

「……うう」

ヴィクトリカがふくれたまま、ちょこちょこ歩く。「なにか気に喰《く》わん……」と小声で呻く。

ようやく手に入れた登録カードを握りしめ、だだっぴろく蒸し暑い移民局の建物を出る。

日は陰ってきている。

上陸手続きにほとんど一日かかったのか……。

ヴィクトリカは灰色の布に包まれた蓑虫《みのむし》のような恰好のままだった。赤子を抱いて虫が這《は》う
ようにのろのろと進んでいたが、次第に足が動きづらくなり、やがて完全に足を止めてしまっ
た。先を急いでいた一弥が振りかえって、

「あれ、どうしたの？　早くっ、ヴィクトリカぁ……」

ヴィクトリカはいまや風船のようにぷくぷくに全身をふくらませていた。しわがれ声で唸《うな》る
ように文句を言いだす。

「……君っ、さっきの……〝ふぇみなえこのみか〟とはいったいなんだっ？」

一弥は姿勢を正し、生真面目に答える。

「うーんと、家にいるときは掃除したり洗濯したりして、外ではタイプを打ったりピザを焼い
たりとか、とにかく……一日中よく働くって意味じゃないかな」

青白い顔のまま、ヴィクトリカがむっつりとささやく。

「久城……。しかし、わたしはいちども働いたことがない……。未来を占う欧州の最終兵器だ
ったとき以外はな」

二人はエリス島からマンハッタン島に向かうフェリー乗り場を目指していた。夏の日はどん

どんかたむき、もうすっかり夕方だった。

一弥は両手にトランクを抱えたまま小走りにもどって、ヴィクトリカのちいさな可憐《かれん》な横顔を覗きこみ、力づけるように、

「うん。そりゃぼくも心配だけどさ。いろいろあったけど、こうして二人で無事に新大陸に着いたんだもの。終わりよければすべてよし、ってね。ぼくは一刻も早く仕事をみつけるよ。よーし、がんばるぞっ！」

「……勝手にしたまえ」

ヴィクトリカは遠くを見ながら、むっつりとうなずいた。

マンハッタン島の新しく四角い摩天楼の景色がうっすらともう見えていた。旧大陸とはなにもかもちがう物質的世界《マテリアルワールド》がすぐそこまで迫っている。

ヴィクトリカはごみごみした新しげな景色から目を逸《そ》らし、

「君はせいぜいがんばりたまえよ。しかし……このわたしはだな……。ぜーったいにがんばらない所存だーっ！」

と、赤子を抱いたちいさなマリア像のような姿のまま、妙にきっぱりと宣言した。一弥が不思議そうに、

「……いったいどうしてさ？」

ヴィクトリカが、聞き分けのない子供みたいに地団太を踏みだす。

「だってっ、だーっ！」

「って⁉　なに⁉」

一弥が飛びあがって、足を踏まれる寸前でなんとか避ける。

「入国するとき、恐れ多くもこのわたしにだぞ、働け働けと説教しまくるとは、なにごとだっ！　だんぜん気に喰わん！　ここはっ、なんというっ、国だーっ！」

一弥は口をぽかんと開け、リズム感のなさすぎるヴィクトリカのおかしなダンスを見ていたが、やがてたまらず笑いだし、

「……君ったら、もう。もしかしてさっきのあれを怒ってるの？　あはは〜、ヴィクトリカの大いばりんぼ〜。おおきなこども〜。ちいさいけど〜。……だってね、ここは新しい労働者の国だもの。そう、謎めいた姫君だった君も、これからはですよ、大窯でピザを焼いたり、ビルをまるごとひとつピカピカに掃除したり、おっそろしくよく働く経済的お嬢さんに、なるのかも……いやー、どうかな……。どうもピンとこ、な……。なにかがすごくへんだな……。でもなにがだろ……？　もしかしてなにもかもかしら……？　ってちょっとぉ、聞いてるのぉヴィクトリカぁ？」

ヴィクトリカは緑の瞳を危険に細め、厳かに言いだす。これ以上はないというほど不機嫌そうな面構えで、脅すように、

「知恵の泉が……告げている……」

「どうしてかな、ろくでもないことのような予感がする……」

ヴィクトリカが瞳をカッと見開いてみせる。また不思議なステップを踏みながら、

「わたしは働くべきではない、選ばれた人間なのだと！」

「君が選ばれたの？　今日もこんなにたくさん移民がいるのに？　って、いったい誰にさ？」

「もちろんあいつだとも！」

と、自由の女神像を指さす。一弥は首をかしげ、しばし耳を澄ましてみせ、

「なにも聞こえないよっ」

「……さっき、言ってた、ぞ？」

「うそぉ！」

「断じてほんとうだッ。ともかく、ゆえに久城。新生活の希望にばかみたいに燃えている君が、今日からさっそく二人分、えいこらよっとと働くがよい！　君という男はそういうの案外お好きなのだからね？」

「えっ、そういうの案外お好き？　君、それどういうこと？　……って、あー、よくよくわっかりましたよ！　ヴィクトリカ！」

最初だけは真剣に聞いていた一弥が、だんだんあきれ始めて、

「さては君、嵐の前の学園生活みたいに、また本を読んで、退屈しながら暮らすつもりなんだね？　おかしなおかしな灰色狼さん？　でもなにしろここはアメリカ合衆国……。君だってもう貴族の子弟が集まる聖マルグリット学園の、謎の生徒じゃない……。移民ってのは朝から晩まであくせく働くものと相場がきまってるんだからね、そう、うん……。ぼくすっごくがんばるよ！　すっ……ごく、ねっ！」

と一人でうなずいてみせる。それをヴィクトリカが不機嫌そうにまぜっかえす。

「勝手にあくせくがんばりたまえよ」

「……さては、がんばってるぼくを放置する気まんまんなんだろうね、君」

「だって、だ……。わたしにいったいなにができるというのだね？」

「そりゃあいろいろあるでしょ。だって君は、びっくりするほど頭がいいし、ものすごくおっかないし、すごい子だし。だから、うーんと、たとえばさ……。えっと……。あれ？　たとえば……？　あ、あれっ？」

と笑顔で提案しようとして、一弥が首をかしげる。

ヴィクトリカは毛羽立った布をずるずる引きずって歩きだしながら、「……な？」とうそぶいた。

「新しき経済的大国の住民としてだな、久城、君には馬車馬のように働くのがとってもお似合いだ。だが灰色狼にできそうなことなど思いつかんだろう？　つまり久城、君一人でがんばるべきなのだよ！　往生際の悪い移民船一のポンコツボーイめ！　一方このわたしはな、君が必死で働いて家賃を払うポンコツハウスの玄関ポーチに腰かけ、日がな一日、大都会の空を見上げ、お菓子トルネードの到来でも待つとしよう。だって、なーんにもすることがないのだからな。ふん！　……約束してやろう、君。そのときこのわたしがおどろくほどの根気強さと執念を披露することを！　さぁおののくがいい、ものすごく凡人に生まれた君よ！」

「き、君ってほんとに……。あのねぇっ、上陸そうそう、なにを言いだすんだよ？　誇り高き旧世界の灰色狼が、新世界にきた途端にひまな番犬になるなんてですよ！　まぁ君なら地獄のケルベロス並みにおそろしい門番になるけどさ……。って、そんなの……だいいち！」

一弥が妙にきっぱり、

「退屈で倒れちゃうでしょっ。君ってそういう女の子なんだもの。ぼくは、その……君のこと、昔からよく……知ってる……！」

ほっぺたをすこし赤くしながら、目を逸らす。ヴィクトリカは気づかずむっつりし続けている。

「行くよっ、もうっ！」

一弥はなぜかますます赤くなる。

フェリーに乗りこむ。疲れ切った旧大陸の人々で端から端までぎゅう詰めだった。海を分けて波を乗り越えて、ニューヨークの中心たるマンハッタン島へ。

四角い森のように乱立するビル群。旧世界の荘厳な建物とちがってどれもピカピカで、めいめい思い思いの形と色で空を目指している。島の真ん中に広がるセントラルパークの広大な緑も、旧世界で見慣れたフランス式庭園とちがい、さまざまな木々が好きなほうに生き生きと枝を伸ばしている。車のかしましいクラクションもどんどん近づいてくる。フェリーがそんな新しい景色と音に向かっていく。

新しい国……！

港には出迎えの人々がひしめいていた。薄汚れてはいるが、もとはカラフルな民族衣装に身を包んだ移民とは逆に、茶色や灰色などシックなスーツ、山高帽、ステッキに身を包んだニューヨーカーたち。よく見ると、イタリア系、ドイツ系、アイルランド系などさまざまな顔があるが、遠くからは見分けがつかないほど、新大陸のピカピカの民に変貌《へんぼう》している。

再会の喜び方もさまざまだった。歌い、踊り、抱きあう陽気な国民性。静かにみつめあって涙を流す家族。笑って走っていく若者たち。

一弥の後をついて船を下りたヴィクトリカが、見回すとなにかをみつけ、ずるずると布を引きずって歩きだした。一弥があわてて「君、どこに行くの？」とトランクを引っぱりながら後を追う。

人待ち顔の若い男の前に、布に包まれた蓑虫みたいな少女が立つ。肘《ひじ》に穴の開いたジャケット姿という貧しげな身なりの髭面のイタリア男。その顔を静かに見上げ、ヴィクトリカがなにかを告げる。

と、男は目を見開く。少女が有無を言わせず答える。男は首を一度振るが、あきらめて肩を落とす。ついでがっくりと跪《ひざまず》く。少女が男の額に手をかざす。

男は震えながら赤子を受け取る。ゆっくり抱きしめる。

一弥が追いつく。気づいて赤子と男の顔を見比べる。

「俺の息子……。会いたかったぜ……。新しい世界に、よっ、ようこそ《ウェルカムトゥアメリカ》。うぅ……」

と男が頬ずりする。赤子がうれしそうな笑い声を上げだす。

その様子を、灰色狼があくまでも無表情に見下ろしている。

「……ヴィクトリカ、君って子には、まったくいつもおどろかされるよ！　これだけ人がいるのに、どうして誰があの赤子のお父さんかわかったんだい？」

ヴィクトリカは振りむいた。一弥から褒められたことが意外だったらしく、きょとんとしたが、ついで、氷のように無表情な顔がかすかに輝いた。

久しぶりに見る灰色狼の得意満面の笑みに、従者の胸がかすかに痛んだ。

ヴィクトリカは、ついいままでしょげていたくせに、ちいさな形のいい鼻を指さして胸まで張り、子供のように一心に威張りだした。

「匂いだよ、君！　なにしろわたしは獣なものでね。まぁ新世界では番犬並みの使い道しかないだろうがな！」

「すごいじゃないか。あっ、わかった。もしかして君にぴったりの仕事は人捜しかもしれないね」

と一弥がにこにこする。ヴィクトリカは知らんぷりしてみせ、

「いやだ。そんなめんどくさいことするものか……。わたしは断じてなんにもしない」

「私立探偵はどう？　君ならきっとニューヨーク一の人捜し人に……」

「ばかを言うな、君。このわたしの理想の暮らしは玄関先のちいさな銀色の番犬だと言ったろう」

「え、でも盗まれるものも当面なさそうだし、ぼくんちに番犬はいらないってば」

と言いあいながら遠ざかろうとする。

背後から「おい……。あの、ありがとよっ！」と男が叫ぶ。二人が振りむくと、誇らしげな顔で、

「俺はよ、あのビルで働いてっからさ。困ったことがあったら相談にこいよ。厨房《ちゅうぼう》にいる〝髭のジョーイ〟っていやぁわかる」

一弥がうなずき、指さされたほうを見上げた。

日暮れていく広い空を真っ二つにかち割るような漆黒の高層ビルが屹立《きつりつ》していた。バベルの塔を思わせる尖《とが》ったデザインで、てっぺんには金色の球体。物質的世界を象徴するような黒く

て近未来的なタワー……。

ヴィクトリカが黙って顎を引く。

「――あれが〈アポカリプス〉だ！」

自慢そうにうそぶくジョーイに、一弥がきょとんとして、「アポカリ……プス？　なんですか？」と聞きかえす。男は心底びっくりしてみせ、

「えーっ。おまえ知らねぇのかよ！　って移民してきたばかりだもんなァ……。あれこそ今週完成したばかりの世界一高いビルディング！　ちょうど今夜が完成披露パーティさ。俺ぁ専属シェフの一人に雇われたばっかりなんだ。創業者もイタリア系移民で、イタリア料理の名人が必要なんだってさ。それで収入が安定するから、こいつらを……呼び寄せ……た……」

と悲しげに目を伏せる。

「おおきなタワーですね。旧世界でも見たことないほど高いや」

一弥が感心したように相槌《あいづち》を打つと、男はうなずいた。腕の中にいる赤子に、

「ここまでよくやってきたな、俺の息子よ……。なぁ、おまえはいいタイミングで生まれてきたんだぜ？　そりゃ、辛いことばっかりの毎日で、ようやくニューヨークに辿《たど》り着いたんだろうけどな。そんな苦労ももう終わりさ。これからこの親父が、新大陸で生きる楽しさを教えてやらぁ……。『家族の歴史《ファミリーヒストリー》は最初が大事！』って諺《ことわざ》、あるだろ。つまり今日の行動が肝心だぜ。わくわくするだろ？　……ほら見ろよ。あの光景をよォ」

弾む声に、ヴィクトリカと一弥も、つられてマンハッタン島に目を凝らした。

黒や茶色の建物が建ち並び、暮れかけた日に照らしだされる。

光を晴れやかに反射する新しいビル。戦火に焼かれることのなかった広大な国土。

忙しげな人々の気配……。車のクラクション。新世界の若い喧騒《けんそう》……。

遠くの教会で鳴りはじめた鐘の音さえ、荘厳というよりふざけた子供が鳴らしているように弾んで聞こえる。

男の横顔が夕日に赤々と照らされる。明るく弾んだ声で、

「ここはチャンスと平等の国だぜ！　一生懸命がんばりゃいいことがある。そう信じてみんな働いてるんだ。……あのでっけぇタワーを見ろよ！　あんなすげぇのを建てた大富豪のブルーキャンディ家だって、一代目の〈ラーガディア《小さな花》〉ばーさんが、六十五年前の今日、たったの十五歳でイタリアから海を渡ってきたってんだ。それで今夜、記念に完成披露パーティーをやるってぇわけだ。あっ、俺ももどって料理の指示を出さなくちゃ……。まぁ、つまりよ……」

完成したばかりの高層ビルが夕日に照らされている。天まで届くほどの高さだ。男は空高く遠い場所に憧《あこが》れてやまぬ少年のようにいきいきと、

「ひとりぼっちで海を渡ったちっちゃな女の子でさえ、一代で巨万の富を築くことができるのが新大陸の夢《アメリカンドリーム》ってやつだ。いまじゃ一代目ラーガディアは大富豪だし、二代目の息子〈エミグレ《逃避者》〉はニューヨーク市長！　ま……三代目の孫〈ボンヴィアン《放蕩者》〉はアレだけどよォ……」

となぜか急に顔をしかめる。

それからまた笑顔になり、

「ここは夢見たことが叶《かな》う街だ。まさに新しい世界《ニューワールド》！　俺たちもすげぇがんばるんだぜっ！

な！」

――びゅうっと強い不吉な風が吹いた。

父と息子を見上げるヴィクトリカの銀色の髪と、まとった粗末な灰色の布をたなびかせていく。夕日に照らされて長い髪がところどころ金色にとろけて見える。つめたい緑の瞳と青白い肌には、やはり嵐の苦しみがほの見える。傍らの一弥の黒く短い前髪も揺れる。ぼくががんばらなきゃ、と決意に燃える生真面目そうな表情。しかし積まれたトランクの山がいまにも風で崩れて二人をなぎ倒しそうにも見える……。

暮れかけた空と海が同じ色に染まりだした。波止場に立つヴィクトリカたちの上を鳥が飛びすぎていった。海の真ん中に屹立する自由の女神。つぎつぎニューヨーク港に向かっていく波の大群。空高くから見ると、港は夏なのに寒々と凍っているように見えた……。

〈ワンダーガール〉第二話
絵&作　ボン&クー
「コミックマンハッタン」
——一九二九年二月号

——ザバーンッ！


と、カプセルが派手な水柱を立てて〈バビロンシティ〉沖合の海に落下する。

ワンダーガールを乗せて宇宙空間を旅した巨大グモ型マシン。と、ガラス窓にぴしぴしっと亀裂《きれつ》が入り、音を立てて割れ、海水がコックピットに流れこんで……。

〈きゃーっ！〉

ワンダーガールは生ぬるい海水に翻弄《ほんろう》されて、コックピット内をくるくる回りだした。

背中から壁にぶつかって気絶しそうになる。息をしようとあわてて塩辛い水を飲んでしまう。

ゴホゴホと咳《せ》きこみながら、

〈息が……。息が、できなっ……！〉

一生懸命、目を見開くと、視界は……。

いっぱいに濃い青の海だった！

太陽の光が、水を宝石の塊みたいにきらめかせて眩しかった。きらめく光に向かってワンダーガールは必死で手を伸ばすものの……カプセルと一緒に海底にゆっくり沈んでいこうとしていた。やがてうつくしい光は遠ざかり、辺りは暗くなっていき、海藻と、泳ぎ過ぎる魚の群れと、その奥の底知れぬ闇……。宇宙空間のように真っ暗な場所に……。

〈気が……遠くなる……ぅっ〉

ワンダーガールは目を閉じそうになった。

それからぐっと唇を引き結んで、目を開け、泳ごうとした。一生懸命手足をばたつかせる。百万馬力だから水をたくさんかくことができる。割れたコックピットから抜けだす。溺《おぼ》れそうになりながらも、真っ暗な海底に一度足をついた。そして……ざらざらする海の底を思いっきり蹴《け》って、水中でしっかりジャンプする。

長い銀の髪が背びれみたいにきらきら光る。細っこい体も海の中で眩しく輝きだす。

〈エッ、エイッ！〉

何度も水を蹴る。スピードを上げてぐんぐん上がっていく。

まるで水中に、ここを行けという道筋、まっすぐな穴が空いているように、ワンダーガールは迷いなく上がっていく。生暖かい海水をかき分けていく。やがて光がまた見え始める。洞窟《どうくつ》の出口みたいに丸く輝いている。新しい世界を照らす、若くて健康的な太陽の光……。不安そうに沈んでいたワンダーガールの顔もだんだん笑顔になっていく。

〈えーいっ！〉

おおきな声もろとも、ワンダーガールは光に向かって飛んだ。そして水しぶきとともに海面から飛びだしてきた。

――小島型〈バビロンシティ〉の港の沖合。

遊泳中だったシャチの子供が、びっくりしたように「オゥゥ？」と鳴いて、ビシャリと飛びあがった。

「釣れないなぁ。今朝はまったくだめ……だっ……。わっ？　わぁぁぁっ！」

港の隅で釣り糸を垂らしていた小柄な中国人少年――リンリンが、沖合から近づいてくるものに気づいてポカンと口を開けた。

静かな朝――。喧騒に彩られた〈バビロンシティ〉の人々もまだ眠っている時間。港も静寂に包まれている。

青い海をかき分けて、黒と白のつやつやのシャチが向かってくる。

よく見ると、背に……女の子が乗っているではないか！

銀の髪をなびかせた、リンリンと同じぐらいの齢《とし》のきれいな女の子……！

「えっ？　えええっ？」

びっくりしてるうちにシャチは近づいてきて、目の前におおきな体をどーんとさらして……。

「わぁぁっ、こわい！　こんなおおきな魚なんて釣りたくないよっ。やだよっ、あっち行けってばぁ！」

こわくて目をつぶりそうになる。

と、シャチの背から、きれいな女の子が空中をくるくる回転しながら飛び降りてきたかと思うと、華麗に着地してみせた。銀の髪で細い体が半ば隠れている。髪からも顔からもぽたぽた海水が滴り落ちる。

「ハロー！　ここ、どこ？」

「どこって……。君こそどこからやってきたの？　ここは〈バビロンシティ〉だろ。偉大なるアメリカ合衆国の玄関たる、新しいネオ発展都市さ」

「〈バビロンシティ〉……？」

「うん！　ほらっ」

リンリンは釣り糸をたぐりよせながらさしてみせる。ワンダーガールが空を見上げる。

ビルが林立している。ひときわおおきな未来型タワーが聳《そび》えている。真っ黒で不吉な外見。文句なく立派だが、どこか禍々《まがまが》しくもある高層ビルディング群……。

「ここが新しい星《ブルースター》！　ネオ発展都市〈バビロンシティ〉の海の玄関なのね！」

「そう！　で、そういう君はどこからきたの？　なにをしに？　名前は？」

リンリンが興味しんしんで質問責めにする。するとワンダーガールはぱちぱち瞬きをした。

得意そうに胸を張って、

「あたしの名前はワンダーガールよ！　宇宙の彼方《かなた》の惑星都市ワンダースターからやってきたの。なにをしにって？　それは、えっと……？」

なんでだったっけ、と考えこむ。別れ際のワンダークイーンの言葉をはっと思いだす。ワンダーガールは顔を上げる。今度はすこしばかり自信なさそうに、でも根っから素直な声で、

「正しいと……信じることに、力を使うために……。えっと、きたっ！」

リンリンが差しだしてくれた朝ごはんの饅頭《マントウ》を受け取って、大口を開けてぱくつきだす。リンリンはしばし思案顔をしていたが、「そっか。それなら……」とうなずいた。

「それなら、なぁに？」

リンリンはポールの上ではためいている星条旗を、紐《ひも》を引っ張って下ろして、ちょっと照れながらワンダーガールに渡す。裸なのに気づいて、ワンダーガールはマントのように青と白と赤の星印の布を無造作にかぶった。

リンリンは悲しそうな横顔を見やって、

「君には戦うべき敵がいるってことさ。〈バビロンシティ〉は華やかな街だけど、悪がはびこってて泣いてる人も大勢いる……」

と空を見上げる。

林立するビルと、空を刺すような黒い不吉なタワー……。

朝の風が吹いて、きょとんと首をかしげているワンダーガールの銀の髪と、マント代わりの星条旗をふわふわと揺らしていく。ワンダーガールはかわいらしい唇を開いて、

「えーっ、悪がはびこってるの？　それは、たいへん……っ！」

——僕らの町にやってきたワンダーガール！

〈以下次号！〉

二章　放蕩者登場！

1

空に青白い月が現れる。だが星はまだかすかな光だった。

……ゴーッ……！

薄暗くなっていくマンハッタンの舗道。左右に石造りのビルが建ち並ぶ。外灯がつき始める。スーツ姿の人々がせわしなく行き過ぎていく。地獄に続く穴のような地下鉄の入り口がぽっかりと開いている。……ゴーッ……と不吉な音がする。

と、黒い制服の警官たちが「今夜は地下鉄は閉鎖だっ！」と人々を追い立てる。

一弥は途方に暮れて、

「失礼……。閉鎖ですか？」

警官はいかにも貧しげな東洋人青年を横目で見て、面倒そうに無視した。だが英語を使い慣れた発音に気づくと、いちおう向き直り、

「夕方は戦勝パレードがあったし、な。夜は夜で〈アポカリプス〉完成披露パーティだし。この辺りは道路も交通閉鎖されてる。……どこに行くんだ？」

「グリニッジビレッジです」

「ハァ？　あんなお屋敷街に？　泥棒でもすんのかぁ？」

「エッ。いや、親戚《しんせき》の……姉の瑠璃《るり》の家があるんです。えっと、あるはずといいますか……」

と一弥が自信なさそうになりながら、小声で言う。警官は眉《まゆ》を上げ、

「あるはずぅ？　よくわからんが、どっちにしろ夜中までは動けないぜ。あきらめな！」

「それは困ったな……。連れが疲れていて。とつぜん船旅をさせてしまって、入国審査もたいへんで……」

「ふーむ。それなら教会で休んでいたらどうだ？　炊き出しもやってるぜ」

「なるほど。ありがとうございます」

一弥は帽子に手をやって礼を言ったが、警官は忙しそうに目を逸《そ》らし、つぎの瞬間にはもう貧しげな移民青年のことは忘れてしまう。

「……ヴィクトリカぁ！」

一弥が舗道の隅に積んだトランクのほうに急ぐ。

おおきい茶色のトランク、中ぐらいの黒いトランク、小型のラクダ色トランクを縦に積んだ上にヴィクトリカが座りこみ、従者をつめたく見下ろしていた。

絹糸の如き銀の髪がきらめきながら風に揺れている。光の加減でプラチナブロンドにも見える。毛羽立った灰色の布に包まれてちいさな体がますます縮んでいる。ぷっくりしたほっぺたが淡い月明かりに照らされる。

一弥は漆黒の二つの瞳《ひとみ》を細め、彼のただ一人の姫をじっと見上げた。

相変わらず神々しくうつくしいけれど、ヴィクトリカ・ド・ブロワの姿はやっぱり弱々しく儚《はかな》く見えた。一弥の胸がまたちくっと痛んだ。移民船内での会話も思いだす……。

〈さては君は、このわたしが……〉

〈弱くなったと……言いたいのだな……〉

〈そしてそのことに……すこしばかり失望しているとでもいおうか……〉

一弥は……ううん、ちがう、と首を振った。

（そうじゃないんだ、ヴィクトリカ。ぼくは君が元気で、いまこうしてまた隣にいてくれることが。かけがえのない君が、生きて怒ったりすこしは笑ったりしてくれることが……。どんなにぼくを……。それに、君は、ほんとは、ちっとも……）

と、何度も首を振る。ヴィクトリカが視線を感じて一弥を見下ろす。一弥はつとめてにっこりしてみせると、背伸びをした。ぷくぷくのほっぺたをいたずらっぽくつっついて、

「交通閉鎖らしいよ、ヴィクトリカ！　ぼくたち運が悪いなぁ……。瑠璃の家を探したいのにね」

「む……」

「教会で炊き出しをしてるらしいから、行ってみよう」

「……で、その教会はどこだね」

さてどこかな、と一弥が首をかしげたとき、どこからか夕刻を告げる鐘の音が響いてきた。

一弥は笑って、

「ぼくが推理しますに、あの音のするほうでしょうねぇ？」

「君の推理だと……？　昔は自信満々で怪しげなことばかり口走る中途半端な秀才のカボチャくんだったが、さていまはどうだろうね……？」

と、ヴィクトリカはちいさな声でだが憎まれ口を叩《たた》いた。


……鐘の音を頼りに探しあてた教会は、路地を曲がったところにあった。ゴシック建築の立派な建物で、落っこちてきそうな重たさの十字架が屹立《きつりつ》している。

周囲にはおおきなアパートメントがひしめいている。上空には左右の窓から出るたくさんの紐《ひも》が迷宮的に張り巡らされている。どの紐にも白や茶色やラクダ色の洗濯物がびっしり干されて、モノクロームの万国旗のように風にたなびく。

表通りは立派だったのに、ここは舗装されていないでこぼこ道ばかりだ。張りぼてに描かれた素敵な街を裏側から見たよう……。

表通りにはいなかった貧しげな人々が座りこんでいる。生気のない目つきで見上げてはからかってくるので、一弥はヴィクトリカを庇《かば》って緊張しながら進んだ。

「またきたのかよォ！」

「来る日も来る日も、移民がよォ！」

「仕事だってそうそうねぇってのに！　大戦が終わって以来、人間ばかり増えやがる！」

ぷぅんと酒臭い。腕や足に怪我をした男が多い。

子供の泣き声、母親が怒る声、食べ物と汚物が入り混じる臭気、酔っぱらいの泣きごと……。割れた酒瓶から立ちのぼる刺激臭。

ぱらぱらと雨が降り始める。

一弥は顔をしかめ、おおきな教会の前で立ち止まる。と、路地にしゃがみこんでいた年配の男が顔を上げ、

「なにが〈アポカリプス〉だーッ……！」

と大声を出した。一弥がおどろいて飛びあがる。

「建設中に何十人が落っこちて死んだと思ってんだい！　安い賃金で無茶な作業ばかりさせてよ！　怪我で働けなくなった奴も多いしよォ！　あーあ、移民なんて損なもんさ！　アポカリプスだけじゃあねぇ。表通りのビルディング、道路、地下鉄、公園……。どれもが無名の男たちの血と汗の結晶で――。墓碑銘を刻まれることのない墓石なのさ！」

「あの」

「おまえら、今日ついたばかりなんだろ！」

「え、ええ……」

「どうせよォ！　新世界には立派な舗装道路があって、きらきら続いてると思ってたんだろ！　残念！　ちがうさ。アメリカ合衆国は泥だらけの未開地！　俺たちはボロボロになって、自分の歩く道路を舗装し、自分にゃ住めねぇ立派なビルを作るんだ！」

「……はぁ、炊き出しぃ？　こォの貧乏人がァ！　そんならさっさと奥に行け！　シスターたちがまだいりゃ、固いパンとしょっぱいスープくらいくれるさ」

「炊き出しを……」

そのとき頭上から甲高い叫び声がした。夫婦喧嘩《げんか》のようだ。子供の泣き声も合わさる。はためく洗濯物はどれも古びている。継ぎはぎだらけの服、シーツ、タオル……。汚物の匂いが雨に叩かれ広がっていく。

一弥は一人で教会に入る。シスターの姿を探すがなかなかみつからない。ようやくみつけるが、炊き出しの時間は終わったと言われる。がっかりしていると、誰かの忘れものだけど、と代わりに携帯ラジオをくれた。戸惑いつつもお礼を言い、ヴィクトリカのところにもどる。

表通りでまたトランクを積んで、上にヴィクトリカを座らせる。

そこは派手な煙草屋の前だった――。ガラスのウインドウに〈ミス・シガレット〉という銘柄の箱が華麗にディスプレイされている。青い箱にも壁にも、自由の女神の恰好《かっこう》をした小柄な女が銀髪をなびかせるパッケージ絵がいきいきと描かれている。飾り文字で〈お菓子の代わりにミス・シガレット！〉と洒落《しゃれ》た宣伝文が躍る。

一弥は心配になってヴィクトリカを見上げた。ヴィクトリカは疲れはてて顔色もますます悪く見えた。一弥は焦ってきて「ちょっと待っててね！　どこかであったかいお茶かスープを……」と言い、ヴィクトリカの両手にラジオを渡し、走りだした。

（まずなにか食べるものを……。ぼくがあの子を守らなきゃ……。だってヴィクトリカにはいまぼくしかいないんだ。先生も、友達だった女の子も、もう誰もいない……。ぼくが、ぼくががんばらなくちゃ！）

と心は焦るばかり……。

遠ざかっていく一弥の背中を見送りながら、ヴィクトリカは丸くなった。毛羽立った灰色の布の奥でちいさくなる。そうすると、山と積んだトランクの古さもあいまって、道行く人の目には蚤《のみ》の市で売られる古いガラクタの人形のように見え始めた。

みすぼらしい古びた人形の上に、ぱらぱらっと雨が降る。

月がはっきり見えてくる。不安な夜が始まるところだ。

ヴィクトリカ・ド・ブロワ――。旧世界の命運を握った伝説の灰色狼。欧州最大にして最終の恐るべき人間兵器――。それなのにいまは、なにもかも異なる新世界の名もなき移民の一人――。

無表情のまま、布の奥で宝石のようなエメラルドグリーンの瞳をけぶらせた。すこしだけ動く。銀の髪が夜空の天の川のようにさらさらさらりと流れだす。気まぐれにラジオのスイッチを押してみる。ガーッ……ピィィッ……。と、機械音とともに陽気な若いアナウンサーの声が聞こえてくる。

「さぁて、つぎはみなさんお待ちかねのニュースッ！　ニューヨークっ子なら興味津々の〈アポカリプス〉……」

「なに、アポカリプス？　またこの話題かね」

　ヴィクトリカが鼻を鳴らし、興味なさそうに目を閉じる。

「……は、ニューヨークが誇る世界一の高層タワー！　今夜、完成記念式典が開かれるところだぜぇ！　えっ交通閉鎖で困ってるって？　そりゃ早く家に帰らない君が悪いんじゃないのっ？　なァんてね！　パーティにはニューヨーク中の著名人が集まる予定！　オーナーのブルーキャンディ家は、みなさんご存じのイタリア系移民の美女……いや元美女……？　はは！　女傑のラーガディアばーさんが一代で築いた煙草産業の巨大コンツェルン！　泣く子も黙る大富豪だ！　〝経済的女性の怪物《フェミナエコノミカモンスター》〟ことラーガディアばーさんの口癖は、みんなも知ってるよな？　……せーのっ！」

　スタジオ内で観客が笑いながら声を合わせる。

「『人生はコイントースッ！』」

「『幸運は勝ち取るものーッ！』」

「……〝ふぇみなえこのみかもんすたー〟だと……。気にくわんな」

　ヴィクトリカがつぶやく。銀の髪が絹糸のように細く風にたなびく。灰色の布も風に鈍い音を立てるばかり。

　ラジオが上機嫌で続ける。

「ばーさん、生涯を通じてコイントスで負けたことがないってぇ噂だぜ。ははは！　で、二代目である一人息子エミグレは現ニューヨーク市長！　夫人はブロードウェイの舞台女優の、えーと、なんだっけな……。ははは、まーた忘れちまったよ！　ま、いっか！　ばーさんのいいなりの夫婦でね、そう面白い話題じゃァないさ」

「エミグレ……逃避する者……」

「それより問題は三代目！　そうだよッ、みんなが気にしてるのも、エミグレ市長の息子、放蕩者のボンヴィアンくんだろう？　馬鹿な孫ほどかわいいってのか、女傑ばーさんにも気に入られてるし、ああ見えて若いニューヨークっ子にも人気あるよなぁ！　ボンヴィアンくんはとにかく変わり者で有名！　親父と喧嘩して家出中で、そう……下町のよくわかんねぇ汚ねぇ下宿に住んでるんだよな。〈回転木馬《カルーセル》〉とかいう……。本人がオーナーだって噂もあるが……」

「ふむ？」

「さてさて、話題のボンヴィアンくんもパーティに現れるのか！　くるならくるで、いったいどんな恰好で、どんなおかしな同伴者を連れてくるのかにも大注目ってぇわけだ！　まァ、なにしろ彼は……」

「む……」

「大富豪の実家を継がずに、コミック作家になるなんて馬鹿なことを言いだしたかと思うと、光の速度で名門ニューヨーク高校を中退！　行方不明になったあげく、いまじゃアメリカンコミック最大のヒット作〈ワンダーガール〉作者二人組、ボン＆クーの片割れときたァ！　新世界神話絵巻《アメリカンコミック》……戦争帰りの若者《ニューボーイ》に絶大な人気を誇る新世界ヒーローストーリー《英雄譚》だぜぇっ！」

「ふむ……」

「ボンヴィアンくんは、なにしろ口癖もおっかしいよなァ……」

　またスタジオで声を合わせ、

「『ワンダーガールこそぼくちゃんの理想の女の子だもんねーッ！』」

楽しそうな、でもちょっとばかにするような笑い声が響く。

「……きっと、変わり者すぎて同伴してくれるガールフレンドもいないだろうって、コミックファンからも心配されちゃってるありさま……。まァさ、恰好からして個性的すぎるよな。街で会えばすぐわかるぅぅ！　……ははは、じつは俺も愛読しててよ、サインを頼んだことがあるんだけどさ。とても御曹司《おんぞうし》にゃ見えない気のいいあんちゃんだったぜぇ！　なにしろ……いつも……青と白と赤の星条旗模様のスーツを着て……青いシルクハットまでかぶっちゃってさァ……」

「ばかな。いくら戦勝国で浮かれているからといって、そんな恰好をした放蕩者《ニューボーイ》がそうそういるものか。そんな恰好……。そんな……」

ヴィクトリカが、目の前を通り過ぎていく……青と白と赤のぴちぴちスーツを着て青いシルクハットをかぶり、青いマントまでたなびかせる、小柄でやけにぽっちゃりした青年をみつけ……。

「きゅっ？」

と、怠惰なポーズで無表情のまま、子猫が首を絞められたような声を出した。

2

〈拝啓　馬鹿息子
おまえのせいでどれだけの心労をこうむる日々かと、いま話しだしたら一昼夜かかり、大切な今夜のパーティが終わってしまうだろう。だから父はひとまず〝賢者の沈黙〟を選ぼうと思う。

……いや、だがやはり一言だけ言わせてくれ！

「馬鹿者！　痴《し》れ者！　抜け作が！」と。

「そんな息子を持った覚えはない！」と。

我らの偉大なおばあさまはな、一人ぼっちで海を渡って新しい国にやってこられ、またたくまに巨大コンツェルン〈ブルーキャンディ〉創始者となられた。そして長男である私もニューヨークをよりよい街にしようと志を持ち、政治家となった。一人息子のおまえにも多大な期待をしていたのに。……コミック？　あんなものが男子一生の仕事かね？　解せぬ！　しかし……いまは説教すまい……。ひとまず耐えよう。〝賢者の沈黙〟だ……。ブルーキャンディ家の団結のため……。

それより問題は今夜のパーティだ！

私はおまえを勘当した。だが、私の立派な人生哲学では理解できない〝血縁の魔力〟によって、おまえはおばあさまの〝かわいいかわいい孫《プリティマイボーイ》〟なのだ。この謎は私には解けぬ……。論理的には私のほうがかわいいはずなのだが……。ふっ、ちっとも気にしていない！　とにかくおばあさまはおまえにパーティにきてほしいのだ。わかるな。馬鹿息子！

だから、おまえはどうしてもこなきゃいけない。馬鹿息子！

おばあさまのご意向は絶対なのだ。わかるな？　馬鹿息子！

用件はそれだけだ。


神よ……。一人息子の馬鹿が一日も早く治りますように！

人一倍努力家の父より〉

〈ボンちゃーん！　おかあさんだよーん！

努力家の夫の大演説につけたすことはないけどねー。でも一つだけ！

紳士として、今夜は女性同伴でくるんですよ？

ちょっとぉ、わかってるでしょうねぇ？　お願いだから恥をかかせないでよ！　このあたし〈ロウジイレディ《お下劣婦人》〉はブロードウェイ一の女優だったのよ。結婚してあんたを産んでなかったら、ハリウッドに渡って銀幕のスターに……なってたかはわかんないけどぉ？　くすくす！　くすくすくす！　とにかくみんながひっくり返るような〝限界を超える美女〟を調達してきてちょうだいね？

大丈夫ッ！　大船に乗った気で女の子に声をかけて！　女優に歌手にパーティガール！　札びらさえ切ればどんな美女だってついてきてくれるって教えたでしょ！　えっ、どうしてかって？　……あたしもそれで夫と結婚したからだよーん！　くすくすくす！

人生はコイントスなんかじゃないわ！　なにかって？　人生は百ドル紙幣の札束よ！　おばあさまにもよく演説してさしあげるんだけど、あたしの信念って美とダンスとお金、それだけなの。

期待してるわよ、あたしのかわいいボンちゃん！

いつまでも若く美しい母より〉

「……どうしろっていうんだ！　生きるべきか死ぬべきか！　ぐぬぬ！　ぐぬぬ！」

ニューヨーク港にほど近いイタリア人街。

夜の帳《とばり》が降りて、建物のあちこちに淡い月光がかかってくる。舗道がごった返している。物売りの掛け声。ビジネスマンの革靴の足音。子供の笑い声。遠くから車のクラクション。地下鉄の入り口からはゴーッと不気味な風が吹いてくる。

ニューヨーク一の大富豪の御曹司、市長のボンクラ息子、ブルーキャンディ家の三代目ボンヴィアンが——両手で頭を抱えて苦悩していた。

右手には父の手紙、左手には母の手紙をしっかり握りしめている。

年齢は二十代の半ば。ぽっちゃりした体形に色白の肌。さらさらのブルネットヘアを後ろでぎゅっと結び、人を不安にさせるほど妙に澄んだグレーの両目をカッと見開いている。

星条旗模様のぴちぴちスーツ。青いシルクハット。腰には古代戦士のような剣。おまけに表は青、裏は灰色のリバーシブルのマントをはおって、青と白と赤のコントラストが鮮やかだ。

道行く人も慣れているのか、わざわざ足も止めず通り過ぎていく。「よォ、市長の馬鹿息子！　今日も元気そうだな！」と声をかける割には、わざわざ足も止めず通り過ぎていく。

ボンヴィアンのほうも、気のよい様子で、

「お〜！　俺は元気な馬鹿だぜ〜！」

とわざわざ返事している。

「だよな！」

「おぅ〜、いぇい！」

と……急に目をパチパチさせて、傍らのビルの壁を丸っこい拳《こぶし》で叩きだし、

「くそぅ！　ジーザス！　クライストっ！　……俺だってパーティに行くつもりだったさ。大好きなばーちゃんのためだもの。でも問題は不機嫌な親父じゃなくてご機嫌なお袋のほうだぜ……。美女を同伴しろだってぇ？　えっ、なんで……？　そこ大事か？　だいたいよ、きれいな女の子が俺となんかパーティに行くわけあるかいっ！　お袋のやつ、踊りすぎて頭に花が咲いたんじゃねぇのか……？」

今度は……路上でさめざめと泣き始める。

「とはいえ、言うこと聞かねぇと、ヒステリー起こしてうっるせぇし……」

通行人がちらちら見ながら通り過ぎる。「見て、へんなお兄さんが泣いてるー」と面白がって指さす子供を、若い母親が「だめよ、見ちゃいけません……」と叱責《しっせき》しながら離れていく。風がマントをはたはたとなびかせる。

と、ボンヴィアンは顔を上げて、

「だいたいな！　俺ァ、金目当ての女の子たちには、ニューヨーク高校に通ってるころからさんざんな目に遭わされてきたんだ。高級ズボンを脱がされて質屋に入れられたり！　値札の○を指で三つも隠されて、ダイヤモンド付き自転車サドルを買わされたり……！　そう、だから俺っちにゃ……」

拳を固めて突きあげる。

「『ワンダーガールこそぼくちゃんの理想の女の子だもんねーッ！』」

……マントがたなびく。

彼の足元に座ってくしゃくしゃの新聞を読んでいた貧しい老人が、うるっせぇなぁというように見上げ、

「……それ、おまえの描いてるコミックの主人公だろ……？」

「おぅ！　なんだ、じいさんも読んでくれてんのか。御愛読ありがとうよっ！　ニューヨークに乾杯だ！」

「……有名だからなぁ」

と、どうでもよさそうに鼻を鳴らされる。

「そうだ、サインしてやろうか！」

「いや、いいって……」

「なんだ、そうかい！」

　ボンヴィアンは突きあげた自分の拳を見上げて、

「宇宙の彼方《かなた》からやってきたスーパーミラクルな女の子っ！　ミルキーウェイの如き髪に、限界を超える超美貌《びぼう》ッ！　すっごく強くて、まっすぐで、勇気りんりん！　さぁみんな、あの子の名前はっ？　国中が愛する理想の女の子《オールアメリカンガール》……ワンダーガールちゃんさァ！」

　と、急にまたがっくりして、

「……なーんて。そんな素敵な女の子、現実にいるわけないよなァ。ニューヨーク広しといえども、お目にかかったことは……。ことは……。えっ？　え……？」

　ボンヴィアンがクワッと目を剝《む》いた。

「ええええー!?」

　目の前の路上に、古いトランクを三つも積んだ上に……。まるで宇宙の玉座に腰かけてちいさな青い星を見下ろしているような、不思議な威厳と、未来の希望を醸しだす……見たこともないほどすばらしい少女が……。粗末な灰色の布に体を包み、天かける魔法の魚の如く光る銀髪だけをきらきらと風にたなびかせて……。まさに天体の女王にふさわしい夜の輝きに包まれ、月光を反射して発光しているような姿で……。そう、どこか遠い時空の彼方から飛んできて、たったいま、こっそり路上で羽を休めているうつくしき秘密の宇宙人のような姿で……。

　ひんやりとけぶる瞳で……ものすごく不審そうに……ボンヴィアンを見下ろしていた。

　ボンヴィアンの全身がわなわなと激しく痙攣《けいれん》しだした。

「い、い、い……。いぃぃぃぃー、たぁぁぁぁー！　ワンダー、ガールが、現実にぃ、いぃぃぃぃーたぁぁっ！」

両目から歓喜の涙があふれだす。

震える両手が……ぱっと開かれる。二枚の手紙が風に煽《あお》られて舞いあがり、マンハッタン島のどこかに飛んでいく。

ボンヴィアンはゆっくりと口を開けると、宇宙の彼方に届けと言わんばかりに、腹の底からの叫び声を上げた。

「……ジーザスぅぅ！　クライストぉぉぉッ！」

「久城ー、曲者《くせもの》だぞー。君がやっつけたまえー。なんだかわからないがとにかく異常者なのだー」

「どっ、どうしたのさ？　ヴィクトリカ？　はい、スープをもらってきたよ。一人分だけどね……。これを飲んだらきっと元気に……。全部一人で飲んでいいからね……。えっと、この青い人は知り合い？」

「まーったく知らんやつだっ！　故に君がなんとかしたまえっ！」

マンハッタンの路上で、一弥がスープのカップを持ったままきょとんとしている。

ヴィクトリカは三段に積んだトランクのいちばん上でひどく縮こまっている。布から出ている顔は不満そうにまんまるにふくれている。まるでかわいい子猫が、派手な服を着せられた犬に追いかけられ、木に登って逃げているような姿……。

トランクの下には、星条旗模様のぴかぴかスーツを着た謎の青年が……。

両手に百ドル紙幣の束を一つずつ摑《つか》み、カエルのようにピョンピョン、ピョンピョン飛び跳ねているところだった。

一弥は心の底から不思議になり、しみじみと、

「ちょっと離れたすきにおかしな連れをみつけたね、ヴィクトリカ。ねぇ、ふくれっつらしてないで説明してよ。ぼくにはなにひとつわからないよ」

「しっ、知らん……！　ほんとうにまったくもって不測の事態というやつなのだ……。君こそそいつを早くなんとかしたまえ！」

「知恵の泉はこの件についてなんて言ってるの？」

「いやだ。こんなへんなことに使いたくない……」

男が飛び跳ねながら、素っ頓狂《とんきょう》な裏声で叫び始めた。

「……くそぅ！　このアマ、いくら払えば同伴するっていうんだよッ！　百万ドルかっ？　二百万ドルかっ？」

一弥がびっくりして振りむく。男はジャンプしながら両手を広げたり、拍手したり、ガッツポーズしたり、空中でいろんなポーズを取っては落下しながら、「って、もっとかよッ！　守銭奴！」と次第に憤《ふん》怒《ぬ》の形相になっていく。

「強欲な女だなっ。あぁもう時間がないんだってばァ……。いますぐ一緒にこいよ！　金ならいくらでも払うって、言ってる、だろう、がーっ！」

一弥が途方に暮れてヴィクトリカの顔を見上げる。

「金ならっ。いくらでもっ。あ、あ、あーっ……」

男がポケットから五十セントのコインをばらばら落とす。札束を無造作に握っている割には、コインをあわてて拾いだす。一弥も手伝うが、「盗むなよなっ……。貧乏人めが！　って、おまえリンリンにそっくりじゃないかよ！　この子の連れか？　中国人かッ！　すげぇ！　チャイナタウンからきたのかァ？」とわぁわぁ騒がれて、さらにわけがわからなくなる。

顔を上げて、

「ヴィクトリカ〜、やっぱり知恵の泉を使ってよ〜？」

トランクの上からちらっと見下ろしたものの、ヴィクトリカは気嫌悪そうにぷいっと知らんぷりした。「ヴィクトリカ〜。ヴィクトリカ〜」と一弥が木に登ってしまった猫を呼ぶように連呼する。「ヴィクトリカ〜」根負けしたのか、ヴィクトリカがほっぺたをまんまるにふくらませながら、いやいや説明し始める。

「……残念ながら判明しているのはわずかなことにすぎん。久城、港で髭《ひげ》のジョーイが話していただろう？　例の高層タワーを建てた大富豪ブルーキャンディ家の話を、な」

「うん。今夜完成披露式典があるっていう〈アポカリプス〉の主だね。ちなみにこの交通閉鎖の原因でもある……」

「二代目の息子は現ニューヨーク市長だが、三代目の孫はあきれた放蕩《ほうとう》者という話だったな、君。その三代目がこの男で、なぜかわたしを気に入り、パーティに同伴しろと騒いでいるのだ」

「エッ？」

一弥は、それじゃおかしな人なのかな、いけない、ぼくがヴィクトリカを守らなきゃ、だってここにはもうぼくしか……と警戒しだし、ボンヴィアンに背を向けた。ヴィクトリカがようやくわかったかと言いたげにトランクからするする降りてくる。一弥はヴィクトリカにあつあつのスープのカップを渡すと、大荷物を抱えて舗道を急ぎだした。

と、ボンヴィアンがあわてて内股《うちまた》でちょこちょこ追いかけてきた。いやがるヴィクトリカを覗《のぞ》きこんで、一弥の表情も窺《うかが》って、握りしめている札束を眺め……。もしかしてお金じゃだめなのか、でもまさかな、だって、お袋が言うには、女の子ってのは、札びらを切ればさァ……と不思議そうに首をかしげる。

いやいや、と首を振り、気を取り直す。こんどはひどく哀れっぽい声を出してみせ、

「ねぇ〜、頼むよぅ……。おっおっお願いだよぅ〜！　ジーザスぅぅ！」

ヴィクトリカは意に介さず灰色の布を引きずって歩いていく。でも一弥のほうは心配になってつい振りかえってしまう。

それを見たボンヴィアンは勢いを増し、ここぞとばかりに苦しげな顔をした。さらに声を張りあげる。道行く人たちもなにごとだろうと振りかえる。

「困ってるんだよぅぅぅ！　助けてよぅぅぅ！　クライストぉぉ！　お袋がパーティには美女同伴でこいって言うんだよぅぅぅ！　でも俺にはよぅ、恋人も女友達もいるわけねぇ……。ワンダーガールみたいな素敵な女の子を連れて、ミラクルカーでかっこよく登場したいのによぅ。ぐすんぐすん……」

「泣かなくても……。ってワンダーガールってなんですか？」

一弥がつい聞きかえしてしまう。と、ボンヴィアンは泣きまねをぴたっとやめ、顔を上げて白目をカッと充血させながら、

「よし、詳しく話そうじゃないか！　おまえらこっちにこい！」

「……こら久城」

「あっ、ご、ごめ……。ヴィクトリカ、でもこの人、泣いて……」

「俺も～、よォォォ～、今夜の記念式典に行きてぇんだよぅ！　親父にはめちゃ嫌われてるけど、ばーちゃんはかわいがってくれてさァ。それによォ～……」

「えっ、それに？」

「こらー、久城っ！」

「あっ。つ、ついまた……。ヴィクトリカ、ごめっ……」

どうしても相槌《あいづち》を打ってしまう一弥を、振りむいたヴィクトリカががみがみ叱りだす。

「久城……。そんな知らないおかしなやつのことは金輪際ほうっておいてはどうだね？　だいたい、人助けなどしている場合かね、君？　たいへんなのはむしろわたしたちのほうではないかね」

「う、うん……。けど……」

不審そうに睨《にら》まれて、一弥は恥ずかしくなってうつむいてしまった。

ヴィクトリカが目を細め、さらにつめたいしわがれ声で、

「久城、君も大人になり、すこしばかり変わったはずではなかったかね？　船の中でもその話をした。なのに昔と変わらず、こういうときに人一倍お人よしの少年のままだとは、少々意外

なのだがね」

一弥は黙って足元をみつめている。

（うん……。戦争のとき、従軍して、ほんとうにいろいろなことがあった。ぼくも以前とは変わった……）

「む？」

「ぼくは……誰かを助けられるときは助けたいと思ってる。でも自分ひとりの力では無理なときもあるってもうわかってる。ぼくは分別と限界を知る大人になってしまった。……だから思いが及ばない悲劇の前で……ぼくは……」

とつぶやく。

「──祈る」

夜風が生温かく吹いた。

月が瞬く。星もきらめいている。

銀の髪がところどころ夕日に溶けて金に変わりながらたなびく。ヴィクトリカは黙っていた。

それから急に、以前の彼女のように悪魔のような表情を浮かべた。緑の瞳を氷のようにつめたく光らせて、じつにおそろしい笑みとともに、

「くくくく！　グッドアイデアではないか！」

「……へっ？」

「この男のために祈ろう。ア、ア、ア……、アーメン……メン！　よーし祈った！　……行こう」

「アーメンメン？　って、ちょっと待ってよ〜、ヴィクトリカ〜？　……君、さてはお祈りしたことないんでしょ？　ものすごくへたくそだなァ」

「むっ」

「待てーっ、ワンダーガール！　いくら欲しいんだよっ、この強欲女！　守銭奴！」

「だからあなたも、さっきからなんなんですか？　……ヴィクトリカったら、待って！」

灰色の布にくるまったヴィクトリカを、一弥は大荷物を抱えて追いかけだす。するとへんな星条旗スーツの男も並んでちょこまかと走りだした。

（えーっと、どうしてこうなったんだっけ？　あっ、もう……。ヴィクトリカがっ！）

ボンヴィアンが走りながら、なにかないかとスーツの右ポケットをまさぐる。おおきくて甘そうなスカイブルーのペロペロキャンディをみつけて、でもこれじゃないよなぁ、と一応差しだしてみた。と、灰色の布の奥からヴィクトリカがにょきっと顔を出した。真剣すぎるまなざしだった。小声で「……バゥ？」と唸《うな》る。

ボンヴィアンがおどろいて、

「えっ？　これ？　……百ドル紙幣の束じゃなくて、キャンディ？　君、守銭奴じゃなかったの？」

「……あ」

一弥もキャンディを見る。

ヴィクトリカと一弥とボンヴィアンが三角形を作り、路上で睨みあう。

雨がぱらぱらっとおおきな音を立てて降り始めた。空が暗くなって、聳《そび》え立つタワーの影が濃くなり始めた。ビルディングの群れと、クモの糸のようにビルを繫《つな》ぐ白や茶色の毛羽立った洗濯物……。上空から見ると月の光が弱くなって、街は暗闇に落ちていく……。

〈ワンダーガール〉第五話
絵&作　ボン&クー
「コミックマンハッタン」
――一九二九年五月号

「助けてくれーッ！」

――〈バビロンシティ〉下町の雑踏。遅くまで灯《あか》りのついているちいさな食料品店の中から、年配の男性の叫び声がする！

道行く人の姿はない。

鴉《からす》がゆっくりと飛びすぎる。黒猫が路地裏で丸くなっている。

と、こんどはパーンッと銃声が響く。

――ガラス張りの古いウインドウ。

店内にはエプロン姿の大柄なイタリア人の店主がいる。おでこに丸い痣《あざ》がある。強張《こわば》った顔でホールドアップしている。と、胸にぽちっと赤い穴が空いて広がっていく。おじさんは悲しそうな表情になる。と、

「息子がっ。お袋がっ。俺がこの手で養わなきゃ……っ」

目の前に立つ若い男のほうは、肩に刺青《いれずみ》を入れ、ズボンの腰には鎖を飾ってじゃらじゃらさ

せ、いかにもチンピラ風な容貌だ。左手の親指と人差し指で、おじさんから奪ったらしき五十セント硬貨をつまんでいる。銃を片手ににやにやしながらおじさんを見返し、

「オッサンよォォ。あんたもたった五十セントで大事な命を落とすたぁな。おとなしく渡せばよかったものをよォォ……」

「くっ、苦しい生活がかかってるんだっ……！　おまえには、わかる、まい……」

と、おじさんは苦しげに宙に両手をやり、ク、ク、ク……と絞りだすように、

「――とどめの一撃《クードグラース》……」

「ハ？」

カウンター内にばったりと倒れて、姿を消す。若い男は外側からレジに手を伸ばし、硬貨を摑んでポケットにねじこもうとする。

どこからか……子供の哀切な泣き声が響く……。どこにも子供はいないのに……？　幼い男の子の声……？

と、そのとき。

店の奥からひょこっと誰かが顔を出した。

男ははっと振りむいたが、相手がこともあろうに……チェックのミニスカートに白い丸襟ブラウス、重そうな革鞄《かばん》を抱えたちっちゃなスクールガールだったので、なんだガキか、と鼻で笑った。

女の子は怖がることなくジロジロと強盗を見ている。だんだん不思議そうな顔をし始める。

男はにやつきながら女の子にも銃を向けてみせる。すると女の子はきょとんとして、

「あなたって……。えっとー、強盗？」

「おぅ！　そうだぜェェ。それがどうしたァァ！」

「……んっとォ」

と、女の子がとつぜん……。

床を蹴《け》ってジャンプした。飛びすぎて天井に頭をぶつけて、きゃっと叫ぶ。それからカウンター内に落下して、ガラガラガッシャーンとおおきな音を立て……。

そのままし一んと静かになる。

気絶でもしたのか……？

強盗もさすがに、「あん、いまのはなんだよォォ？　大丈夫かよ、お嬢ちゃん！」と目をぱちくりする。

と……。

カウンターの中から、ちっちゃなスクールガール――背中まで伸びるシルバーヘアの小柄な少女――らしき影が……。

ばーんっと音を立てて飛びだしてきた！

青と白と赤！　星条旗模様の水着風コスチュームに、赤いブーツに、真っ青なマント！　額には青い星《ブルースター》。銀の髪もたなびいている。

カウンターにエイッと立つ。

強盗がのけぞりながら、

「なっ？　なっ？　おまえっいったい誰だっ!?」

女の子は胸を張って答える。

「あたしは――。ワンダーガールだぁっ！」

「……くそっ！　さては……。さいきん仲間をやっつけて回ってる怪力のガキってのはおまえだなァァ！　……あっ、うわーっ！」

レジから五十セント硬貨を取りだすと、ワンダーガールがコインを投げつけ始めた。強盗は体中にコインを受け、銃で連打されたように飛びあがったかと思うと、たちまち……きゅうっと伸びる。

……葡萄《ぶどう》酒の樽《たる》の陰から、中国人少年リンリンがひょこっと顔を出した。もう安全なのを確かめると、あわてて這《は》ってカウンターの中に行き、「おーい、おじさんっ？　しっかりして」と店主を抱き起こす。

胸を撃ち抜かれたはずの店主だが、なぜかぱちっと目を開けて、

「あぁー、おどろいたー！」

と大声で言った。どうやら無事だったらしい……？　また幼い男の子のしゃくりあげる声が聞こえるが……？

店主がカウンターに立って勇ましくコインを構えているワンダーガールを見上げて、感心したように言った。

「さいきん、強盗やチンピラを成敗して回る怪力の女の子と、東洋人の男の子のコンビがいるって評判だったがね。その正体が、まさかうちの常連の子供たち……キャンディちゃんとリンリン君だったとはねぇ！」

「トトおじさん、お願い。このことは内緒にしておくれ……。だってキャンディはさ、昼間は学校に通いながら、夜はヒーローとしてがんばり始めたばっかり……。こう見えて普通の女の子なんだ。それに……とってもいい子なのさっ」

とリンリンがほっぺたを赤くする。

トトおじさんはうなずいて、胸を叩いてみせる。エプロンに開いた赤い穴から、血がすこし出る……。やはり撃たれている……？

「わかってるとも！　安心しなさい！　助けてもらったくせにぺらぺらしゃべったりするもんか。ちゃーんと秘密にするとも」

「うん！」

リンリンはワンダーガールとみつめあい、にこっとする。

と、三人の目の前で、床に倒れていたチンピラ男が、「や。やめ……」「グリム、リ……様ァ……。やめ……てェ……」と呻《うめ》き始めた。……と、ビリビリッと震え、消滅した。あとには灰色の煙が立っているだけ……。

ワンダーガールとリンリンがびっくりして床を凝視する。トトおじさんががっしりした腕を組み、「やっぱりな！」と首を振ってみせた。

「キャンディ。リンリン……。さいきんこの街は物騒なんだが、どうやら悪人を操る悪の首領がいるせいらしいのさ。失敗した手下をこうして煙みたいに消しちまう……」

「悪の首領……？」

ワンダーガールがトトお手製アイスクリームにかぶりつきながら聞く。リンリンも同じのをもらう。トトおじさんはため息をつきながらうなずいてみせる。エプロンに開いた穴からまた血が出る……。

ウインドウのガラスの向こうに〈バビロンシティ〉の夜景が広がっている。月明かりに照らされておおきな高層タワー、立派なビル群、煉瓦《れんが》造りの市庁舎、びっしりと続く商店、レストラン……。

そこを……灰色の大きな影が横切ったように見える。

ワンダーガールがぶるっと震える。リンリンもワンダーガールと肩を並べ、心配そうに首をかしげる。

「街の噂じゃな、悪の首領の通り名は……」

トトおじさんは死者の如く青白い顔になっている。ワンダーガールをじっと見る。――なにかを願うように。不思議な力を使って、取り返しのつかない過去《クードグラース》を取りかえしたいと祈るように。

また子供の泣き声が……どこからかする。

びゅうっと風が吹いて、外の路地を枯れ葉がいっぱい通り過ぎていく。鴉が低空飛行して横切る。ワンダーガールの銀の睫《まつげ》毛がきらきらと輝く。

トトおじさんがその名を口にした。

「――グリムリーパーというらしい！」

——〈バビロンシティ〉を牛耳る悪の首領の噂!?

〈以下次号!〉

三章　ふぇみなえこのみかもんすたー

1

ニューヨーク港から北上した下町イーストビレッジの隅。貝殻のような丸いデザインの建物〈回転木馬《カルーセル》〉。ドーム型の内部には南国の木々が茂り、原色の翼を持つ鳥、ペンギン、ゾウガメなど不思議な生き物が飛び、這《は》い回っている。

吹き抜けのフロア中央をくるくると天井に向かう螺旋《らせん》階段の真下にある、薄暗い半地下スペース。

仲良く向かいあう作業机が二つ。

片方には青と白と赤の星条旗模様のテーブルクロスに、所狭しと貼られた絵の数々。もう片方にはタイプで打たれた原稿の山。雑貨屋のカウンターに小柄な老女とエプロン姿の大柄なイタリア男が並ぶ写真も飾られている。その横に、写真にも写るエプロンが……銃弾の抜けた丸い跡と、血のような赤黒い染みに汚れた状態で置かれている。

壁には絵や街の写真がたくさん貼られている。

薄暗い空間。屋根裏部屋のように低い天井から星形のランプが吊《つ》り下がっている。周りにたくさんのお菓子もヒモでぶら下げられている。赤と白の模様付きのおおきなドーナツの束や、椅子やランプなど家具を象《かたど》った青や緑色のグミ。それに黄色やオレンジのブーブー紙で包まれたクッキーらしきもの。本物なのか、それとも蠟《ろう》でできた偽物か……。

どこからかカタカタと音がする……。奥のほうで黒ずくめの大柄な青年が窮屈そうに背中を折り曲げている。ミシンに向かって縫い物をしている。

一弥は、おおきな青いペロペロキャンディを見せびらかすボンヴィアンに半ば強引に連れてこられた薄暗い下宿の、住居とも仕事場ともつかない半地下の小部屋で……さすがに心配になってきょろきょろしていた。

(妙なところについてきちゃったな……。ヴィクトリカ……?)

ヴィクトリカはいちばん立派な椅子に当然のようにふんぞりかえって座り、目の覚めるような青いペロペロキャンディをほおばっていた。満足そうに横顔をゆるませている。心なしか顔色もよくなっている。

ミシンを踏んでいた青年が立ちあがった。小山のようにおおきくて筋骨隆々とした背中のシルエットに、一弥が自然と身構える。と、案外穏やかそうな声でヴィクトリカに話しかけてくる。

「いま、パーティ用にあんたのドレスを作ってるからな!」

ヴィクトリカが無言で男を見上げる。

男の顔は暗がりに邪魔されて見えない。「さっきエリス島についたばかりの移民なんだよな」と言いながら、背中になにかを隠して近づいてくる。一弥がますます警戒してヴィクトリカの

三章
ふぇみなえこのみかもんすたー

前に立つ。男は整った顔つきをしたハンサムで、イタリア系らしき黒いおおきな目をしていた。左目の下に涙のような縦長の赤い痣《あざ》がある。内気そうににやっと笑ってみせると、ヴィクトリカの顔を覗《のぞ》きこんだ。とつぜん聞く。

「右《ライト》？　左《レフト》？」

一弥はきょとんとしたが、ヴィクトリカはペロペロキャンディを舐《な》めながら落ち着きはらって答えた。

「……右」

「なぜ？」

「理由が必要かね、君」

男がまたにやっとした。と、背中から出てきた右手には、巨大な四角いチョコレートブラウニーが握られていた。続いて左手には……でっかいパストラミサンドイッチも！「二人とも、腹、減ってんだろ」と唸《うな》るように言うと、テーブルにドンと置き、またミシンの前にもどっていく。背中の筋肉がもりもりと動く。

「なんだ……。いい人じゃないか」

と一弥がひとりごちる。

ちいさなヴィクトリカが手に取った途端に、ブラウニーはさらにでっかく見え始めた。まるで教会の小窓の如きおおきさだ。ヴィクトリカは灰色の布から細い腕を出して重そうにブラウニーを抱えると、厳かな静かさでもくもくと食べ始めた。むりやり片手にしたペロペロキャンディもときどき舐める。ほっぺたがふくらんでは縮み、またふくらむ。

一弥はヴィクトリカがすこし元気になった様子にほっとしていた。しかしヴィクトリカのほうは元気になったあまり、ちいさくなっていくブラウニーの向こうからこっちを覗いて、わざわざ喧嘩《けんか》を売りだす。

「久城、もしわたしが監獄囚で、チョコレートが壁だったらな。あっというまに大穴を開けて見事に脱出することだろうね」

「そ、そう……？　じゃ、ぜひぼくの独房の壁も頼むよ」

「残念だが、貴様のほうの壁は漆喰《しっくい》のようだ。ふははは。ではさらば」

「って、ぼくを見捨てるのかい⁉　君ねぇ」

と言いながら一弥がなにげなくサンドイッチに手を伸ばすと、「君、それもわたしのだ」と不審そうに止める。「サンドイッチも食べるの？」「久城、君は昔からほんとうにばかだなぁ。食べないけどわたしのなのだよ。そんな簡単なこともわからんのかね？」「えーっ」「……いいから二人で仲良く食べろよぉ。ワンダーガールとリンリンは仲良しの設定だろぉ」「あっ、はい……。えっ、ワンダーガールとなんですか？　って、ちょ、ヴィクトリカ、どさくさに紛れてサンドイッチを隠さないで……。あれっ、消えた！　煙のように消えた！　ぼ、ぼくの、サ、サンドイッチはどこに行ったの？　君ね、ぼくもお腹がすいて……。あの、ワンダーガールって？」

と、もめていると……。

目前の床が音もなくとつぜん開いた。

星条旗のスーツ姿のボンヴィアンがビックリ箱のオモチャのように飛びだしてきた！

床下が収納スペースで、外に出るときは底に設置されたトランポリンを踏んで出る仕組みらしい。絵の描かれた紙を両手に抱えている。ぽかんと口を開けている一弥の前で満面に笑みを浮かべ、上下に飛びだしたり沈んだりしながら、

「俺が説明するっ！　ワンダーガールっていうのはなっ。とぅっ！　……これさァ！」

床に着地し、自分の体と同じぐらいおおきなポスターを広げてみせる。姿が隠れ、笑い声だけがポスターの後ろから響き渡る。

一弥は困ってヴィクトリカを見た。でもヴィクトリカのほうはブラウニーの残りを食べることに全力を注いでいるところでちっとも見ていなかった。

ボンヴィアンが見せたのは——ほぼ等身大の少女の絵だった。

銀色の長い髪をなびかせ、星条旗模様のコスチュームに身を包み、金のコインを構えている。青いマント。真っ赤に光るロングブーツ。星模様の水着。丸っこい目をきらきらさせた元気いっぱいのかわいい少女——。

絵の横から顔を出し、「すっごいだろ！」とニヤニヤ笑う。「ほら！」とつぎの絵も出してみせる。

二枚目は、荒廃した母なる星から小型宇宙船で脱出するところだった。心残りそうに振りむく目には銀の涙が——。

三枚目はニューヨーク港。自由の女神を背に、シャチの背に乗ってシルバーヘアをなびかせ、勇ましく近づいてくる。

「彼女は故郷の星ワンダースターの女王になるはずだった高貴な女の子さ！　でも一人ぼっち

で新星ブルースターに移民することになり……。辿《たど》り着いた〈バビロンシティ〉で……もちろんニューヨークがモデルさ……じゃじゃーんっ！　見て見てッ！」

得意になって四枚目の絵を取りだす。

四分割された紙に、雑貨屋、酒屋、花屋、それにレストラン……強盗らしき男に立ち向かって勇ましくコインを投げているワンダーガールの絵が四種類。小柄な中国人少年も陰ながら手伝っている。

「街の平和のために日夜戦うことになったんだ！」

「……店に押し入った強盗と闘うシーンばかりではないか。君、ここはそんなに強盗の多い街なのかね」

ボンヴィアンが絵の向こうから顔を出して、「あぁ、それは……。事情を話せば長いんだけど、あいつの親父さんがさァ……」と言いかけ、仕事机を振りかえった。

机の片方に、小柄な老女と大柄なエプロン姿の中年男が、雑貨屋らしき店頭で笑う写真が飾られている。二人とも優しそうなおおきな目をしている。そして傍らには、弾痕《だんこん》が開いて血に汚れた古いエプロン……。

ボンヴィアンが説明しかけたとき、奥の薄暗がりから響き続けていたミシンの音がピタリと止まった。

大柄な青年がのっそりと立ちあがった。肩と背中の筋肉がまたうごめく。

暗がりから大股《おおまた》で近づいてくる。とてもちいさな青いもの――ミニドレスを大事そうに広げてみせ、

「……できたぞ！」

「おぅ。えっ、なにがだよ？」

「っておまえが頼んだんだろ？　このお嬢さん用に青いパーティドレスを作ってくれってな」

「そうだった！　もう忘れてた！　おぉ、さすが仕事が早いな！」

「コミックのストーリー作者なんてぇ稼業はよ、いっつも時間との戦いだからな。ほらよ！」

　小山のような筋骨隆々とした体つきの青年と並ぶと、小柄でぽっちゃりしたボンヴィアンのほうはいっそ子供のように見えた。と、ボンヴィアンが腕を伸ばして青年と肩を組み、動物園のナマケモノのように相手の肩からブラブラぶら下がりながら、

「紹介するよ、ワンダーガールとリンリン。こいつ、俺が家出して困ってるときにたまたま拾ってくれてさ。二人きりで夜通ししゃべってたら、一夜にして〈ワンダーガール〉のお話ができたんだ！　で、こいつが脚本を書き、俺が絵を描きで、二人組コミック作者ボン＆クーになったのさ……。俺っちの大切な相棒だ。なっ……〈クードグラース《とどめの一撃》〉！」

　とうれしそうに弾んで言うが、相棒――クードグラースのほうは照れたようにうつむいておおきな体を縮めてしまい、

「……おい、そろそろパーティの時間じゃねぇのか？　えっと、ここからタワーまで車で十五分として、約五分後に出発するとちょうどまにあう寸法だぜ……」

「へっ、パーティ？　あーっ、それも忘れそうになってたよ！」

　ボンヴィアンが大あわてでピョンと床に飛び降りる。

　クードグラースお手製のワンダーガール風の青いミニドレスと深紅のミニハット、白い星柄

の飛ぶシフォンのショールを、やいやい騒いでヴィクトリカに着せる。

「わぁっ……」

と、一弥はつい声を上げて、かつてはすごく見慣れていたはずの、豪奢《ごうしゃ》でふかふかのヴィクトリカの姿に改めてみとれた。

ピカピカのサテンの青いドレス。幾重にもなったフリルがふっくらと膝《ひざ》の辺りでふくらんでいる。胸元と裾《すそ》を飾るのは薔薇《ばら》模様の白レース。ローウエストの腰にはベルト代わりの赤いリボンをちょうちょ結びし、丸い提灯袖《ちょうちんそで》にもちいさな赤リボンの飾りが躍っている。深紅のミニハットにもリボンと花の飾りがたっぷり。レース糸の編み靴下をはいた細い足には青のハイヒール――。

シフォンのショールが高級ショップのプレゼントの包み紙みたいにヴィクトリカをふんわりと守る。

まるで夜の光を浴びて開いていく闇の薔薇……！

一弥の目には、ヴィクトリカが以前のあの少女に……レースとフリルに彩られたあの悪魔的な旧大陸のちいさな獣に、あっというまにもどったように見えた。危険なのに見る者を魅了してやまない不思議な光がみるみる復活していく、と……。

（こうしてると昔みたいだな。ぼくのよく知るヴィクトリカ・ド・ブロワ……。嵐の前、旧世界の聖マルグリット学園にいたころの、十四歳の灰色狼……）

そんな一弥の隣で、ボンヴィアンは口を開けてヴィクトリカを上から下までとっくりと眺め回している。自分が連れてきたこの生き物はいったいなんだといまさらおどろいているように……。

(えっ、あれれ?)

でもヴィクトリカはなぜかいやがって、ポカンとしているボンヴィアンからリバーシブルのマントを乱暴にむしり取った。ボンヴィアンがその場でくるくるっと回る。ヴィクトリカはグレーのほうを上にしてマントをまとう。たちまち青い不思議な光が遠ざかり、灰色の布の奥に隠されていたときのように目立たない存在にもどってしまう。ボンヴィアンががっかりして唸り声を上げる。一弥は首をかしげて、

(ヴィクトリカ、目立つのがいやなのかな?)

一弥とクードグラースもサイズの合う燕尾服《えんび》に着替える。財布や車の鍵《かぎ》をクードグラースが用意し、写真立ての横に飾られていたエプロンを懐に入れる。ボンヴィアンは我に返って、相棒に言われるまま荷物を受け取ると、「よーし、とにかくパーティタイムだ！　行くぜぃ！」とポーズを決めてみせる。

一弥は、お腹が重くて動けない、行きたくないと急にむずかりだしたヴィクトリカを背負ってよろよろと歩きだした。とたんにお腹の辺りからぼとっと巨大なパストラミサンドイッチが落っこちてくる。ヴィクトリカが意地悪して隠していたらしい。一弥がびっくりして「君って人はねぇ……」とぼやきながら拾うが、ヴィクトリカは気にしていないようだ。

建物を出る。おおきな月が出ていた。青く光っている。

風は熱いけれど心地よい。

こうしてヴィクトリカと一弥の、アメリカ合衆国で初めての、おかしな夜が始まろうとして

いた……。

巻き貝のような不思議な形をした建物の外。鬱蒼《うっそう》とした緑の庭に、目を疑う色彩のオープンカーが停まっている。

青と赤の格子柄を白い星で彩る近未来的デザインの車——。

ボンヴィアンがちょこちょこ歩いて運転席に乗る。「こ、これに乗るんですか⁉」「う？」と固まる一弥とヴィクトリカを、クードグラースが真顔のまま無言でひょいひょい両脇に抱えた。この車にももう見慣れているらしい。大事な人形を並べるように後部座席に二人を置くと、自分は狭そうに肩を縮めて助手席に座る。

運転席には星条旗柄のスーツの青年。助手席には燕尾服姿の筋骨隆々たる青年。そして後部座席には……銀色の髪をなびかせるヴィクトリカと、珍しく燕尾服姿の一弥……。

緑繁る庭を通りかかった住人らしき若いグループが、気になるというように指を差し、なんども振りかえる。

ぶぅんっとエンジンが唸る。車体が揺れる。ボンヴィアンが景気よく叫んでみせる。

「自慢のミラクルカーでパーティにゴーだぜっ！　待ってろよッ、ばーちゃんとーちゃんかーちゃん！」

ハンドルを握って振りかえると、充血した目をさらにクワッとひんむいた。白目の血管が太く赤くなる。

「行くぜ、ワンダーガールとリンリン！」

三章
ふぇみなえこのみかもんすたー

「あの、ぼくたちの名前は、ヴィクトリカ・ド・ブロワと、久城かず……」

「出発だーッ！」

「あのー……」

「……やめておきたまえ、久城。おそらく時間の無駄だろう」

ヴィクトリカがほんとうにお腹いっぱいでだるいらしく、そっくりかえったまま一弥に話しかける。

「放蕩者《ほうとう》くんは、わたしたちが同伴さえすれば満足なのだ。出逢《であ》ってから小一時間ほど経ったが、いまのところ、どこからきたのかも移民になった事情も知ろうとしない」

ヴィクトリカは緑の瞳《ひとみ》をけぶらせて続ける。

「相手に興味を持たない。踏みこまない。ほんとうの名前さえ把握しない。だが親しく会話をする……。これが新世界の大都会の生き方だろうかね？　どうやらすこしばかり研究の余地があるようだが」

一弥が生真面目そうにうなずき、

「研究の余地だって？　それって混沌《カオス》の欠片《かけら》ということだね、ヴィクトリカ？　君、やっぱり、調べ物屋さんになったらどう？　そういうところは昔と変わら、ず……。い、いたい！」

ヴィクトリカがちいさなぷくぷくの手を伸ばして一弥のほっぺたをつまみ、蛇口にするように鋭利な角度でキュッとひねった。不機嫌そうな低い声で、

「いやだっ。働かないっ。誇りにかけてもぜったいに動かない。夢は怠惰な番犬なのだ。汗水たらしてへいこら働くのは、相変わらず究極の凡人たる貴様の抱える運命的義務にちがいある

まいよ。うむ、きっとそうだ」

「あのね！　相変わらず究極の凡人でほんとうにほんとうに悪かったね！　待って、運命的義務ってなんだよ！　それに、思いっきりつねらなくてもいいでしょ！　すごく痛い！　……わっ？」

おおきな音を立て、ミラクルカーが敷地を飛びだした。

交通封鎖中の路地をぶんっと走り続ける。富豪一族のおぼっちゃんにして市長の息子だとわかるからか、パトカーもまるで止めようとしない。空《す》いている道路を一路、ミラクルカーが……夜空に屹立《きつりつ》する黒い高層タワーに向かってエンジンを唸らせる。青と白と赤の車体が電灯を反射し、ピカピカと光る……。

一弥は世界一の大都会の夜景を（わぁ……ぁっ！）と感嘆して見回した。

赤茶色の煉瓦《れんが》造りのビルと、鉄骨とガラスで覆われた近代的な建物とがごちゃごちゃに並んでいる。銀色に光る最新式の車の合間を、警官を乗せた栗毛の馬もパッパカと走っていく。整備された電灯が人工的に照らす一方、ビルからは神話時代の英雄や半裸の女神の石像が見下ろしている。

中世と近代と未来が無秩序に入り混じる。

これぞネオ発展都市ニューヨーク――！

傍らを見ると、ヴィクトリカもまた銀の髪をミルキーウェイのようにたなびかせ、ところどころをネオンで金に光らせている。緑の瞳をいっぱいに見開いて、通り過ぎる街を一心にみつめていた。

（あぁ、ヴィクトリカとぼくは新しい世界にきたんだ。今日からここで生きていくんだ。嘘みたいだけど、ほんとに……。このちいさくて不思議な、世界でただひとりの銀のちょうちょと……手に手を取って……生きてく……）

車の行く先には真っ黒な〈アポカリプス〉が屹立している。あまりにもおおきく、近代的な姿。先端に月がかかって次第に青白く光りだす。魔の塔のように……。

ふとヴィクトリカを見ると、いやそうにタワーから目を逸《そ》らしたように見えた。おやっと一弥は首をかしげた。

そのときボンヴィアンが「なっ？　すげぇだろ！　なっ？」と上機嫌な声で言った。

「アメリカ合衆国はさ、おっそろしい二度の嵐に焼かれなかったでっかいピチピチピーチパイだっ！　おぉ、このビル群！　すげぇ経済力！　元気いっぱいの政治力……。〈ワンダーガール〉の舞台〈バビロンシティ〉そのものさァ！」

「えぇ……」

「俺と相棒は、ニューヨークを、アメリカそのものを描いてるのさァ！　未来に向かって発展する新しき国っ！　アメリカの未来は明るいぜぇ！　おぉ素晴らしき新世界！」

「いやァ、そりゃどうかねェ……」

助手席でクードグラースがのんびりとつぶやいた。ボンヴィアンがびっくりして「あらーっおまえはちがったのォ？　初耳ィ！」と大声で聞く。

ぎゅうんっとタイヤをきしませてミラクルカーが角を曲がる。

クードグラースは全員の注目を浴びているのに気づき、頭をかいて恥ずかしそうに、

「あ、あぁ……。ボン、俺にゃ、貧しくてものんびり平和に暮らすってぇのが性に合っててね。ばーちゃん《ノンナ》も親父もそうだったしよ。人間には分相応ってものがあらぁな。だからよぅ……」

と、おおきな体を縮めてみせる。

一弥はヴィクトリカと並んで夜空を見上げた。次第に一弥にも不安やなにか不穏な気持ちがうつってくるようだった。

黒い高い人工的な塔が堂々と屹立している。古代戦士の剣のように尖《とが》り、いちばん上の金の球体が不気味に光り続ける。

「ボンのばーちゃんはすっげぇ女傑だけどさ、神に挑戦するバベルの塔に見えて、なんだか怖くてよぅ。発展してくってのもいいことばっかりじゃねえって。ま、俺にゃ学もねぇし難しいことはわかんねぇけどよ、二度の嵐だって、もしかしてそういうことから起こったんじゃねぇのかなって。……だってよ、あのタワーもあんまり高すぎねぇか？　おそろしい姿だぜェ……。俺みてぇに普通のやつにゃ、ビルなんてせいぜい五階建てぐらいで十分さなァ」

と震えてみせる。一弥もつられて寒気を感じる。ヴィクトリカの横顔もまた青く染まっているようだ。

ボンヴィアンが急におかしそうに爆笑して、

「怖がりだなァ、おい！　難しく考えすぎじゃねぇの？　俺っちは名門ニューヨーク高校に通ってたから、それなりに学はあるはずだけどよ、うひょー、高ぇ！　すげぇ！　かっちょいい！　で終わりさァ」

クードグラースは照れたように肩を縮めた。

「……まっ、難しく考えちまうのは俺の性分さ。知ってるだろ、ボン」

「おぅ。まっ、クーのそういうとこに支えられて〈ワンダーガール〉は盛りあがってんだけどなっ。故郷の星との別れとか、悪の首領との戦いとか、おまえの作るストーリー、悲しいとこも楽しいとこもいいしよ。俺にゃとても思いつけねぇな」

「おいおい、俺にだってあんな絵は描けねぇよ」

「わはは！　……おっとォ着いたぜぇ！」

ぎゅううんっとタイヤが悲鳴を上げる。

角をまた曲がった途端……。

〈アポカリプス〉の前に青と白と赤のミラクルカーが飛びだして……。

真夏の白昼の日光を髣髴《ほうふつ》とさせる光が点滅して、一弥はおどろいて目をぱちぱちした。

2

「……サァァて、みなさまお待ちかねのパーティの始まりだっ。ニューヨークの上流階級が集まる〈紳士録《フーズ・フー》〉のカタログみたいな夜さっ。おや、まずレッドカーペットに現れたのはハリウッドで売り出し中の女優の一群……さすがにきれいだァ！　しかし誰が誰やら……。豪勢なお客さまをお出迎えするのは〈ブルーキャンディ〉自慢の美女モデル軍団〈煙草ガールズ〉！

青いミニスカートで健康的にセクシーだァ！　と、オーッ！　あっちの紳士の団体は、上院議員に銀行家に画家に法律家……！　オッその後ろから新世界の偉大な自動車王ロバート・ウルフ氏の、ご登場だ……。エッエクスキューズ・ミーッ！　ウルフ氏ッ、煙草女王ラーガディアによる〈アポカリプス〉完成を祝して一言ッ！」

「やぁ君、ご機嫌な実況だね。君のラジオ番組を聴きながらやってきたところだよ。我が社のかっこいい新型カーには、ほかの社のポンコツどもとちがってラジオも搭載されていますんでねぇ。……お集まりの紳士淑女のみなさん！　そしてラジオをお聴きのみなさん！　車を買うならウルフカンパニーのウルフカーをよろしく！　おっと、それから……。完成まことにおめでとうございますラーガディア様！　……宣伝ばかりでこっちを言い忘れるところだったよ。オォこわ冷汗《ボエシエ》！」

「はっはっはー！　コマーシャルみたいだね！　それでは……。なに、まだ言いたいことが……。ウルフさん、ちょっと、それ、それ、俺のマイクです……」

「ぼくはねぇ、君！　今夜はブルーキャンディ家の巨大タワー完成を祝うことはもちろんだが、じつは三代目のボンヴィアン君をスカウトしたくてきたのだよ。……どうしてかわかるかね？」

「えっ、どうしてってぇ!?　まさかあのアホたれをウルフカンパニーの社員に!?　ちょっ、マイク返して……。あぁ！　ちがう！　わかりましたよウルフさんっ！　あんた最近、新型ウルフカーで儲《もう》けたお金で……〈ニュースペーパーロウ〉の隅っこにあるオンボロ新聞社を道楽で買い取ったって噂……。えっと、名前はなんだったたっけな。ニューヨークのことならなんでも知ってる俺なのに……マイナーすぎてさすがに出てこねぇ……」

「オンボロとは失敬だぞ！　貴様ァ！　……わっはっは。怒ったふりをしただけさ！　そんな甘エビのカクテルみたいにのけぞらなくていい。みなさん、以後お見知りおきを！　その名も〈デイリーロード新聞社〉！　いまはオンボロだが数年後にはきっと！　ボン&クーにぜひうちで連載してもらいたくてね。そうだな、たとえばこんなお話はどうだろう？　主人公は子供のころブルースターに移民してきたちいさな男の子で、機械が大好きで、授業中も車のデザインばかりしてて……」

「ちいさな？　それ自分がモデルなんでしょォ？　ウルフさ……あっ」

「噂をすれば！　放蕩者くんの登場だ！　……って、あーっ!!」

「どっ、どうしました？」

「君、君！　あれはぼくが汗水たらして開発したウルフカーの新型オープンタイプだ！　販売開始したばかりの百万ドルの超高級車……旧世界から持ちだした古き知恵を宿らせた魔法の乗り物《ウルフカー》を……うわァァ、ものっすごいペンキで……塗ってしまったもんだな……さ、さすがは街いちばんの放蕩者……」

「ひゃっほー！　全米のコミックファンの皆さーんっ、お待たせしましたーっ！　我らおバカな若者のきらめくアングラスターたるボンヴィアンくんのご登場だーっ！　音声でしか伝えられなくて残念だぜっ、なにしろやつときたら、青と白と赤のペンキをべったべたに塗った……スーパーミラクルワンダーな星条旗柄のウルフカーで、さっそうとやってきたァ……俺の隣で、開発者にしてウルフカンパニーの社長である自動車王ロバート・ウルフ氏も、さすがに口をあんぐり開けちゃって……」

「すばらしい……ッ‼　近くで見たいぞッ‼」

「あれっ？　えっと、褒めてるぞ……？　しかもっ、うわっ、わわわっ、ワッ……。ああっ、な、なんて実況したらいいんだァ……。こっ、こっ、後部座席に……あれは……あれは、ワ。ワ……ワン……ダー……ガッガッガッ」


青と白と赤のペンキで塗られた超高級車が、ボンヴィアンの乱暴な運転で角をぎゅうんっと曲がり、後部座席に乗るヴィクトリカのシルバーヘアを幻のようにたなびかせながら〈アポカリプス〉前の広場に飛びこんでくる。ヴィクトリカが不愉快そうに小声で呻《うめ》く。

レッドカーペットには……燕尾服に身を包んだ紳士ときらびやかな夜会ドレスの婦人があふれている。ネックレスやカフスがきらきら光る。青いミニスカート姿の〈煙草ガールズ〉が眩《まぶ》しい笑顔で迎える。新聞社のカメラマンが休みなくストロボの光を放ち、辺りは昼のように明るい。

くるくる巻き毛の背の高いイタリア人青年が「その〈デイリーロード〉ですっ、ウルフさん、こっちにも……一枚……！」とカメラを構えた途端、左右のカメラマンに「どけッ新入り！」「弱小新聞社が前に出るなっ」とどつかれて「うっ⁉」とくの字になる。

ミラクルカーがエンジンを唸らせて停まる。ヴィクトリカの髪も、遅れてふわりと車の上に舞い降りてくる。

辺りがしんと静まり返る。

レッドカーペットを歩いていた紳士や婦人も振り返る。

ボンヴィアンがゆっくりと車を降りてみせる。はっと思いだして、後部座席のヴィクトリカからリバーシブルのマントをむしり取ると、青いほうを上にして自分が羽織り、びしっとポーズを決める。

青いシルクハットに星条旗柄のスーツ。おもちゃの古代剣。マントが風に堂々と舞いあがる。その姿をヴィクトリカと一弥が後部座席からあきれたように見守る。と、燕尾服姿のクードグラースも静かに降りる。こちらは大柄で黒子のように目立たない……。

人々が固唾《かたず》を飲んでミラクルカーを囲む。ＤＪがおそるおそる、

「……まず車を降りたのは、今夜もいかれた恰好《かっこう》のボンヴィアンくん……。そして相棒のムキムキ筋肉男ことクードグラース……。ある意味じゃニューヨーク一有名な二人組ボン＆クー。それから……そっ、そっ、それ、それ、それから……」

ヴィクトリカがちらっとＤＪを見る。緑色の星形眼鏡にショッキングピンクのポンポンがついた特製マイクを持った、役者のようにハンサムな青年……。隣の一弥の耳に唇を寄せて、しわがれた小声で、

「いや、そういうあいつもそこそこいかれた恰好ではないか……。ここはまことおかしな新世界だな、久城」

「う、うん……。ほんと、ぼくたちは不思議な世界に移民してきたね……。わぁっ！」

クードグラースが後部座席からヴィクトリカと一弥を抱えあげて、右肩にヴィクトリカを、左肩に一弥をのっける。

ボンヴィアンの横に仁王立ちする。

観衆も報道陣もどよめく。一弥は戸惑って辺りを見回す。ついで心配になってヴィクトリカを見る。

新大陸の大地が揺れたように感じるほどのざわめき……。

なぜなら、そこに現れたのは——。

若き売れっ子コミック作者、ボン&クー。一人はニューヨーク一裕福な家の御曹司《おんぞうし》。いかれた星条旗模様のスーツにマント姿の小柄な青年。もう一人は古代戦士のようなおおきな肉体を持った相棒。

そして……。

相棒の肩に乗り、星々の色に光り輝くうつくしい銀の髪を、新世界の夏の夜風にたなびかせるのは……。

目の覚めるような真っ青なサテンのミニドレスに深紅のミニハット、白い星柄のシフォンストール。袖と腰に赤いリボンを巻き、胸元と裾には白いレース。幾重にもふくらんだフリルで満開の花のように広がるミニドレスの裾が、夜風をはらんで満月のように丸く光り輝く。

月光を思わせる銀色の長い髪が、ストロボの光を浴びるたびに明るくプラチナブロンド色になって照りかえしてみせる。おどろくほどちいさく、細く、それなのに誰よりも恐ろしい姿……。

エメラルドグリーンの瞳を瞬かせ、周囲を威圧するように見下ろすちいさな威厳に満ちた少女……。

反対側の肩に乗るのも、おなじみ東洋人少年とよく似た……。

DJが、ピンクのポンポンつきマイクを震わせて叫ぶ。

「──ワンダー！　ガーッ、ルゥゥーッ！」

広場がドッと沸いた。

コミックの人気者にして、ニューヨークの良心、ネオ発展都市の守護者《ガーディアン》……昼間はリトルイタリーの普通の女学生キャンディ・ホリディ嬢にして、夜は正義の味方ワンダーガールに変身する、ニューヨーク一有名な架空の少女《オールアメリカンガール》が、とつぜん現実世界に現れたのだ。

「……ま、まさか〈アポカリプス〉記念式典の夜に！」

「本物のワンダーガールが！」

観衆の中に交じるコミックファンが小声で言いあう。

肝心のヴィクトリカと一弥だけが、興奮の理由がわからず、辺りを見下ろしている。一弥は心配でヴィクトリカのほうばかり見始める。と、そこに……。

「見て見てー、リンリンくんもいるー！」

「わぁ、コミックより実物のほうがかっわいいっ！」

年下の女の子から投げキッスまでされ、一弥はショックを受ける。

（これは……男子一生の……不、覚っ……）

と、両手で顔を覆って膝を曲げて恥ずかしがる。ヴィクトリカがそんな一弥のことをあきれたようにちらっと見やった。

「これはまた、とんだお祭り騒ぎだな。君……」

「うっ、ん……」

　ボンヴィアンはシャッター音に囲まれ、両目をカッと見開いて、得意そうに胸を張る。

　……いつのまにかクードグラースの横に立っていた謎の紳士――澄んだ緑の瞳に金色のチョビ髭《ひげ》が目立つダンディな色男だが、身長は百四十センチぐらいの侏儒《しゅじゅ》――が「明日の新聞の一面は君たちだろうね」とやけに威厳のある様子で話しかけてきた。一弥は戸惑って「えっ？　あの、どなたですか？」と聞きかえす。

　ＤＪがなんどもジャンプし、

「ワンダーガールだッ！　みんなっ、ワンダーガールがやってきたァ！　みんなの夢の女の子！　宇宙の彼方《かなた》のワンダースターから移民してきたスーパーミラクルな女の子！　怪力の持ち主で、強きをくじき弱きを助ける正義の味方、俺たちの代わりに悪の首領と戦って、街の平和を守ってくれる……未来の希望《ガールオブトゥモロー》の女の子……ぼくらのワンダーガールが、自慢のシルバーヘアをなびかせ、今夜、コミック世界から飛びだしてきたぁ！」

　と、マイクを持って忙しく駆けまわりながら叫んだ。

　群衆もまだおどろき冷めやらぬ様子で、並んでヴィクトリカを見上げている。

「……我らのボンヴィアンくんにはパーティの同伴者なんているのかな、って正直ばかにしてたけど、失礼しましたよッ！　とんでもない大物を連れて、意気揚々とやってきてくれたぜぇ！　コミックなんかって俺たちをばかにしてるお偉い大人たちに目に物見せてくれた。音声だけなのが悔しいぜぃ！　ラジオマンの威信にかけてもこんなことは言いたくねぇけど……みんなっ、明日の朝のタブロイド紙に写真が載るはずだからさ……どうかあの子を見てくれよ…

…。だけどさ、いったいどこからやってきた子なんだろ……？　あんな、その……異常にうつくしい顔を持ってて、しかもあんなめずらしいシルバーヘアだってのに、マンハッタンでいちばん事情通の俺の耳に、いまのいままで入らなかったはずがない……？」

ボンヴィアンとクードグラースがレッドカーペットを颯爽《さっそう》と歩きだす。横にいた謎の紳士はいつのまにかいなくなっている。

エントランスに続くカーペットの深紅が急に血の川のように見え始めた。黙示録《アポカリプス》を連想させる入り口扉が開いている。怪物の口のような扉――。一弥はまた不安になってきて、傍らを見る。ヴィクトリカのほっぺたも青白く染まって見える……。

「……君、大丈夫？　ほんとにここっておかしな世界だね」

「……そばにいたまえよ、君」

「えっ。……うん！　もちろんだよ」

と一弥が元気よくうなずくと、ヴィクトリカは顔を上げて、エメラルドグリーンの瞳を見開き、黙ってじっと一弥をみつめた。それからまたうつむいた。一弥はやきもきして、

（入国そうそうおかしなことになっちゃったな。とにかくぼくはヴィクトリカを……守らなくちゃ）

となんどもうなずいた。

タワーエントランスは広くて豪華だった。最新式エレベーターに乗りこむ。ガラス張りの超高速エレベーター。

ヴィクトリカはクードグラースの肩からするする降りると、ボンヴィアンのマントを取りあげ、グレーを上にしてかぶった。すると、外の人々を驚愕《きょうがく》させた異様な存在感がまた消え、蓑《みの》虫《むし》みたいなちいさな塊にもどった。

ボンヴィアンはぼけっとしているが、クードグラースのほうはちょっと気遣うように話しかけてくる。

「……あんたたち、おどろいたろ？　ま、これが大都会《メトロポリス》の喧騒ってやつさ。住んでりゃすぐ慣れる。どこだって住めば都だしなぁ」

「え、ええ」

「二人とも今日着いたばかりなんだよなぁ。住むところや仕事のあてはあんのか？　身元保証人は？　資格や免許があるのかよ」

「えっと、姉の瑠璃夫婦がいる……はずなので。会えたらまず住居の相談をするつもりで……。それから仕事を探して……。資格は、えっと……」

一弥がうつむいて答えると、クードグラースは不審そうに横目で見て、

「ヘェ？」

一弥が、ぇぇとちいさくうなずく。

「……って、でもまァそんなもんだよなァ。移民一世ってのは、もう夢中で旧大陸を飛びだして、憧《あこが》れの新世界に着いてから、あれ、さぁどうしようって考えるモンらしいのさ。つまりこの国はお調子者と冒険者と追放者の子孫の国ってぇわけさ。だから全体的にこういう調子なんだろうよ。あんたらもそうとう事情がありそうだ……。典型的な〝新しい世界にようこそ《ウェルカムトゥアメリカ》〟っ

てやつだぜ……」

不安そうに一弥がうつむく。クードグラースは力づけるように優しく、

「でもよぅ……。結局は縁のあるところに住んで働くことになるぜ。みんなそうだからよ」

一弥は「縁……ですか？」と相手の横顔を見上げる。

「そうさ。それが大都会で生きるってェことさ」

すこしだけ一弥の表情が明るくなった。

「この俺だってよぉ、親父もばーちゃんもいなくなって一人ぼっちで、仕事を転々としてたらよぅ……」

ガラス張りのエレベーター。窓の外でどんどん地上が遠くなっていく。華やかな夜景がきらきら光る。地上でのドラマが終わり、まったくべつの時間が近づいてくる……。

「家出中のボンとたまたま知りあってよ。……あの夜、雨さえ降らなきゃ、もどらなかった。それが大降りになったから、さっきの兄ちゃん、大丈夫かなって心配になって、傘を持ってもどった。で、意気投合して……」

一弥がうなずく。ヴィクトリカも耳を傾けている。ボンヴィアンはカラフルなライオンみたいに右に左にうろうろしているばかりで聞いていないようだ。クードグラースはそれを見て
「こいつはいつも俺の話なんか聞いちゃいないのさっ。忘れっぽいしな。出逢った夜のことだってもう覚えちゃいないだろう」と苦笑してから、一弥のほうにまた向き直った。

「それで、いつのまにか〈ワンダーガール〉の作者ボン&クーになってたのさ……。不思議な話だろ。ってこれも縁さ。だから、あんたらもきっと……」

――ポーン！

そのとき、エレベーターが最上階に到着した。

扉がカタカタと開いていく……。人工的な光が一弥の目をぐらっとくらませる。

3

「……ふー、間に合った！　冷や汗ものだったぜ！　どうだい、俺っちはきれいな女の子を連れてるぜい！」

ボンヴィアンがこんがり丸焼きにされた子牛にもたれかかり、腕を組んで、足も交差させてうそぶく。

一弥は呆然《ぼうぜん》と辺りを見回している。

黒いタワーのいちばん上できらきら光っていた金色の球体がこの広間らしい。おどろくほど高くて無機質な天井が広がっている――。タワーを模した縦長のシャンデリアが垂れ落ちてきている。眩しい光に満ちて昼とも夜ともつかなかった。

円形の大広間。天井から床まで総ガラス張りの窓がぐるりと囲んでいる。真っ黒な鉄製の窓枠が光っている。

外は三百六十度すべて夜景。世界一高いビルから見下ろす大都会は、ビルも道路も人工の星できた川のようだった。

中でも目を引くのは、中央に鎮座する天まで届くバベルの塔をお菓子で再現したような縦長のピンククリームケーキだった。〈タバコロード〉と書かれたチョコレートのプレートが飾られている。ブルーキャンディ家の軌跡を表現する砂糖飾りが上から下に螺旋を描いてくるくると飾られている。海に浮かぶ移民船と自由の女神。一面の煙草畑と農民たち。二階建てバスから手を振る〈煙草ガールズ〉のパレード。いちばん上に〈アポカリプス〉らしき高層タワーと、時系列通りに並んでいる。

〈ブルーキャンディ〉の大ヒット銘柄〈ミス・シガレット〉のパッケージをプリントした垂幕もあちこちから垂れ下がっている。〈お菓子の代わりにミス・シガレット！〉と宣伝文が躍る。自由の女神の恰好をした小柄な美女が微笑む有名な絵も……。

丸焼きにされた牛や豚や鴨が元気よく駆けまわるポーズを取らされて飾られている。野原を模した瑞々《みずみず》しいサラダに囲まれている。シャンデリアが大広間を人工的に照らしている。

金色の猫足バスいっぱいに毒々しい赤やオレンジのゼリーがぷるぷるしている。ふざけて入ってみせる大人の男や女たちが後を絶たない。ちいさなピラミッド形の焼き菓子をおおきなピラミッド形に積みあげたお菓子タワー。溶けたチョコレートの湧き出るピンクのハート形の噴水。奥には七色のゼリービーンズに浸《つ》かれる星形の小型プールまである。

燕尾服に身を包んだ紳士、夜会服で着飾る婦人が笑いながらそぞろ歩く。機嫌よく挨拶《あいさつ》をしては、〈アポカリプス〉をたたえ、グラスを飲み干し……。新世界の上流階級の社交に精を出している。給仕するのは〈煙草ガールズ〉の眩しい美女たち。

と、グレーのマントにくるまった蓑虫みたいな恰好のヴィクトリカが、しわがれた低い声で「……これはまた面妖《めんよう》極まる妖怪パーティだな」とうそぶいた。

「そぅおぉ？　素敵じゃなぁい？　俺っちはぁ、こういうの、好きー」

ボンヴィアンは気もそぞろらしく、ヴィクトリカではなくなぜか丸焼きの子牛に向かって返事をした。子牛の目にはサクランボの砂糖煮がはめられており、丸焼きにされて目まで真っ赤に燃えているようだった。

一弥はヴィクトリカと手を繋《つな》いできょろきょろと見回している。（それにしても……外とはずいぶん様子がちがうみたいだ……）とひとりごちる。

エントランスでの大騒ぎが嘘のように、華やかなパーティ会場では、すくなくとも大人は誰もボンヴィアンに注意を向けようとしなかった。派手な衣装に気づいてちらちらと見るものの、社交とはかかわりのないやつだとすぐ目を逸らす。ボンヴィアンをスカウトするとラジオで話していたはずの自動車王とやらも寄ってこない。親に連れられてきたらしき子供と若者だけが、気づいて「〈ワンダーガール〉の……！」「ボン&クーだぞ！」とささやき、目を輝かせるが……親に遠慮してか近づいてこない。

痩《や》せた中年紳士と肉付きのよい中年婦人が中心部で談笑している。婦人はローウエストの夜会ドレス姿。髪もモダンなオカッパに切り揃え、額には宝石飾り。

中年婦人がこっちに気づき、傍らの紳士に耳打ちをしながら手を振ってくる。ボンヴィアンが大あわてでヴィクトリカに手を伸ばし、グレーのマントを引っ張って取りあげながら、

「あれが親父とお袋だよ！　ラーガディア家の二代目夫婦。ニューヨーク市長とブロードウェ

イ女優のおかしなコンビさ。あぁ、よかった……。ワンダーガールのことをお気に召したみたいだぜ！」

くるくるっと回転しながら、マントの奥からドレス姿のヴィクトリカが現れた。

たっぷりのフリルでふくらんだ青いサテンのドレス。まるでけばけばしい造花の中に一輪の可憐《かれん》な本物の薔薇の花が落っこちてきたような、おどろくような違和感がたちまち満ちていく。

ボンヴィアンの母親が、びっくりしたように目を見開いてヴィクトリカの姿を熱くみつめている。それから心からうれしそうに笑いだしたかと思うと、その場で何度も跳ねてみせ、（最高よ！　なんてきれいな子！　夢みたい！　すごく素敵!!）と、眉《まゆ》と目と口の動きのパントマイムで伝えてくる。

でも遅れてエミグレ市長が顔を上げたときには、ヴィクトリカはもうボンヴィアンからマントを取りかえしてすっぽりとかぶり直し、蓑虫みたいな塊にもどっていた。市長はおかしな恰好の息子だけをみつけて、あいつめほんとにきよったのか、と顔をしかめてみせた。

父親はともかく母親が満足そうな様子なので、ボンヴィアンは安心したらしく、急に眠そうに目をこすりだした。「よかったよかった。お袋、ものすごく満足してるぜ。もうお帰りいただいてもいいぐらいだよ、お嬢さん」ヴィクトリカが布の奥から不機嫌そうに鼻を鳴らす。「最高のお知らせだな。アーメンメン。久城、帰るぞ」とうそぶくと、とことこ歩きだす。ボンヴィアンはあわてて振りかえり、「って……オイ待った待った！　ジョークだってばよ。まだばーちゃんと挨拶もしてねぇしよ！」と叫ぶ。青と白と赤の派手なコスチューム姿で、灰色の小岩みたいな恰好のヴィクトリカと子供みたいに言い争いだす。

傍らでクードグラースがウェイターと何事か話しこんでいる。「えっ？」「……ミラクルカーがなんだって？」と聞きかえす。

一弥がおやなんだろうと見ていると、クードグラースがあわててボンヴィアンに近づき、耳元でなにかささやいた。「不審者？　ミラクルカーに乗ってる？　なっ……。クー頼むぜぇ！」「えっ、でも、今かよ？　でも、俺、えっと、おまえのそばに……」「いや、だって俺っちはここにいなきゃさ！」「む、むー……。だ、だよな」クードグラースは腕を組んで唸り始めたが、やがて仕方ないとうなずいた。

振りむきざま、なぜか一弥の襟首をむんずと摑《つか》んだ。軽々と持ちあげる。

一弥はきょとんとし、空中で両足をばたばたさせて、

「きゃ？　なんです？」

「リンリン、手伝え！　野暮用で地下に降りなきゃいけなくなっちまった！　男手が必要かもしれん……。急げッ！」

一弥は荷物のようにずるずると引きずられていきながら、「地下？　あの……？　ちょ、ちょっと待っててヴィクトリカ……。すぐもどるよ！」と声をかけた。

ヴィクトリカはというと、そんな会話のことはもうすっかり忘れたらしきボンヴィアンが、得意そうに腰から抜いてとつぜん見せびらかしだした古代剣のレプリカを、目を細めてあきれたように見上げているところだった……。

4

「――ミラクルカーに不審者、ですか？」

「あぁ！　まったく、ボンの周りじゃいろいろ起こって大変だぜ」

一弥はクードグラースについて高速エレベーターで降りていく。

地上五百メートルの高層タワー最上階から再び下界に向かう。ぐわんぐわんと不吉な音が響き、耳も痛んだ。

「係員が言うにはよ、地下駐車場でミラクルカーに乗りこんでキャッキャと遊んでる妙な男を目撃したんだって、よ！」

と、クードグラースがむっつりと言う。

「なにしろニューヨーク中があいつを知ってるからな。ミラクルカーにいたずらしたり乗ったりしたがるやつも、そりゃいるだろうよ」

「そんな有名な人だなんて知らなくて、ぼくたちこんなところまでついてきちゃって……。ヴィクトリカ……」

一弥が心配になって、そわそわと上を見上げながら言う。エレベーターは一階を通り過ぎて地下三階まで降りていく。

――ポーン！　扉が開く。

地下駐車場の暗くひんやりした空間が広がっている。低い天井。壁をうっすら照らす灯《ひ》。石造りのつめたいデザイン。上流階級の客が乗りつけた高級車が死体のように並ぶばかり。遺体《カタ》安置所《コンベ》を思わせる――。

一弥は早く最上階にもどりたくなり、足早に歩きだした。クードグラースのほうも急いでいる。

闇の向こうに、青と白と赤のド派手なオープンカーが姿を現す。

急いで駆け寄って、クードグラースが車内を、一弥が車体の下を点検する。「誰もいないな！　異常なし！」「ええ。下にも誰も隠れてない……。もう逃げちゃったのかしら」「困ったやつだなァ。燕尾服を着た立派な紳士だったらしいがな」「えっ、立派な紳士がこんなところでキャッキャと遊んでたんですか？」と不思議そうに言いあう。

クードグラースが大急ぎでボンネットを開けて点検し、一弥にも「早くもどろうぜ。後部座席のシートの下が収納スペースになってる。人が隠れるスペースなんてねぇけど、一応見てくれ」と指示する。一弥はうなずき、左側のシートを上げた。と……。

「……わっ！」

さきほど仕事場の床下からボンヴィアンがトランポリンで飛びだしてきたように、なにかがビョーンと出てきた。あわてて両手を伸ばし、受けとめる。

黒尽くめの服装に赤いマント、髑髏《どくろ》の仮面をかぶった大柄な男のぬいぐるみ――。きょとん

としていると、クードグラースがボンネットの向こうから見て、

「なんだ。ボンの誕生日に作ってやったぬいぐるみだよ。ちなみにこっちは仮面、こっちはマント……」

と、ポケットから黒い布製の髑髏仮面と黒いマントまで出して得意そうに振ってみせた。一弥はおどろいて、

「全部手作りなんですか。き、器用ですね……。さっきもあっというまにドレスを縫いあげたし……。でもなんのぬいぐるみですか？」

「なんのって……そっか！　あんたらは移民してきたばかりで、大ヒット中の〈ワンダーガール〉の登場人物を知らねぇンだな。……おい、右のシート下も見ろよ。なにも入れてなかったはずだけどよ……。そのぬいぐるみは悪の首領グリムリーパーだよ。地下で眠ってた太古の邪神がうっかり目覚めちまってさ。街のチンピラを手下に〈バビロンシティ〉で大暴れ……」

一弥はフンフンと話を聞きながら右のシートを上げた。

とたん……。

「――!?」

一弥はぬいぐるみを取り落とし、絶句した。

クードグラースが早口で「地下鉄事故を起こそうとしたり、船を氷山にぶち当てようとしたりしててさ。そこに正義の味方ワンダーガールが……。どうした？　早く上にもどろうぜ……。おいリンリン？」と聞くが、一弥は答えない。

右のシートの内部に入っていたのは……。

閉じられた目と高い鼻梁《びりょう》、がちがちにセットされた金色の口髭をたたえた立派な紳士の……頭部だった！

「ワ……。ワーッ⁉」

5

……そのころヴィクトリカは、見せびらかし終わった古代剣のレプリカで丸焼きの子牛肉を削り取ってはもぐもぐ食べているボンヴィアンを、灰色の布にすっぽりくるまれたままあきれて見上げていた。

「……君、ちなみにその剣は本当の刃物かね」

「へ？　オゥ。なんでも切れるぜ！　なぜならなァ……」

「御託はいい。それならこれも切りたまえ」

縦長の塔のような〈タバコロードケーキ〉を指さす。生クリームの土台を、赤、白、ピンク、オレンジ、黄色の花飾りで覆った華やかで巨大なケーキ。砂糖を固めて作られた人形や船や車の飾りも派手派手しい。ボンヴィアンはケーキの豪華さに躊躇《ちゅうちょ》するそぶりもなくうなずくと、無造作に端っこをおおきく切ってヴィクトリカに渡した。ピンクの花飾りと苺《いちご》の載った塊を、ヴィクトリカも気にせず受け取って、おおきな口を開けてもぐもぐやりだす。

と、そのとき……。

――パーン！

おおきな音がした。とつぜん照明が落ちて真っ暗になる。尖ったシャンデリアが月光を不気味に照りかえした。

婦人たちがきゃーっと悲鳴を上げた。男たちがなにごとだと一斉に身構える。

と……中央の檀上の白壁にライトが当たる。

映写機の立てるカタカタという音がし始める。壁に、5、4、3……、2……、1……と、数字が出ては消える。

「……お待たせいたしましたッ！」

暗闇のどこかからマイク越しの声が響く。みんな安堵《あんど》するが、何人かが「なんだよ！」「事故かと思った！」「へんな音でおどかすなよ！」と文句を言う。

「紳士淑女のみなさまッ……！　〈アポカリプス〉完成記念式典に当たり……ブルーキャンディ家の華やかなる歴史を……ラーガディア様の若かりしころのお話からご堪能《たんのう》くださいッ……！」

二代目夫人――ロウジィの「主演はあたしよォ～」と陽気すぎる声が響いた。取り巻きがドッと笑う。「おい本気か！」「あんな小柄な役をあんたが？」するとロウジィは悪びれず「いいでしょ？　文句ある？」と答えるや陽気なステップを踏み始めた。つられた笑い声が響く。

ヴィクトリカは興味があるのかないのか、マントに隠れつつ、両手で持ったケーキをもぐもぐし続けている。

カタカタカタカタ……。映写機が回り続ける。

イタリアらしき片田舎が映る。漆喰でできた粗末な家。外には牛と豚と鴨……。

「時は一八六五年……。イタリアの貧しい村……。ラーガディアは大家族の末娘……。ちいさくて容姿端麗な女の子で……」

古い木机に向かう女学生らしき後ろ姿。甘党らしく傍らにお菓子を山盛りにしている。

カメラが手元に近づく。イタリア語で手紙を書いている。

母親が封筒を持ってくる。アメリカから届いた英語の返事だ。開けると二つに割ったコインの片方が出てくる。少女は幸せそうに握りしめる。母親がイタリア語で手紙を読みあげてやる。

「新大陸に渡った許婚《いいなずけ》がいたのです。幼いころに会ったきりでしたが、二人は海を隔てて文通を……。早く再会したいと思いあう二人。そして十五歳の夏！　ついにラーガディアは花嫁になるために海を渡ることに……」

船の甲板。海をみつめる女の背中。

……どうやらここからロウジィが演じているらしい。「うひょッ、でっかいラーガディア様！」「うなじが色っぽすぎなァい？」と笑い声が上がる。

ヴィクトリカが重々しくうなずく。つい数時間前に一弥とともにこの目で見たのと同じ光景……。船の甲板から見える自由の女神。台座の詩を大合唱するさまざまな言語。若きラーガディアの目から涙が流れだすと、ヴィクトリカのつめたくけぶる緑の瞳にも謎めいた表情が一瞬よぎる。

古き大陸の神々よ、かつての栄華を誇るがよい。

そして我に与えたまえ！

疲れ、貧しき、古き人々の群れを――。

「過酷な船旅……。死者も出たということです……。ラーガディア様はようやくエリス島に辿り着く……」

移民局の〈青い門《ブルーゲート》〉――ヴィクトリカと一弥が今日の昼にぎゅう詰めに並ばされたばかりのホールが映る。いろいろな色の髪と目、鮮やかな民族衣装の色彩の光景がモノクローム映像で再現される。不快な匂いと人いきれまで伝わってくるようなシーン――。

ラーガディアも、今日のヴィクトリカのように辛《つら》そうだった。係員から家畜のように蹴飛《けと》ばされてもなにも言えず、疲れ切って列を進んでいく。

「……不安な旅の終わり！　しかしラーガディア様には迎えがきていたのです！」

ひとりぼっちでトランクを引きずるラーガディア。

フェリーがニューヨーク港に入る。

英語のプレートを掲げる若い男をみつけ、静かに歩み寄って抱きあう。

震える手でコインの片割れを取りだしあう。かっちり一つになるコインのアップ――。表にはおそろしいドラゴンの頭《ヘッド》の柄。裏にはきれいな尻尾《テール》の柄が輝いている。

ようやく訪れる幸福な未来の暗示……！

ラーガディアは夫に連れられてグランドセントラル駅に向かう。混雑する南部行き列車につめこまれる。せっかくの大都会を見ることも楽しむこともない。南部の田舎町。ふきっ晒《さら》しの痩せた土地にぽつんと立つ煙草農家につく。お菓子は、と聞くラーガディア。そんなものねぇよ、と肩をすくめてみせる夫。ラーガディアは甘党らしくがっかりしている。

翌日から若い夫婦は朝から晩まで働きだす。

ラーガディアがカンパニーを興し、合併、買収を繰りかえし、煙草産業の一大コンツェルン創始者としてニューヨークに凱旋《がいせん》するまで、そこから二十年もの歳月がかかる。取り返しのつかぬ時間《クードグラース》……。夫が死に、息子エミグレも成長し……。ラーガディアはたくさんのカンパニーが無残に吹き飛ばされた一度目の嵐を、女手一つで、見事な舵《かじ》取りで潜り抜ける……。

〈ミス・シガレット〉の鮮やかな青い箱が輝く――。

〈お菓子の代わりにミス・シガレット！〉の宣伝文――。

街中で売られる箱の山！

新聞に載る素敵な広告！

各都市で〈煙草ガールズ〉コンテストが開かれ……。

栄光の歴史の中心には、必ずちいさくうつくしいラーガディアの姿がある！

「俺のばーちゃん、すげぇだろっ？」

ボンヴィアンが誇らしげに胸を張った。

「たった一人で移民して、カンパニーを興して……。一代目の移民話は、感謝祭とかばーちゃんの誕生日に必ず聞かされる家族の歴史物語《ファミリーヒストリー》なんだ。子供のころからばーちゃんに憧れてさ。だからじつは……ワンダーガールの……」

と、恥ずかしそうに言いかけたとき、再現シネマが今夜の〈アポカリプス〉前のシーンで終わった。

　またパーンとおおきな音がして広間のライトがついた。婦人たちが飽きずに黄色い悲鳴を上げる。紳士たちも身構えてみせる。

　とつぜんの眩しさに、ヴィクトリカの緑の瞳がゆっくりと閉じられていく。夜がやってきた水平線のように。そしてまた開く……。夜明けのように開く……。

6

「……ワーッ？」

　クードグラースも叫ぶ。

「なっ、なまく、びっ……？　紳士のっ？」

　と一弥が震え声で言う。

「殺人事件ですかねっ……。でも、いつからここに入ってたんだろう？　ぼくたちが〈アポカリプス〉に着いた後かな？　えっとそれとも……」

　クードグラースはびっくりしすぎたのか黙っている。

　と、そのとき……。

　——生首がカッと目を見開いた！

一弥は思わずクードグラースにしがみついて「きゃっ?」と叫んだ。

続いて生首の二つの目玉がゆっくりと二人のほうを見た……。

今度はクードグラースが「……だーっ!」と喚《わめ》いて、へっぴり腰にかがんで一弥に抱きついた。

と……女学生のようにきゃあきゃあ悲鳴を上げる二人の前で、シートの下からコロコロと転がって……身長百四十センチほどの小柄な、立派な風采《ふうさい》の紳士が「いい隠れ場所だと思ったんだけどなァ〜。まさかみつかるとはねぇ〜」とミラクルカーから這いだしてきた。そしてぽかんと見守る二人に背を向け……。

スタコラと逃げだした。

「わっ、んっ? なんだよッ!?」

一弥が遅れてハッとして、

「あーっ、あの人知ってる! さっきレッドカーペットに立ったとき、いつのまにか横にいて話しかけてきた……」

「おい待てッ! ものすごく不審なやつ!」

「待てと言われて、待つ名士は、いないよ〜」

からかうような声とともに、身軽にちょこまか走っていく。クードグラースは地団太を踏んで怒りだし、「ふざけやがって! えーと、計画を立ててやる! ……そうだっ、リンリンっ、はさみうちにしてやろうぜ! おまえはあっちから行くんだ!」と両手を広げて十字架みたいなポーズになって走りだした。一弥もあわてて床を蹴り、謎の紳士を追いかけだした……。

7

最上階の大広間──。

「……今宵《こよい》ッ、世界一のタワー……いや、新世界の箱舟になるであろう〈アポカリプス〉にお集まりの、歴史に選ばれし紳士淑女の皆さまーッ！」

司会者の興奮した声が響く。ヴィクトリカは布にすっぽり包まれたまま、欠伸《あくび》しながら耳をかたむけている。

隣でボンヴィアンが「クーのやつ、遅いな。あいつがいないとどうもつまんねぇんだよなァ」と慣れない手つきで剣を腰にしまいながらぼやく。

ヴィクトリカが急にうつむいて、

「そうだな……。その気持ちは、その、わた、わたしも、わからんでもない……」

とつぶやいた。

緑の瞳が見開かれて、神秘的な光がどこか奥に消えた。信じていた親においていかれた子供のような無防備な表情をあらわにした。でもそれはほんの一瞬のことで、この世の誰も目撃することがなかった。ヴィクトリカはすぐに磁器人形の如きつめたい無表情にもどり、超然とした静寂の森深くに硬く包みこまれていった。

ボンヴィアンは遠くを見ながらうなずくと、ケーキの同じところをまたほじくりかえすように切ってヴィクトリカに渡しながら、ぼやきだした。

「俺とクーって世界一気が合うんだぜ！」

「いや、残念なお知らせだが、世界一気が合うのは君たちではない」

「エッ、じゃ誰と誰？　……まぁ世界二でもべつにいいけどさァ」

「うむ、わかればいい！」

「でもさ、不思議だよなァ。だってさ、俺がお屋敷の廊下を走って遊んでたときは、クーはもう親父さんの雑貨屋を手伝ってたしよ。俺が名門ニューヨーク高校でめちゃくちゃ虐《いじ》められてたときは、クーは大人といっしょに港で働いてたしよ。育ちも性格もまるでちがうってのに……最初から馬が合ったのさ。そういう相手っているだろ？」

ヴィクトリカがほっぺたをいっぱいにふくらませて、さみしそうに、忙しくもぐもぐするという複雑なことをしながら、

「そういうものではないかね」

「そう？」

「うむ。近いから惹《ひ》かれあうのではない。遠くと遠くから出逢う、もの、か、も。……とにかく……ケーキをもう一切れ持ってきたまえっ！」

「だよなァ。……え？　あー、はいはい。ケーキね。あんたどうして赤くなってんの？」

ボンヴィアンがまた剣を出してタバコロードケーキをほじくりだす。

中央の舞台には、豪奢な金刺繡《ししゅう》つきの法衣をまとった金ピカの老神父が立っていた。さっき

から声だけ聞こえていた司会者らしい。高価そうな懐中時計がライトをてらてらと照らしかえす。大声が響く。

「みなさん、どうか、これからお呼びするあの偉大なお方についての、わたくしめのつまらん話をお聞きください。ご存じのお方もいらっしゃるでしょうが、わたくしめはもう何十年ものあいだ、移民たちに説教し続けてきたのです。『若者よ、大金持ちを目指すのだ！』とね……。みなさまの中にも聞いてくださった方がおありでしょうな。……なにしろうちの教会はおおきいですからなッ！」

客たちもよく知っていますよと愛想よくうなずいてみせる。

「『もちろん人生にはほかにも大切なものがある。愛、友情、信念。だがそれもお金があったほうが守りやすいのだ。しかもなるべくたくさんあったほうが！　庶民よりお金持ちのほうが、お金持ちより大金持ちのほうが、大金持ちより超絶大金持ちのほうが幸せなのが新世界での生活さ！』と。『信仰とお金儲けは矛盾しないから、安心して通貨の川《ゴールデンリバー》に身を投げろ！』『通貨こそ力だ《マネーイズパワー》！』と。迷える若者を導くために説き続けてきた。するとある日……っ」

右に左に歩くたび、黒い法衣を縁取る金刺繍がピカピカ光る。客たちは老神父を目で追う。

ボンヴィアンが楽しそうにうなずいて聞いている。

「マンハッタン島に……あの方が現れた！　うつくしく堂々とした婦人！　経済的女性《フェミナエコノミカ》！　勇気りんりん！　幾多のカンパニーを吸収し、合併し、またたくまに巨大煙草コンツェルン〈ブルーキャンディ〉を作りあげた剛腕！　偉大なるあの方には、まず知恵がある。勇気もある。それに……みなさんご存じ〈コイントスの魔法〉を見ればわかるように、新世界のパワーである通貨と相思相愛のお方なのだ！　あの方こそ、自分の強さと、その力をなんに使うべきかを知る新しき賢者！　若者に新世界での生き方を説くとき、私はこの名を出すのです！　君も成功を手にしたまえ、ラーガディア様のように、とね！」

一人で激しく笑いだす。それからクッと顔を上げ、

「新しき労働者の理想の母！　通貨の聖母マリア！　煙草のグランマ！　それではいよいよお呼びいたしましょう。我々の大切なお方……」

片手に聖書を、もう片方の手にはマイクを握りしめて叫ぶ。

「ラーガディアァァァー！　様ァァァー！　をォォォーッ！」

荘厳な響きに広間は一気に盛りあがる。神父が聖書を持った手で天井をびしっと指す。

しんと静まり返る。

と、天井からやけにおおきな音がした。シャンデリアと垂れ幕が危険なほど揺れ始める。また婦人たちが悲鳴を上げて逃げ惑いだす。男性たちもなにごとかと見回し警戒する。

ヴィクトリカが青白い顔をしたまま天井を見上げる。ケーキの塊をごくんと飲みこむと、低いしわがれ声で「なんと。これは見物だ。到着して早々……」とささやいた。緑の瞳をけぶらせ、退屈そうに欠伸混じりのままで、

「空から……」

と……。

「新世界の混沌《カオス》が降ってくるぞ！」

天井から……。

広間の人々に降りかかるように……不思議な声が落ちてきた。女優か歌手のようによく通るが……すこし芝居がかったような話し方……得体の知れぬ魅力に満ちつつ、どこか不快でもある、謎の声が……。

「——人生はコイントスーッ！」

天井の一部がとつぜん開いた。

金と青に縁取られた豪華な船の形のゴンドラがゆっくりと降りてきた。オルガン奏者が奏で始めた敬虔《けいけん》な宗教音楽と合っていない。司会の老神父がトランペットを吹き始めるが、その音色とも不協和音だ。おそらくこの世の古い音楽のどれとも合わないのだろう、新しく奇妙な姿……。

小柄な女が、妙に優雅そうなポーズで乗っている。

マイクを手にしていかにも上品っぽく笑いながら、

「——幸運は勝ち取るものーッ！」

と不思議な声色でまた叫ぶ。客はみんな目を凝らして見上げる。

……それはおそろしく奇妙な人物だった。

白に近い銀色の長い髪を床まで垂らしている。頭には茨《いばら》の冠。そして白い布を巻いただけの衣服。〈ミス・シガレット〉のパッケージ絵と同じ自由の女神の扮装《ふんそう》をしている。アメリカ一有名な煙草パッケージの女性は、伝説の創業者本人だったらしい……。

松明《たいまつ》の如く掲げているのは、金色の……トカゲの形をした豪奢なパイプだ。さすがは煙草で財を成した新世界の女神というところか。身長は百五十センチに足りないほど小柄で痩せ細っている。ゴンドラが降りてくるにつれ……皮膚におどろくほど皺《しわ》が寄り、青い二つの目も薄い唇も木のうろのようなのがわかる。

自由の女神の扮装をした……ちいさな老女……！

長い銀の髪を床まで垂らして、エレガント風のポーズを取り、女王の謁見といった様子で下界の客に満面の笑みを与えている。

ボンヴィアンがうれしそうに弾んで、

「……一八六五年に十五歳で移民してきたから、いま八十歳だよ！　すげーだろ！　本人はまだ六十五歳だなんて言うけどよっ！　よっばーちゃん、かっこいーいっ！」

ヴィクトリカはあきれたように黙っていたが、「……あ」となにかに気づいてとつぜん緑の瞳を輝かせ始める。おかしな凝ったデザインの金のパイプを妙に熱心にみつめ始める。なぜか子供がおもちゃをうらやむような顔つきになっていく。

「トカゲか……。ふむ、金色だな……」

いったいなにが気になるのか、ぶつぶつ言う。背伸びまでしてよく見ようとするが、隣のボンヴィアンは気づかず、

「で、さっきの話の続きだけどさ……」

「目の宝石がすっごくキラキラしてる……！　緑だ……。尻尾《しっぽ》もとってもおおきい！」

「ワンダーガールのモデルはさ、ほかでもないラーガディアばーちゃんなんだよ。シルバーヘアに小柄なボディ！　勇気りんりん！　ワンダーパワーを持つ女の子！　……なっ、似てるだろっ？」

「……むっ？」

ヴィクトリカがさすがにびっくりしたのか、エメラルドグリーンの瞳を見開いてボンヴィアンの横顔を見た。ラーガディアを見上げ、ワンダーガールの絵を思いだすように目を細め、ついで〈ミス・シガレット〉の垂れ幕も見上げて、それから自分のぷくぷくのほっぺたにちいさな両手のひらをくっつけだし、「？」「？」「？」と悩みだす。

「に、似てっ……？　ばかな……っ⁉　ないない、ない……。ないだろう、君！」

そのときゴンドラの上で老女――ラーガディアがクワッと目を見開いた。一見、落ち着いて微笑んでいるようだが、よく見ると瞳孔《どうこう》が開ききっている。孫のボンヴィアンと似た危険な目つき。口を開けると、優雅っぽい響きで笑いを含み、

「――あなたァ、コイントスはいかがァ？」

とささやいた。いつもの台詞《せりふ》の一つらしく、客たちが歓声を上げて喜んでみせる。

ラーガディアは歓声に応《こた》えてにっこりする。パイプを置き、老人らしいゆっくりした動きで……宙に向かって金色のコインを放ちながら、続けて……。

「――表か裏《ヘッドオアテール》かッ！」

コインが光りながら宙を飛び始める。

広間は気味悪いほど静まり返った。全員コインを見守る。

コインは意志を持ったように宙を飛んだ。そしてなぜかヴィクトリカのほうに落っこちてきた。ヴィクトリカはグレーのマントの奥に丸くなって、なるべく目立たないように隠れているが、みんなの視線がコインを追って近づいてくる……。

シャンデリアがキラキラと光る。客の視線はみんな楽しそうにワクワクしている。窓の外の夜景も輝く。

ラーガディアの声が裏返る。老女とは思えないほどおおきな声を広間中に轟《とどろ》かせて宣言する。

「――表《ヘッド》ッ！」

8

――薄暗く不吉な地下駐車場。

「ったく、貴様はいったいどこの誰だよっ？」

一弥はミラクルカーの前に立って、クードグラースとともに首をかしげている。クードグラースは顔を真っ赤にして怒っているが、ボンネットの上にちょこんと座らされた小柄な紳士のほうは悪びれる様子もなく、

「いやぁ～、新型ウルフカーの改造の様子を、近くでよく見たくてねぇ～」

「だからって人の車に勝手に乗るな！　……それに名前ぐらい名乗らねぇか！　いい大人がいい加減にしろ！」

「まっ、俺のことはトロルちゃんとでも呼んでくださいよ。ガキのころのあだ名さ。あんたの

通り名であるクードグラースみたいなもんかねぇ。……ところで新型ウルフカーをすごい柄に塗ったもんだな。ほかにも改造したところはあるのかい」

「ねぇよ！　青と白と赤のペンキを塗っただけ！」

「なーんだ！　……まっ、とにかく、ボンヴィアンくんの相棒と知りあえたのもなにかの縁だ。それにリンリンそっくりの東洋人くんも。どうかよろしくね！」

髭を両手で左右に引っ張りあげながらウィンクまでする。

「どうかよろしくねじゃねぇだろっ。まったく……。こんなことより、早くボンのところにもどりてぇんだけど……」

「オット、クードグラースくんは噂通りだね〜。なかなかお堅いやつだと聞いてたよ〜」

「あのな、お堅いもなにも、普通は怒るだろッ。人の大事な車でよ！」

一弥が「あ、あの……」と二人のあいだに入ろうとしたとき……。

はるか上のほうで爆発のような振動が響いてきた。一弥とクードグラースは思わず床に伏せた。謎の紳士――トロルだけはおどろいた様子もなく、「いや、名士は動揺しないよ……」とつぶやきながら、ボンネットの上でいちおう首を縮めてみせただけだ。

一弥は顔を上げると耳を澄ませ、次第に表情を硬くしていき「いまのは……？　上でなにが……？」とつぶやいた。クードグラースが「わーっ、なに？　なんだよ？」とびっくりしている。

一弥はあわてて立ちあがると、

「――ヴィ、ヴィクトリカーッ!?」

と叫んで、もときた方向に走りだした……。

9

「――表《ヘッド》ッ！」

金色のコインがゆっくりと空中を飛んでくる。大広間中の客が黙って目で追う。興味なさそうに目を伏せているヴィクトリカの目の前に音を立てて落下する。ラーガディアがカラカラと笑いだす。

誰もなにも言わない。

ヴィクトリカがコインよりもパイプのほうをまたうらやましそうに一瞥《いちべつ》する。それからいかにも不承不承、マントの中から細い腕を出した。コインを拾ってやる。

ドラゴンの頭が描かれたコインを見て、ゆっくりとうなずく。

静寂が広がる。

ヴィクトリカの低いしわがれた声が響く。

「――表《ヘッド》」

途端に客がドーッと沸いた。「すげぇ！」「さすがだ……っ」「ばーさん、またまた当てちまったぞ！」「ラーガディア様！」「それでこそ新世界の通貨の女王《クイーンオブマネー》！」と囃《はや》す声がどんどん広がっていく。

「通貨の女王！」

「通貨の女王！」

「通貨の女王！」

　と大合唱になる。

　ラーガディアは満面の笑みになった。スピーチする女優のように優雅そうで得意げな仕草を繰りかえす。

「楽しいねぇ……。でも、こんなのは当たり前の勝利にすぎないけどねぇ。楽しんでいただけたなら、アタシにも喜ばしいことですよ！」

　老神父がうれしげに駆け寄ったかと思うと、マイクを握りしめて、

「みなさん、ラーガディア様は、コイントスで負けたことなど、これまでの生涯で一度もないのであります！　そして今夜もそう……。みなさん、ラーガディア様に代わって、私がここに宣言いたしましょう！　みなさんの金色の女王は、この世のどこからきた誰にも、どんな不思議な力にも、けっして負けることがないと！」

　ラーガディアもうなずきながら、楽しげに、

「えぇ、その通りですわ、みなさん。思い起こせば、六十五年前に船を下りて夫とコインを合わせたあのときがすべての始まり……。あれからずっとアタシには幸運の星がついていますのよ」

と皺だらけの腕で金色のパイプを吹かす。隣で老神父がはしゃいでみせ、

「みなさまっ、そんなすばらしきラーガディァ様にィ、どうか盛大な拍手をーッ！」

歓声。続いてタワーが揺れるほどの拍手も響いた。

派手な制服の鼓笛隊が現れて、ご機嫌な演奏をしながら練り歩きだした。まるで戦勝パレードのような華やかさ。紳士淑女もはしゃいで鼓笛隊についていき、踊る者、歌う者……。老神父までなんと大事な聖書を投げだし、元気よくトランペットを吹き始めた。

ボンヴィアンが誇らしそうに、

「さっすが俺っちのばーちゃん！　派手さでも負けちまう！」

「まったくだ。貴様よりさらに派手派手しい人物がいたとはな……。新世界の混沌《カオス》にはおどろくばかりだ」

ヴィクトリカがあきれたようにつぶやいた。

それから拾ったコインを熱心に観察し始めた。表には恐ろしいドラゴンの頭部《ヘッド》の絵が、裏にはきれいな尻尾《テール》の絵が描かれている。と、なにかをみつけてうなずき、「コイントス、か……」と呻く。

太古の湖のように光るエメラルドグリーンの瞳を静かに瞬かせながら、

「ふむ。これは古典的な手品にすぎん。コインの表と裏のどちらかを重く作っておけば、落下する面をコントロールすることができるのだからな。しかしこれは……見たところ一八六五年に造られた記念金貨で、一度真っ二つに割られてから接着剤でくっつけられている。おそらく再現シネマに出てきた夫との思い出のコインなのだろう。おや、重さ自体にちがいはなくトリ

ックはない。だが、しかし……。なるほど……！」

ヴィクトリカはしげしげとコインを裏返し、手元でなにか細工し始めた。そこに〈煙草ガールズ〉の一人が走ってきて強引にコインを取り返してしまった。ヴィクトリカが「あ……」とオモチャを取りあげられた子供のように肩を落としてがっかりする。

ラーガディアがコインを受け取り、大切そうに懐にしまう。

……と、なにかに気づいたように厳しい形相をして振りむいた。ヴィクトリカがマントの奥にすっぽり隠れてころりと丸まる。石のような姿になる。ラーガディアが、おや気のせいかしら、と首を振る。

隣でボンヴィアンが急にしょんぼりと言った。

「俺っちはさァ、ばーちゃんのことがこの世でいちばん好きさ」

ヴィクトリカは石ころのように丸まったまま、小声で返事をする。

「では、二番目に好きなのが相棒なのかね？　まぁ、貴様のことなど本当に心の底からどうでもいいが。……それよりケーキをもっと切りたまえよ」

「ん、そう。二人とも大事さ……」

ボンヴィアンがまたケーキをほじくろうとしながら、瞬きする。

ヴィクトリカも灰色の布に包まれながら、異変を察してゆっくりと振りむく。

気のせいだろうか、広間の出口ドアがこちらに向かってふくらんだように見える……。

と、そのとき……とつぜんおおきな音がした。

また婦人たちの悲鳴が上がる。男たちが身構える。

ドアの向こう側にあるエレベーターホールで、真っ赤な炎が飛び散る。彫刻をほどこされた重そうなドアがばらばらに吹き飛ばされてくる。黒い煙が丸く上がっては広がっていく。

客たちの激しい悲鳴が続く。

ドアに続いて、制服姿のエレベーターボーイが転がってくる。どうっと床に伸びて呻き声を上げる。千切れた片腕だけが広間の床に滑りこんでくる。血が広がっていく。まるで戦場のような光景……。

会場中の女性がおおきな悲鳴を上げて右に左に逃げ惑う。床の揺れに誘われて子牛や豚の丸焼きが幾つも倒れ、色とりどりの野菜や果物も悪趣味なカラフルさで四散する。悲鳴と怒号が続く。足元に千切れた腕をみつけた年配の婦人が、白目をむいて倒れ、夫や息子に支えられる。

紳士たちが気を取り直し、ドアに駆けよる。

「なんてことだっ、エレベーターが……！」

「全部吹き飛んでる……。故障か？　できたばかりのタワーだぞ！」

「爆発事故？　なんの不備があったんだ！」

「いや、これは……」

「爆弾だ……！」

ボーイたちが、倒れ伏すエレベーターボーイのもとに走り寄って止血し始める。「危なかった……」「あとすこし横にずれたところに立ってたらばらばらに吹き飛ばされて即死だぜ」「シャレにならん。殺す気で仕掛けてる……」と顔を赤くし、憤る。

非常口の扉を開けようとした紳士が、青い顔で振り返る。

「そ、外から施錠されてる……ッ！」

「どういうことだ？」

「わからん……。しかし、エレベーターホールが爆発し、非常階段からも降りられないとなると……。これはっ……」

周りの顔を見回して、

「誰もこの広間から出られないということだ……ッ！」

「なっ！」

不気味な沈黙が流れる。

ヴィクトリカが黙ったままラーガディアのほうを見る。なぜかラーガディアは、この非常事態を恐れるでもなく、あわてることもなく、いっそ愉快そうな余裕のある表情を浮かべて立っていた。

周りにいる人々だけが焦って、口々になにか言い、混乱して歩き回っている。

「どういうことだっ！」

「怖い、怖いわ！　下に降りたい……！」

そのとき……シャンデリアのライトが音を立てて落ちた。またあちこちから悲鳴が上がった。

壁の間接照明だけの薄暗い広間になる。互いの顔を不気味にうっすらと照らす。

そして……。カタカタカタカタ……！　音を立てて映写機が回りだした。さきほど再現シネマを映しだした白い壁に、まるで血で書いたような不気味な文字が浮かびあがる……。あちこちでまた涙混じりの悲鳴が上がる。ヴィクトリカは丸まったまま目を凝らし、見た。

〈〝闇夜に死神と踊ったことがあるかい？〟〉

と、まず出た。あちこちから子供と若者の悲鳴が上がった。大人はわけがわからずぽかんとしている。つぎに……。


〈青い門をくぐった日を忘れはしまい。

いまこそ復讐《ふくしゅう》の時！

貴様を生きて塔《タワー》から出さぬ〉

「生きて出さないだとッ？」

と、今度は会場中で悲鳴と怒号が上がった。

「どういうことだ…！」

「俺たちはラーガディア様のお祝いのためにきたんだぞッ！」

「ブルーキャンディ家に恨みを持つ者が企《たくら》んだのか！」

そのとき、今度はエレベーターホールより近い……廊下のすぐ外で、二度目の爆発が起こった。

激しい振動……。

ドアのすぐ近くにいた紳士が吹き飛ばされ、そのまま爆風に乗って広間の真ん中まで転がってきた。背中から血を流して呻く。

天井から床までを覆う窓の分厚いガラスが割れる音がした。強い風がドッと吹きこんでくる。

ヴィクトリカも風になぎ倒されて床に転がり、灰色の毬《まり》のようにコロコロッと転がった。

と、スクリーン代わりの壁に最後の言葉が……。

〈三つ目の爆弾はこの広間にある！
全員死にたくなかったら、爆発する前に、
ラーガディアにあの日の罪を懺悔《ざんげ》させよ！

——グリムリーパー〉

「爆弾がここに？　三つ目？　おい、捜せ！　誰か解除しろよ！」

「あの日の罪って、いったい何ッ？」

「待てッ、グリムリーパーって誰だよッ？」

と大人は騒ぐが、ほんの十数人交ざっている子供と若者だけがべつの方向を一斉に見ている。

指さす者もいる。大人たちも気づいて、同じ方向を見始める。

そこには……ボンヴィアンがぽかんと口を開けて立っている。

子供たちが小声で、

「グリムリーパーって……。闇夜に踊るって……知ってる……」

「グリムリーパー……」

「知ってる、知ってる……」

「……悪の……首領の名前っ⁉」

そのささやきに、恐怖と怒りに血走った目をした紳士淑女の視線も次第に一点に集中し始める。ちらちら見ている。

ヴィクトリカがグレーのマントに包まれたまま、すすす……と動いてボンヴィアンに近寄り、老女のようにしわがれた低い声で問うた。

「君、どうやら、若者と子供はよく知っており、いい齢《とし》をした大人にはわからない名前と台詞のようだが。グリムリーパーとは誰だね？　君の知り合いかね。闇夜に死神と踊るとはなんのことだ」

ボンヴィアンは戸惑ったように首を振って、

「こんな犯罪を仕掛けたのは誰だ……！　しかも、どうしてそんな名前を名乗りやがるんだっ。……グリムリーパーってのはな、〈ワンダーガール〉に登場する悪の首領の名だよ。『闇夜に死神と踊ったことがあるかい？』は、そいつの決め台詞で。つまり……」

と絞りだすように言い、その場に座りこんでしまう。

「グリムリーパーなんて……実在しねぇよ！」

〈ワンダーガール〉第七話
絵&作　ボン&クー
「コミックマンハッタン」
——一九二九年七月号

「——グリムリーパー様ッ！」

夜のバビロンシティ上空から鳥のように地上に降りる。シティ中央に鎮座するグランド駅構内に入り、地下二階を通る地下鉄のゴォォォーッという不吉な音に耳を澄ませよう……。そしてさらにその地下……土の下に隠れた、バビロンシティの新しき人々の知らぬ暗黒のダゴン神殿……。

太古の昔に建てられ忘れられた、泥と石で作られた暗い地下神殿に、松明の火が気味悪く揺れている。

土で覆われた天井から、人間の作った地下鉄の振動がたえまなく聞こえる。そうこの近代の音と振動のせいで、古代の暗黒神が目覚めてしまったのである……。

石でできた古い玉座に、髑髏の面をつけ、黒い衣服と深紅のマントに身を包んだ男か女かわからない人間が腰かけている。目前の床には、移民らしき黒尽くめの服の男たちが頭《こうべ》を垂れている。

「グリムリーパー様！」

と、声を合わせて、魔人を称《たた》える。

「蘇《よみがえ》りし古代の力！　バビロンシティの破壊者！　我々の死神よ！」

「グリムリーパー様！」

「グリムリーパー様ッ！」

「……そう、私こそ死神。ネオ発展都市バビロンシティの人々の喧騒が目覚めさせた、暗黒の力……。古き歴史の神々の末裔《まつえい》なのだっ……」

「グリムリーパー様ッ！」

「こうしてせっかく目覚めたのだ……。バビロンシティの人々のささやかな幸福を、この手ですべて握りつぶしてやろうではないか。ネオ発展都市の明るい未来を、破壊と悲しみの豪雨で押し流すのだっ……。そう、前に前にと夢見てがんばるほどに、おまえたちはじつは私に――死神に近づいているのだっ！　はっはっはっはっ！」

「暗黒神グリムリーパー様ッ！　……しかし、我々の破壊活動を邪魔する力がありますっ！」

一人が顔を上げて叫ぶ。

「……なにぃ？」

ほかの男たちも我先にと、青いコスチューム姿のちいさな女の子の噂をしだす。一人が女の子のふりをして走ったり飛んだりし、二人目が手助けするリンリンの真似をしてみせる。倒される強盗の役、助けられて感謝する店主の役……とチンピラ男ばかりの劇団による劇のように動き、状況を伝える。

グリムリーパーは不愉快そうにうなずいた。「その者の名はわかるか?」「ワンダーガール?異星人の少女だと?」「やっかいな邪魔者が一匹、うろついているというわけか……」と、眉をひそめる。しばし考え、

「身近なところに潜りこんで弱点を探すとしようか。これはこれは、虐めがいのある市民の登場だな! 腕によりをかけてやる!」

グリムリーパーは愉快そうに笑いだした。

「はっはっはっはっ!」

その声に部下たちもつられて笑いだす。笑い声の響く中、グリムリーパーが大声で叫びだす。

「闇夜に死神と踊ったことがあるかね? はっはっはっはっはっ!」

——グランド駅の地下。地下鉄の振動の下から低い笑い声の大合唱が響いてくる。ホームにひとりきり、新聞を広げてつぎの列車を待っていた老人が気づいて顔を上げ、不気味そうにキョロキョロ辺りを見回し始めた……。

——ついに姿を現したグリムリーパー!?

〈以下次号!〉

四章　煙草《タバコ》の道路《ロード》のお菓子《ケーキ》

1

「ヴィクトリカーッ!?」

一弥はエレベーターのボタンを何度も押した。なぜか動く気配がないので、非常階段を駆けあがり始めた。

暗い石造りの段を二段跳びに急ぐ。

後ろからクードグラースも追ってくる。「……おい、トロル！　おかしな悪戯《いたずら》紳士っ、おまえのことは後だ！　とにかくもうミラクルカーには近づくなよッ、わかったな！」と小柄な紳士に叫んでいる。

一弥は敏捷《びんしょう》な動きで、三階分の階段を瞬く間に走り、重たい扉を開けて一階のエントランスに飛びこむ。クードグラースも追いつく。

受付ブースに立つ執事風の職員が電話機を片手に大声で会話していた。ほかの職員も集まっている。

「どうしたんですかッ!」

聞くと一斉に顔を上げ、

「……予想外の事故が! 最上階ですが、お客さま方、念のため外に避難してください!」

「最上階って……パーティ会場か……?」

一弥は真っ青になりつぶやいた。クードグラースは肩を震わせ、「ボン……」とつぶやいたきり黙ってしまう。

職員はどうやら最上階にいる誰かと話しているらしく「爆発?」「あぁ、エレベーターはこちらからも動かないようです。階段で避難させては? ハァ? なぜか扉が外から閉まってる? じゃ、じゃあ……みんなどうやって降りるんですッ!」「とにかく客は落ち着いてるんですね? な、なに……」「は? へ?」「グリムリーパー……? こんなときになんの話をしてるんです?」「コミックの悪役のことでしょ? そりゃ私も読んでますけど……」とせわしなく聞きかえしてはメモを取る。

「どういうことですか? 最上階には連れがいるんです!」

「俺の相棒もだぞ。あとグリムリーパーがどうしたって?」

「……俺は一人ぼっちでパーティにきたから、いないけどねぇ」

のんきな声に、一弥とクードグラースがぎょっとして二人の間を見下ろした。例の小柄な紳士が妙に真面目な顔で立っている。「……でも名士は寂しくないのさ」と誰にともなく話しかける。

この人はいったいなんだろうとあきれながらも、一弥は気を取り直し、

「エレベーターが動かないんですか？　階段もむり？」

「あぁ。どうやら最上階だけ、いつのまにか外側から施錠されてしまったらしい。……なっ、なんだって、あっ、いまNY市警が！　消防隊も到着したぞッ……。待ってろ、助けが行く……」

職員につられて一弥たちも振りむいた。

ガラス張りの豪華なエントランス。ビルの外にパトカーと消防隊の一群が到着するのが見える。一弥はクードグラースとともに外に走り出た。

レッドカーペットに警察官と消防隊員がぞくぞくと降りてくる。野次馬もたくさんいて「あっ、リンリンだ……」「ワンダーガールはどこ……？」と若者たちが指さしてくる。

一弥は夜空を見上げる。天まで屹立《きつりつ》する剣の如き塔〈アポカリプス〉――。最上階の金の球体が光る。上空のどこかでかすかに火が見える。天上界でなにが起こっているのかはわからない……。一弥は焦って、

「あのっ、早く救助に向かってください……。お願いします！　エレベーターの爆発と、上では火事も起こっているかもしれなくて……」

「むりだよ」

「は？」

「原因が不明ではな。それにこういった場所での活動には警察署長の特別許可が必要だ。だが署長と連絡が取れん」

「おい！　で、くそ署長はどこにいやがるんだよっ。こんなときに遊んでんのか！」

とクードグラースも焦って叫ぶ。すると警官はのんきに肩をすくめて……おどけた顔をして、最上階の金の球体を指さしてみせる。

「今夜はニューヨーク中のセレブリティがあそこにいるってことでねェ」

一弥はクードグラースと黙って顔を見合わせた。うなずきあう。

クードグラースが警官をエントランスの受付ブースまで引っ張っていく。一弥が電話を替わり、最上階にいる警察署長と話させようとするが、「いやァ、まだ状況がよく……」「ハァ！」「もちろん早急に方針を決めまして……」と煮え切らない会話が続くばかりだ。

……そのとき。

二回目の爆発らしき振動が響いた。

一弥は床に伏せた。すぐ起きあがって外に走り出る。ビルを再び外から見上げる。野次馬がますます騒ぎ、サイレンが響くが、上空でなにが起こっているのかはわからないままだ。

と、どうやら窓ガラスが割れたらしく、雪のように光りながら大小の破片が落ちてきた。人々があわてて逃げ惑う。

一弥は赤い作業服姿の消防隊に駆け寄って救出方法を聞いた。だが「いやァ、上の方針が決まらないとなァ」「なにが起こってるのかわからんよォ」と困惑したように首を振られる。

消防隊員の中に若い女性が二人交ざっている。一人は長い赤毛をポニーテールにした背の高い女性で、もう一人は小柄でおとなしそうな人だ。揃って厳しい表情を浮かべ、上空を見上げている。

一弥は首を振った。

（まだ、誰がなんのためになにをしているのかわからないけど。エレベーターが動かず、非常口も外から施錠されているってことは……）

ごくっと唾《つば》を飲む。高層タワーを見上げる。

「――誰かが上に上って、階段側から扉の鍵《かぎ》を開けないと、パーティ客が避難できないってことじゃないか！」

その声が聞こえて、消防隊員の女性が振りむく。背の高い赤毛のほうだ。なぜか怖い顔をして一弥を睨《にら》み始める。

一弥はまた走ってエントランスにもどり、職員に非常口の鍵の有無を聞いた。ありますと差しだされた鍵にひもを通し、首から下げる。「おいそこの中国人、なにをする気だ？」と聞かれて、一弥は静かな声で、

「ぼくが最上階まで上がります！」

「はァァ？　やめろやめろ、どうやら途中で火事も起こっているというじゃないか。危険だ。それに我々は署長の指示を待ってからだな、すみやかにィ救出にィ……」

一弥は顔を上げてきっぱり言った。

「上に連れがいるんです！　だから！」

「こらァ！　いい加減にしろ東洋人ッ！　おとなしく我々の助けを待てっ！　生意気なっ！　素人には無理だ！　ほら鍵を返せッ！」

「いやです！　だって……」

一弥はまっすぐに警官を見て、

「……助けなきゃ」

しんとする。

その声がエントランスに響き渡る。

と、クードグラースが「俺も！」と身を乗りだした。「ボン、待ってろ……。リンリンと助けにいくぜ……」一弥はその横顔をみつめる。心配のあまりか青くなっている。クードグラースもこちらを見て、こいつらと話している暇なんかねぇよ、早く行こうぜ、と一弥に目配せした。

一弥がうなずき、走りだそうとしたとき、

「ねぇ、あたしも行くっ」

女性の声がした。外にいた消防隊員二人組の片方——赤毛のポニーテールの女が後ろに立っていた。と、警官がますます怒りだし、

「おまえこそ、我々の指示に従って人命救助するのがお仕事だろうがァ！」

すると女は腰に両手を当て、もっとおおきな声で言い返した。

「だって間に合わないでしょ！　上にはたくさんの人が助けを待ってる……。あたしのお仕事は人命救助！　あんたらの命令を聞くことじゃない」

その剣幕におどろいて、警官が黙りこむ。

そのとき、もう一人の女性消防士が走ってきて赤毛の女を止めた。おおげさなほど一生懸命、

「メアリ、だめだよ！　こんな状況で上がったら危ないでしょ……」

「でもっ」

「あんた、さいきんなんかオカシイわよ？　どうしてこんな事故の中、わざわざ上に行こうとするわけ？」

「その……」

「……むちゃなことすると勲章が泣くわよ？」

と、赤毛の女の胸に飾られたちいさな金の勲章を指さす。

警官がアッとつぶやき、

「思いだした！　おまえ、メアリなんとかって女の消防士だろ！　火事かなんかで……活躍して、エミグレ市長からじきじきに勲章をもらったっ……。おいおい！　だからって調子に乗るなよ！　消防隊なんてのは、警察の言うとおりにやってりゃいいんだ……」

「あたし、行く！」

「……って、聞けよおい！」

「メアリったらァ！」

と、仲間の消防士と警官が二人でメアリを囲み、争いだした。

一弥とクードグラースはさっき地下から飛びだしてきた非常階段の扉を開けた。走りだそうとすると、

「あーっ、メアリ！」

背後から叫び声が聞こえた。

振りむくと、仲間を振り切って、赤毛のポニーテールのメアリがなぜか必死の形相をしてこ

っちに走ってくるところだった。

「プロもいたほうがいいでしょ！　男だけど三人とも素人なんだから！」

「こら、メアリ……待ちなさいよッ！」

片割れの声が扉の向こうに消えていく。

でも詳しい事情を聞いている暇はない。一弥は急いで薄暗い非常階段を上りだしながら、ふと気づいて、

「……えっ、三人って言いましたか？」

続いて段に足を伸ばしたクードグラースも、あれっと気づいて思案顔になる。

暗い非常階段。いちばん上に一弥。そのすぐ下にクードグラース。いかにも燕尾《えんび》服を着なれていない二人の青年……。そして非常扉に背を預けてこっちを見上げている、赤い作業服のがっちりした女性消防士。

クードグラースの横に、いつのまにか……。

騒ぎのためにすっかり存在を忘れていた、例の小柄な紳士が立っていた。一弥とクードグラースの顔を見比べて、両手で髭《ひげ》を横に引っ張りながら、「……いや、盛りあがってるみたいだから、じゃ、名士もと思ってついてきたんだけど。えーっだめなの？　勝手にミラクルカーに乗るのはともかくさ、これはいいだろ、君たちィ～？　クードグラースくんはやっぱり堅いねッ！　それに、リンリンくんも！　真面目すぎるよ～」と強情そうに言い放ってみせた。

2

最上階——。

ヴィクトリカは灰色の布にすっぽり包まれ、猫のように光る緑の瞳《ひとみ》だけを出してじっとしている。

著名なボクサーにベースボール選手、レーサーなどがっちりした体格の男が大広間を駆けまわり、「出口は二か所だけか！　エレベーターホールと非常階段……」「エレベーターはだめだ……」「非常階段のほうも、外から鍵が！」と叫んでいる。

力自慢の男が集まって、協力しあって非常口の扉に体当たりしだすが、ビクともしない……。見守っていた客たちのあいだに絶望の呻きと泣き声が広がる……。

割れた窓から激しい風が入ってくる。

一方、エミグレ市長は隅で慌ただしく電話をしている。と、大声で警察署長を呼び、電話を替わった。署長が「火!?　火が出てるというのか君ィ！　下の階からだとォ？　我々は外に出られないんだぞッ！」と怯《おび》えきった甲高い声で叫んだ。客たちがざわめく。婦人方がつぎつぎに床に倒れては、連れの紳士に抱きとめられる。

ヴィクトリカのそばでボンヴィアンが衝撃を受けてつぶやく。

「そ、そんなっ……。せっかくの記念式典の夜に！　だっ、だれがこんなことをしやがるんだッ。悔しいぜ……」

絞りだすようなボンヴィアンの声が広間中に響く。

「ばっ、ばーちゃん、負けるなッ！」

どこか不思議そうにボンヴィアンのほうを見る客たちの向こうから、感極まったようなラーガディアの返事が届いた。

「ありがとう。おまえはほんとうに優しい孫《プリティマイボーイ》だよ……」

それを最後に、広間はしんと静まりかえった。

ヴィクトリカがケーキの陰からあきれたような不思議な顔つきでボンヴィアンを見上げている。

エレベーターホールからも不気味な風がごぅごぅと吹いてくる。怪我をした従業員たちが並べられ、仲間に大声で励まされている。手当ての陣頭指揮を取っていた紳士が「でも、私は脳神経科医で……。外科の実習をやったのはかれこれ何十年前だろう……」と言いだし、従業員仲間に「えっ！」「いまさらそんなこと言うなよ！」「じいさん、いいからなんとかしてやってくれ！」「助けてやれってば！」と泣きつかれている。怪我人が集められた一角だけが即席の野戦病院のような様子になっていく。

警察署長と年配の紳士たちが集まって相談し、手分けして広間中を回りだす。三つ目の爆弾とやらを捜すがみつからない。

窓の外にはきらびやかな夜景。ついさっきまでは発展の象徴だったのに、いまは二度と戻れないかもしれない地上の光景として広がっている。

天井のシャンデリアが小刻みに震えている。ヴィクトリカは黙ってうつむいている。ラーガディアのそばにいたごつい体つきの弁護士軍団が、円陣を組んで相談していたが、一斉に顔を上げて、

「犯人を捜すしかないだろうーッ！　幸いここは密室と化している。犯人はこの中にいるのだッ！　サァ名乗りでろーッ！」

と叫んだ。

客たちは戸惑って、それぞれの場所から顔を上げる。

……そうは言われても、今夜ここに集まっているのはニューヨークの誇る新しい紳士たちばかり。我々の中に犯人がいてたまるか、と言いたげな表情だ。と、ほどなく客たちの視線が無言のまま一点に集中し始める。

ヴィクトリカが灰色の布からぽこりと顔を出して、みんなから憎々しげに睨まれだしている青年を、またあきれて見上げた。

本人──ボンヴィアンだけは、長いこと異変に気づかず、遅れてびっくりして、

「エッ、なに、俺っち⁉　……嘘！」

「放蕩者《ほうとう》を拘束しろーッ！」

おどろいているまに、弁護士軍団にぐるりと囲まれてむりやり椅子に座らされる。いまにも袋叩《だた》きに遭いそうな危険な空気に変わっていく。えっ、とボンヴィアンが戸惑っていると、優雅そうな老女の声が、

「ボンは昔から嘘をつけない良い子なんだよ。おかしなことはするが、悪いことは絶対にしないさ」

「わぁい！　ばーちゃぁん！」

人の輪を抜けて、ラーガディアがのっそりと近づいてきた。

自由の女神の扮装《ふんそう》をしたちいさな老女。自由と希望の象徴である松明《たいまつ》の代わりに、金色のパイプを掲げている。パイプは精巧な造りで、トカゲの目にはめこまれた緑の宝石が闇を照らすように光っている。

ヴィクトリカがまた興味深そうにパイプを見る。

弁護士軍団が不満そうに反論する。

「しかし、ラーガディア様！　犯人からのメッセージには〝グリムリーパー〟とあったしーッ！」

「それに、〝闇夜に死神と踊ったことがあるか？〟もコミックの常套句《じょうとう》だしーッ！」

「こいつが怪しいーッ！」

ラーガディアは余裕を持ってパイプを吸いながら、顎《あご》をそらしておかしそうな笑い声を上げた。

「まったくおかしな人たちだこと！　この子が描いてるコミックは、ニューヨーク中の若者と子供を夢中にさせているんだよ。そりゃ、真面目一辺倒の一族の者たちはこぞって馬鹿にするけどねぇ。このアタシが四十年前にやったことと同じだっていうのに。『お菓子の代わりにワンダーガール！』ってことだろう、ボンちゃん？　……それならここにいる誰が悪役の真似をしたっておかしくはないでしょう？」

弁護士軍団も、同調していた紳士たちも、困ったように顔を見合わせた。弁護士の一人が代表して、おそるおそる、

「ハァ、しかしそれじゃ、この中にべつの犯人がいることになってしまうのですが……？　それはまずいですし……。なにしろみなさん名士でいらっしゃって……」

ラーガディアはなぜか余裕たっぷりに微笑んで、

「まったく。あなたがたも考えてごらんよ。爆弾には時限装置をつけられるし、シネマの続きだって、あらかじめフィルムにつけたしておけば、時間の経過で勝手にカラカラ回ってくれるでしょう。……敵がいまここに、アタシたちと一緒にいるとは限らないのでは？」

目つきがほんのすこしきつくなり、獲物を見据えるキツネのような顔つきになる。

「それにしても、よりによってこのアタシを狙うとは。命知らずな犯罪者だこと」

「――まぁ、恨みによる犯行に決まっているのだからな。犯人を捜せないというのなら、動機のほうを推理してはどうかね。犯人からのメッセージにあった〝あの日の罪〟とはなんのことか、本人がよく考えてみるのがよいだろう」

「誰っ？」

ラーガディアが目を青く光らせ、急いで見回した。目を爛々《らんらん》とさせる。

誰も返事をしない。ラーガディアは肩をそびやかせ、不審そうに、

「いまの声……アタシぐらいの……老いた声、しわがれて、低くて、地獄の底から響くような気味の悪い……。どこの誰？」

椅子に座らされたボンヴィアンが、いや、あの子だよ、というように黙って指さしてみせる。

だがヴィクトリカは灰色の布の奥にもこっと潜って気配を殺し始める。そうするとヴィクトリカは、神話に出てくる〝存在を隠す魔法のマント〟を使った英雄のように、姿も形も気配さえも消え、荒れ野に転がる岩のようにしか見えなくなる。

ラーガディアは、どうも嫌な予感がする、気になってたまらないというようにしつこくきょろきょろしていたが、まぁいいかと鼻を鳴らした。胸を張ってまた話しだす。

「アタシは正々堂々と、金色に輝く富の階段を上がってきた女ですよ。誰からもなにも奪ってはいない。恨みだって一度もかってないない。動機なんて誰にもあるわけがない」

「そのとーおりッ！」

と叫びながら、金ピカの法衣に身を包み、片手に金箔《きんぱく》飾りの聖書、片手にトランペットを持った老神父が躍りでてきた。

「ラーガディア様こそ通貨の女神！　我々の指針となるお方なのだからッ！　……ねぇ君！　そうだろうっ？」

とつぜん聞かれて、そばにいた若い男がびっくりして飛びあがった。その通りですとコクコクうなずく。老神父も機嫌よくうなずき返し、またなにか話しだそうとした。そのとき……。

「ちょっと待ってよ！」

と、いらいらしているような女の声が響いた。

「あんた……いまの若いやつ！　わたしは知ってるわよ、あんたが……」

「へっ⁉」

紺色の夜会ドレスを着た中年婦人にとつぜん言われて、若い男がぎょっとしてまた飛びあがる。女が目を細めて、

「……あんた、いまじゃブロードウェイの舞台で主役を張るダンサーなんだよね？　だけどさァ、もともとは貧しい南部の出身だったわよね？　ラーガディア様の煙草農家のあったちいさな町のさァ……。前にべつのパーティで話してたことがあったわよね。ブルーキャンディ家のおかげで町の男たちは煙草職人の職を得て、町も栄えて、幸せだったのにって。ラーガディア様が大量生産工場を作って、とつぜんみんなを首にするまではって」

若い男は硬直しているが、ボンヴィアンの隣に座ってパイプをくゆらしていたラーガディアのほうは、なぜか優雅っぽく微笑んでうなずいてみせる。それどころかうれしそうに、「そうそう！　そうなんだよ」と話に割りこんでくる。

その様子をヴィクトリカが布の奥からそっと観察している。

「あるときアタシはね、完全機械化された豚の解体工場を見学して、思いついてね。煙草製造も同じ、いや解体の逆をすればいいんだって。機械で乾かして紙に巻けば、職人なんて面倒なものはいらなくなって、払わなきゃいけないお給料も減るわって。市場原理というやつだよ」

うつむいて聞いていた女が重々しくうなずいてみせた。憎悪に燃える目でラーガディアを睨むと、

「でも、それで町の男たちはみんな首になってしまったのよね。彼らは抗議行動し、デモの団体が工場を囲んだ。そしたらこんどは……一夜にして〈ブルーキャンディ〉は会社ごと町からなくなった。ほんと、ある朝起きたら工場も消えてて……。会社はニューヨークに進出したっ

て！」

若い男は震えながら、

「……あぁ、話したよ。覚えてる。でも、そんなのもう昔のことだし……」

「職人だった父さんと兄さんも首になった、ぜったい許せないって泣きながら言ってたじゃないの」

「だからって！　いまは俺も成功してるし！　もう、いいんだよ……。あ、あのラーガディア様、どうかお怒りにならないでください……」

「あーら、どーかしらねェ？」

女が意地悪そうに言ってみせる。若い男が縮こまって、ラーガディア様に向かって、ちがいますって……と言い訳し続ける。ラーガディアは妙ににこにこしながらパイプを吸っている。

と、痩《や》せた中年男性が進みでて、不愉快そうに、

「奥さん！　そういうあんたもなんか言ってたよな。えぇと、なんだっけ、禁煙法を邪魔された恨み、だったっけ？」

こんどは紺色のドレスの女が「エ、エッ……」とあわてて縮こまる。中年男性が顔をしかめて続ける。

「厳しい清教徒の家で育って、有名な活動家の叔父《おじ》もいたって。でも、禁酒法に続いて禁煙法を成立させようとして日夜奔走してるころ、煙草産業の新興勢力として〈ブルーキャンディ〉がニューヨークに進出してきて……」

「そ、その話はやめて……」

「ふんっ！　議会にラーガディァ様を呼びだして吊《つる》し上げてやろうと息巻いてて……。イタリア人街を歩いていたら、上からバジルの鉢を落っことされて、頭がパックリ割れて……」

「やめて……」

「哀れ叔父は即死！　そのまま禁煙法成立も立ち消えになっちまって、いまに至る……」

「やめてよ！」

女が叫んで頭を抱えた。涙をこらえて「犯人はわかってない！　偶然の事故かもしれない！」と言う。

「おいおい、まさか偶然なわけないだろ。よりによってイタリア人街だぜ？」

「やめてよ……！　叔父の楽しい思い出だけで、もうわたしたちはいいし……」

震え声で首を振る女性に、中年男性がなおもしつこく「人のことばかり責めやがって！　自分だってラーガディァ様に恨みがあるのを隠してやってきたくせによ！」と言い募る。女がうつむいて涙を拭《ふ》く。

ラーガディァはなぜかにこにこして二人を見比べている。

すると紺色のドレスの女を庇《かば》うように、年配の婦人がこそっと進みでてきて、中年男の顔を指さした。

「そういうあなただって！　知っていますよ、わたしはね。なにもかもをね。なにしろニューヨーク暮らしも長いものでしてねぇ！」

「ハ？」

中年男が狼狽《ろうばい》する。

「あの日の不幸なる事故も五番街で見ていましたのよ！」

「あ……！」

あきれたように顔をしかめて、年配の婦人が歩きだした。

砂糖でできた人形にぐるりと囲まれた縦長のケーキをビシリと指さしてみせる。

みんな一斉にタバコロードケーキを見上げる。砂糖飾りは下から上まで螺旋《らせん》状にぐるりと続いている。色とりどりの人形でタバコロード――ミセス・ラーガディア・ブルーキャンディの成功の軌跡が再現されている。

いちばん下は、移民船がエリス島に到着したところ。自由の女神が船を見下ろしている。

そして南部の貧しい煙草農家での暮らし。

工場での大量生産時代の幕開け。生産量の拡大と職人の大量解雇。

銘柄〈ミス・シガレット〉をヒットさせ、ついにニューヨークに進出！

華々しい〈煙草ガールズ〉の凱旋《がいせん》パレードが、花飾りに覆われた青い二階建てバスでマンハッタン島を横断していく……。

二階建てバスのミニチュアを指さし、

「お若い方々はご存じないでしょうね？　南部の新興煙草会社の一つとして大都会ニューヨークに進出した当初はね、じつは〈ブルーキャンディ〉より有力な会社がたくさんありましたのよ。そこでラーガディア様は秘策を立てられたの。まずアメリカ合衆国の各州でミスコンテストを開催して盛りあげ、つぎに優勝者たちを集めて〈煙草ガールズ〉を結成。彼女たちのきれいな水着姿の特製カードを作って、ランダムに箱に入れたのです。男の子たちがそりゃもう夢中でカードを集めてね……。そして彼女たち全員でニューヨーク中をパレードするイベントを計画し、新聞やラジオに取材させた。当日……」

　年配の婦人が、パレード中の〈煙草ガールズ〉の砂糖人形を一つ持ちあげると、中年男性をじっとみつめながら、黙って……。

　人形をぽとりと床に落とした。

　女の子の人形の手足が取れてバラバラになる。

　途端に男性が絶叫した。周りの客はおどろいて首をかしげ、顔を見合わせる。年配の婦人が意地悪そうに笑って、

「女の子の一人が、二階建てバスから転落した……とても不幸な出来事……」

「やめろッ！」

　と男性が両手で顔を覆った。ラーガディアがますます笑みを深くする。

「事故の瞬間を、新聞社の記者は至近距離から目撃し、カメラマンは撮った。ラジオでもアナウンサーの悲鳴が流れた。結果、パレードは予想外の事故のおかげで大々的に報道されましたわ。〝みんなの理想の女の子《オールアメリカンガール》〟の可哀そうな事故死！〈ミス・シガレット〉の名前は、悲劇のニュースとともに一気にアメリカ全土に知られることとなった！」

「ち、ちがう……」

「……どうやら二階建てバスの手すりが一か所壊れていたらしいわね。どこの州出身のどのオールアメリカンガールがその場所に立つかは誰にもわからなかった。その子はほかの子より目立ちたくて、むりやり前のほうに立ったの。ほんとうにきれいな女の子で、その年のガールズ

の中でも三本指に入るぐらい人気がありましたからね。そしてパレードが五番街について、最も盛りあがったそのとき、ほかの子を押しのけ、報道陣のカメラに向かって、手を振ろうと……」

「ちがう……！　それはちがう！　あの子の……父親と母親と兄たちが、それに親戚《しんせき》一同が……みんなして……ニューヨークまで旅してきて、家族《ファミリー》でいちばんの器量よしの子の晴れ姿を見ていたからだ！　それに気づいて、あの子は大喜びし、周りの子にも断り、身を乗りだした……。『家族がきてるわ！』と子供みたいに飛びあがって。またちいさな女の子にもどったような姿だった……俺の膝《ひざ》に乗っていた、あのちいさな女の子にだ……。あの子ときたらもう得意の絶頂で……。おとうさん、おかあさん、おにいちゃーん、と……かわいいあの子の唇が、動いた……」

「女の子は満面の笑みを浮かべ、手すりに体重をかけた。そしてそのまま、まっさかさまに奈落の底に落ちていった……」

「事故だった……！　不幸な事故……。やめて、くれ……！」

「後続の車に轢《ひ》かれ、体がぺしゃんこに潰《つぶ》れて……」

「やめろッ！」

「あれはあなたの娘さんでしたわね？」

「うちの子だ。うちの子だとも！　俺の娘だ！」

婦人は勝ち誇ったようにふざけて手を叩いてみせた。

「ほぅら、あなたもみんなと同じですわ！　ラーガディア様を！　〈ブルーキャンディ〉を！

恨みながらも、浮世の義理のためにここにきて、作り笑顔でパーティを楽しむふりをする惨めな仲間なのよッ！　ここにいる客……みーんな同じですわ！」

「ちがう、あれは事故だ……。ラーガディア様が計画したんじゃ、ない……。そう思いたい……」

男が絞りだすように喚《わめ》く。

「会社のためじゃない！　だって……こんなに腹黒くて、下品で、最低の、守銭奴の、貴族のふりでもしてるつもりのわざとらしいばーさんなんかに、うちのかわいい娘が殺されたなんて、あんまりじゃあないか！　そうだろみんな！　わかってくれるだろ！」

広間は不気味に静まりかえった。

あまりの言いように客たちは顔色をなくしている。暗いシャンデリアが死者の溜息《ためいき》のように音を立てて揺れ始める。みんな雷に打たれたように立ち尽くしている。割れた窓からの風が強く吹いていまにもなぎ倒されそうになる。おおきな音を立てて食器やグラスが床に落ち、割れ、転がりだす。

ヴィクトリカがうつむきながら見ている。

と、そのとき、高らかに……。

「まァ、なんてひどい悪口だろう……。アタシのことをそんな人間だと、長年思っていた人がいるなんて……。ここまで懸命に生きてきたってのに、世話をしてあげた人たちから悪人呼ばわりされるなんて……。アタシは悲しい……！」

言葉とは裏腹にどこか愉快そうな声がした。銀の髪が風に不気味にたなびいている。

と、みんな一斉にラーガディアのほうを振りむいた。

〈紳士録《フーズ・フー》〉に載るニューヨークの名士たち。新聞の社交欄でもおなじみのセレブリティの女性たち。ずっと続けていた仮面じみた作り笑顔を失い、怒りを、恨みを、喪失の悲しみを刻んだ表情のまま、半ば啞然《あぜん》、呆然《ぼうぜん》として、自由の女神の扮装をして微笑んでいる恐るべき老女を睨みつけている。

死者の群れのようなその目！　目！　目！

「あぁァ、悲しいこと……！」

声が雷鳴のように広間中に轟《とどろ》く。

と、老女はカッと目を見開いた。充血した白目が油の混じった氷のような不気味な光を放ちだす。

「ほんとうにつまらないことを言わないでいただきたいですわ。あれがあなたの娘さんだったとはいまのいままで知らなかったけれど……。十分な見舞金はお支払いしたはず。あなたね、悲しみのあまりとはいえ、よりによってアタシを殺人犯と思いこむなんて……。ほんとうにひどい人だねぇ……」

「ラーガディア様……。ま、まこと、不甲斐《ふがい》ないこと……ッ」

老神父が客たちを睨みつけた。

それから滔々《とうとう》と告発していた年配の婦人の顔をビシッと指さすと、「偉そうにそういうあんただってなァ……」と別人のように暗い声で文句をつけ始めた。

夫人はあわてて居住まいを正し、「なっ、なんですの！」とかまえる。

老神父が下品にがなり立てだす。

「さっきコイントスのとき、一人だけ笑っていなかっただろうがァ？　私は見ていましたけどねェ。お上品な老婦人たるあなたさまの歪《ゆが》んだお顔を、じつに興味深ァくゥ……。あんたァ、ずいぶん怖い顔をして睨んでたじゃないかァ！　あんたァあれだろォ……。もう誰も覚えちゃいないが、その昔、ニューヨークに進出した〈ブルーキャンディ〉にあっさり潰された会社の若奥様だったよなァ……。あーはははッ！」

と、うれしそうにタバコロードケーキの上のほうを指さす。

巨大化していくラーガディア様の〈ブルーキャンディ〉。成功の証《あかし》としてタバコロードケーキのいちばん上に燦然《さんぜん》と黒い塔〈アポカリプス〉が屹立している。

老神父が笑いながら辺りをうろうろ歩き回り、

「ラーガディア様率いる〈ブルーキャンディ〉が、ほかの煙草コンツェルンを合併し吸収しながら巨大に変貌《へんぼう》していくとき……。愚かな形で吸収されちまった老舗《しにせ》の会社……」

「……ええ、いいえ……。ええ」

迷いながら答える声が小刻みに震えだす。ラーガディアはまた人のよさそうな笑みを浮かべてうなずいている。

老神父が勝ち誇って、

「はははは！　みなさんご存じですな？　ラーガディア様はな、企業として吸収が不可能となると、最後にコイントスを提案される。こうやって……」

と真似《まね》をして法衣の端を両手で持ちあげて、膝を曲げ、首をかしげてしなを作ってみせ、

「『――あなたァ、コイントスはいかがァ？』」

とウインクまでしてみせる。法衣の金刺繍《ししゅう》が不気味に光る。それからコホンと咳《せき》をし、

「……ラーガディア様お決まりのこの台詞《せりふ》を、何度聞いたことだろう！　命より大事なものを賭《か》けあっては『――表か裏か《ヘッドオアテール》ッ！』と叫ばれる。可能性は五十パーセントのはずだが、不思議といつも必ずラーガディア様が勝利を収められる。それだけお金に愛されていらっしゃるから……。しかしあんたの亭主のほうは……酒に酔って、会社を賭けてのコイントスを承諾した大バカ野郎だったよなァ！　案の定、コロリと負けちまって……」

「……そう、可能性は五十パーセント。でもあの人がバカでしたの。わたくしがお祖父《じい》さまから受け継いだ大切な会社を、旧世界の貧民窟《くつ》からきたような、野蛮人じみた、下品な、派手派手しく飾り立てるのが好きな、こんな、こんないやな女に奪われるような、ねぇ……」

憎々しげな老婦人の声を聞いて、ラーガディアが、おやおや、と顔をしかめてみせる。客たちは顔を見合わせるばかりだ。神父が続けて、

「それなのに今夜はめかしこんでやってきてるのかァ！　ニューヨークの古い名家の生き残りとしちゃ、社交界から忘れ去られるのが怖いのかねェ？　古い型のドレスに黴《かび》臭いレースの上着！　骨董《こっとう》品みたいなばあさんだァ。あーははは！」

「そ、そういうあなたこそッ！」

「は？　は？」

老婦人はタバコロードケーキの下のほうを指さした。いちばん上の漆黒のタワーのミニチュアを見上げていた客たちの視線が、一気に下に下がる。

豪華なケーキの上で時が再び巻きもどっていく。貧しい煙草農家……。移民してきてすぐの南部の田舎町にもどる。

年配の婦人が鼻息も荒く、

「六十五年前、移民船から大陸横断鉄道に乗って南部に行き、煙草農家の小屋に着いたラーガディア様は、ガッカリなさったでしょうねぇ……。ねぇ、貧しいお暮らしから、ちいさな会社を興した資産はどこから調達されたの……？　夫の父親が無人の暴走馬車に轢き殺されて、多額の保険金が下りたから、だったはずですわよね。当時、できたばかりの保険会社！　庶民の生活はそれどころじゃなかったのに、なぜか義父を保険に入れて掛け金も払い続け……。一年後にとつぜん事故が起こり……。始めたばかりだった保険会社はこの件で潰れてしまい、社長一家は路頭に迷ったという話。……神父さま、あなたはその家の末息子ですわよね。口減らしのために厳しい神学校に放りこまれて……。大人になり、ラーガディア様になにをどう言ったのか、大金を出してもらって立派な教会を建てたの。昔の保険金殺人について言い続ければ、邪魔だからと〝消されて〟もおかしくなかった。でもあなたは賢かったわねェ？　神に仕える身としてラーガディア様を褒め奉り、イメージ向上のお役に立ってさしあげることで、ご自身の延命をし続けていらっしゃるのね？　つまりは持ちつ持たれつの関係ね。……仇《かたき》にすり寄る下卑た守銭奴に骨董品呼ばわりされたくはないッ！」

「……クッ」

トランペットを投げだす。老神父も表情をなくしている。一瞬にして不幸な少年にもどったような切ない横顔……。

黙って首を振ってみせる。その様をラーガディアがなぜか慈愛に満ちた笑みで見下ろしている。

広間中の客がうつむき、互いの顔を見られなくなっている。いま話題に出た者だけでなく、ここにいる者の多くが同じ悔しさを隠している仲間だとわかるような静寂だった。

エレベーターホールから生温かい風が吹く。

豪華な夜景がやけに遠く広がっている。

弁護士軍団がため息混じりに、

「……じゃあ、いったい誰が犯人なんだよっ！　これじゃ、みんながこっそりラーガディア様を憎んでるって寸法だ！　みんなして動機があるんじゃ、なにがなんだかさっぱりわからねぇ！」

と叫ぶ。

また円陣を組んだかと思うと、ひそひそと「……動機はほとんどみんなにあるってことか。それなら犯行が可能だった人間を捜すしか……」「しかしどうやって？」「こう言ってる間にも下から火が回ってきて……。三つ目の爆弾も……。みんな死んじまうぞ！」とあわてて相談しだす。

ラーガディアは金色のトカゲのパイプをくゆらし、まさに女王の余裕でもって広間を眺めている。

「おやおや、おかしなお客さまたちだこと！　いつもは先を争うようにアタシから受けた恩恵の話ばかりしている人たちなのに、今夜はなぜか逆なんだねぇ」

みんな恥じ入っているのか、怒りを押し殺しているのか、うつむいて沈黙する。

そのとき広間の隅の電話が鳴った。エミグレ市長が出る。一階の係員と話しあっているらしい。と何度も聞きかえしてから、戸惑ったように、

「徒歩で階段を上ってるって？　ハァ、誰が？」

と……。

階段を上ってる、という言葉に、おかしな騒ぎのあいだずっとケーキの陰に隠れて灰色の布にすっぽり包まれていたちいさな体が、ぴくっと動いた。

銀色に光る髪が揺れる……。ちいさな頭がぽこりと現れる。エメラルドグリーンの瞳が注意深く光り始める。

「非常口の鍵を持って上がってきてるのか……っ？」

受話器を押さえ、隣に立つ夫人に向かって、

「そうか、外から扉を開けてもらって、階段で下まで逃げるという手があったか……」

「ほんとねぇ？　消防隊の人かしら。ほら、先月も勇敢な女性消防士のニュースがあったわよねぇ。あなたが表彰してあげた若いお嬢さん……」

「いや、それが……。なんだって？」

耳を澄まし、うなずく。

「なんと、一人はクードグラースくんらしい。で、もう一人……。東洋人の青年もいるらしい。そいつが言いだしっぺだが、名前もなにも正体がわからないらしい。こんな塔の上まで徒歩で……無謀なやつだ！」

声が響く。男たちが電話のそばに寄っていく。

ヴィクトリカが布の奥から顔を出し、「……久城か？」と小声で呻く。

「ここにくるというのか……。せっかく安全な下にいたというのに。あの史上最大のポンコツカボチャ……！」

また布の奥に潜って、なにごとか考えだす。ステップを踏むような動きをしながら、ちいさく「うぅ……」と呻く。

隣でボンヴィアンも腕を組んで「えーっ。そっか、クーが！」とつぶやいている。エミグレ市長の声が続く。

「そう……！　犯人によると三つめの爆弾もどこかにあり、いつ爆発するかわからんのだ。男たちが手分けして捜していたがみつからない、すでに二回の爆発で怪我人も多数出ている！　腕を吹き飛ばされてる。殺す気で仕掛けられているとしか思えんのだ……。下の階で火事も……？　くそっ。早く……」

と呻く。夫人が慰めるように肩を叩く。

広間を氷のような静寂が覆い尽くしていく。割れた窓から激しく風が吹きこむ。立っている客たちが、うぅ、と呻く。エレベーターホールからもゴォォォ……と不気味な音が響く。シャンデリアが不吉に揺れる。

と……灰色の石のような塊がまたうごめきだした。なんだかへんな動きだった。

一人、また一人と、客が気づいて振りむく。

布の奥から、エメラルドグリーンに輝く二つの瞳がまた現れた。それからミルキーウェイの如く輝く銀色の髪がゆっくりと広がる。上質な陶器を思わせる肌は、いまは青白く染まり、さくらんぼのごとくぷくぷくした唇も震えている。

ちいさな顔の、比べるもののない圧倒的な美と、いっそ気味悪いほどの彼岸の輝きに皆目を奪われる……。

ヴィクトリカは灰色の布から首だけをぽこりと出した。

「まず犯行動機をみつけ、そこから犯人を割り出して、三つ目の爆弾の在り処《か》を聞きだす……ということか」

すすす……と蓑虫《みのむし》のように移動してケーキの横に立つと、一生懸命背伸びして……。

煙草農家のシーンより、さらにひとつ前の……。

移民船がニューヨーク港に着く、最初のシーンの砂糖人形を黙って指さしてみせた。後ろのほうが何者かによって削り取られ、食べられてしまっているが……。

みんなこのうつくしいが謎の客はどこの誰だろう、なにをしているのだろうというように不思議そうに見守る。

「仕方ない……。知恵の泉を……。むむ」

というささやき。

それからヴィクトリカは老女のようにしわがれた声で、低く——宣言した。

「ちがうのだ、貴様たち。ラーガディアを恨む犯人は、もっと、もっと……過去からやってきたにちがいあるまい」

「おや、その声！　さっきの……！」

ラーガディアが気づき、立ちあがりかける。余裕たっぷりの笑みがすっと消える。

なにか予感があるのか、片目を細めてじっと睨む。

同じぐらい小柄で、長い銀の髪を持つ二人の女。一人は白い布を巻いてきらきらした金のパイプを持ち、頭には茨《いばら》の冠を乗せた老女。そしてもう一人は、灰色の布を巻いて、手にはなにも持たず、頭には赤いミニハットを乗せている……。

ラーガディアは警戒して睨んでいるが、ヴィクトリカのほうはまたパイプばかりをやけに見ている。

それから布に包まれたまま滔々と、

「君たち、まだ覚えているならだが、さきほどの再現シネマをせいぜい思いだすがいい。移民船が着き、エリス島移民局に家畜のように放りこまれたシーンをだ。君たちは知らないだろうが……このわたしはちがう。なぜなら今日ニューヨークに着いたばかりの移民一世なのでね」

老神父がやたら苛々《いらいら》して聞く。

「エッ、今日着いた？　で、なぜここにいるんだ？　……まぁいい！　貴様、なにが言いたいんだッ？」

ヴィクトリカは形のいい鼻をふんっと鳴らしてみせ、

「再現シネマはモノクロームだったため、君たちは気づかなかったのだろうな。まぁ理由は推して知るべしだ。今夜ここにきている面々は、ニューヨークの成功者たち。つまりほとんど全員、移民としても二世以上で、直接エリス島移民局を見たものはそういないだろうからな。しかしこの砂糖人形はよくできている。君たち、エリス島移民局を見るがいい！　そうゲートの色を……。移民一世がけっして忘れるはずのない光景を！　目の前に広がるあのおおきく無情な門を……！」

ヴィクトリカが青白く震える手で指さしてみせる砂糖人形の移民局を、みんなして怪訝《けげん》な表情を浮かべて覗《のぞ》きこむ。

誰からともなく「青い門《ブルーゲート》！」「青、青だ……」「さっきの脅迫文に……〝青い門の恨み〟と……！」とつぶやきだす。

ヴィクトリカはうっそりとうなずき、目を細めてみせた。

長い睫毛《まつげ》が不思議な魅力あふれる陰影を作る。

電話のほうをちらっと見て、「むむ……。久城……。むー」と小声で呻く。それから顔を上げて再び重々しく見回す。

さくらんぼのような唇がゆっくりと開く。

「犯人の恨みはおそらくタバコロードのもっと前！　はるかな過去にある……。君たちが話す、苦労した南部の農家でも、華々しく凱旋したニューヨークでもなく……。新世界にやってきた直後の……エリス島移民局での出来事にちがいない……。そしてそれを知るのはラーガディアとグリムリーパーだけ。遥《はる》かな……」

かっとヴィクトリカが目を見開いた。

「――六十五年前の今日の犯罪を！」

息を呑《の》むみんなの目の前で、キィィィィッ……ときしむような音を立てて、巨大な……遥かな過去の青い門《ブルーゲート》が、両側に、ゆっくりと開きだした……。

3

そのころ久城一弥は——

クードグラースと並んで非常階段を上がり続けていた。

つめたいコンクリートで固められた薄暗い空間をひたすら上っていく。後ろを消防隊員のメアリと謎の紳士トロルがついてくる。

夏の昼間の熱気がまだ残っている。

四人分の足音が響く。

汗が滴って落ちる。

一弥が首から下げている非常階段の鍵を、クードグラースが心配そうに見下ろす。視線に気づいて顔を上げると、「それ、落とすなよな、リンリン」と注意する。トロルが「大男ほど細かいってのはほんとだねぇ！　そんな大事なものうっかり落とすかねぇ」と混ぜっ返す。

クードグラースが恥ずかしそうに黙った。するとメアリがてきぱきした口調で庇う。

「注意するのは悪いことじゃないわよ。うっかり落っことして下まで取りにもどるのは大変だものね。救助に向かうときの心得として、『運には頼るな』ってさんざん教わったわ」

とトロルが「へぇ～」と素直にうなずく。

階段を上がっては、踊り場で時計回りに歩き、また上がる……。繰りかえしているうちに目が回ってくる。するとまたメアリが、

「ときどきこうするといいわよ。見て！」

踊り場で立ちどまり、時計と反対回りにクルッと一回転してみせた。「目が回ってるのが治るわ。これも学校で習ったの」トロルがまた感心して、「なるほどなぁ～」と言う。

四人でときどきくるくるしながら、延々上っていく。

「……しかし暑いな、おい！」

クードグラースがぼやいた。

つられて後ろの二人も「ほんとだよ。いま何階まで上がってきたのかなぁ」「まだようやく十階分ぐらいでしょ！　十分の一もきてないわよ、しっかりして」と言いあう。するとトロルがおおげさにため息をついて、「ったく、高すぎるんだよこのビルはよ。ラーガディア様のせいだぞ。……なぁ、大人気の〈ワンダーガール〉のお二人さんもそう思わないかね」と聞いてくる。

振りむいたクードグラースがおおきくうなずいて、

「だよな、トロル。なぁリンリン、おまえにはミラクルカーの中でも話したよなぁ。俺ァ、こんな高いビルをわざわざ建てたがる気持ちがわかんねぇのよ。下にまだ土地が余ってるってのにさァ」

メアリがおおげさに顔をしかめる。

「そぉ？　あたしはさ、〈アポカリプス〉がどんどん高くなってく景色を見上げてワクワクしてたけどぉ？　新大陸の力って感じで、誇らしい気持ちでね」

「えーっ、そっか。そんなやつもいるのか……」

「ねぇ、リンリンはどうだったの？」

しんとする。と、

「……リンリン？　って、あっ、ぼくですか？」

一弥が遅れてはっとする。メアリは苦笑いして、

「あんたに決まってるでしょ！」

「エッ？　えっと……。ぼくにはまだよくわからないです……。なにしろ今日ニューヨークに着いたばかりで……」

「今日着いたの⁉　えーっ！　って、きたばっかりなのにこんなとこでなにしてんの？」

メアリが大声で聞いてくる。

一弥は踊り場を急いで回りながら、えぇ、まったくですよね、とうなずく。するとトロルがのんびりと、どうせ階段を上るばっかりで退屈だし、事情を話してみろよと言いだす。クードグラースもうなずいているので、一弥は頭をかいて……。

軽く目を閉じた。

大切なことを思いだそうとするように、うつむいてから……ゆっくりと話しだす。

「事の起こりは六年前です。ぼくは旧大陸のある国に国費留学することになりまして……」

「留学ぅ？　東洋からぁ？　って君、もしかしてすごく優秀な子なんじゃないの？　それがこ

んなとこで汗水たらして階段なんて上っちゃって、ほんとどうしちゃったんだよ？」

「トロルったら！　階段なんて上っちゃってんのはあなたも同じでしょ。リンリンの話の腰を折らないの！」

「えー、でもヨォー。ってことは英語だけじゃなくて、フランス語とかもペラペラなんじゃないの？　……なにっ、ドイツ語もラテン語もできるって？　もったいない人材だなぁ。どっかにいい仕事がないかね……。おっとすまんすまん！　先を続けてちょうだい。メアリがおっかねぇ顔で睨んでるからな。オォこわ冷汗《ボエシエ》！」

「いや、その……たいした話じゃないんです……。とにかく最初は、慣れない国ですし、貴族の子弟ばかりの由緒ある学園だから、へんな東洋人って虐《いじ》められて大変だったんですが……」

　トロルが顔を曇らせ、

「俺もウエストサイドの孤児院で虐められたよ〜。チビだからさ」

「……俺も虐められた！　いちばん貧しいからさ！」

と、男三人にふっと親密な空気が流れる。ばらばらに歩いていた男たちが三人組になっていくような空気……。一弥はびっくりして、

「えっ。き、気が合いますね……。じつは同じ経験があるなんて。あれ、えっと、なんの話でしたっけ？」

「留学して大変だったたって話だろ」

「あっ、はい……。えっと、とにかくですね、留学先で親しくなった子がいたんです。彼女はとても複雑な事情を持ってるって、だんだんわかってきて。ぼくは彼女を守りたいと思って。

次第に強く願うようになって。でも……」

「……でも？」

クードグラースが不安そうに聞く。

「……二度目の世界大戦《グレートウォー》がやってきて」

「あぁ」

「国に強制送還されることになってしまって……。そのままその子の行方はわからなくなって。ぼくも東洋から従軍し。やがて嵐がやんで国に帰ると……」

「で、で？　帰ると？」

とトロルが興味しんしんで聞く。

答える一弥の頬がわずかに赤くなった。

「その子は、ぼくを頼って海を渡ってきてくれていたんです――」

トロルがヒューッと口笛を吹きからかう。うんうんと笑顔でうなずいていたクードグラースが、遅れてハッとして、

「わかったぞ！　それがワンダーガールちゃんだろ！　ものすっごくきれいな、いっそこわいほどの美貌の……古代の本物の刃《やいば》みたいな……あの子！　あぁ、ありゃ確かに、うつくしいだけじゃなくて、事情の宝庫、いや事情の宝物殿みたいな雰囲気だぜ……。女の子の恰好《かっこう》をした秘密の塊！　へぇっ、あんたらそんな出会いをしてたのかぁ」

「はい。で……。その……移民してきました」

「……リンリン！　おまえ、いま、はしょったっていうか、あまりにも大胆に話をスッ飛ばし

たろ？　移民してきましたって、まさかそこを一言で終わらせるとは思わなかったぜ。」

と言いながら、クードグラースは肩をすくめる。

「まっ、いいか。みんないろんな事情があって船に乗るもんだからな。むりに話さなくてもいいさ」

一弥はこくりとうなずいた。

それきりうつむいて黙々と階段を上がり続ける。

みんなも静かになる。

……汗がぽとりと足元に落ちる。

ふいに……。

一弥の脳裏に激怒する父の声が蘇《よみがえ》った。二カ月ほど前のこと……。

（かっ、一弥っ、おまえはっ……！）

（ぼくは、父さん……でも、ぼくは……）

（黙れーッ！　毛唐の血など……この家に……わしが許すと思うかッ――。馬鹿者がッ！）

（ぼくは……。父さん……！　でも……）

一弥はますますうつむく。

足元に汗なのか涙なのかわからないものがぽつんぽつんと落ちる。クードグラースが気づいて肩でも叩こうというように手を上げ……。思案してやめる。

（どうしても、譲れないものが……ある）

と一弥はひとりごちる。

漆黒の瞳がうるんで、睫毛に陰がかかる。

(どうしても守らなきゃいけない人が、いる。ほとんどすべてを失ってしまっても。あのおそろしい嵐のあとで、それだけがぼくに残った。大人になったぼくが、嵐を潜り抜け、子供時代から唯一もってこられた宝物。それが……)

上り続ける。

(あの子への思い!)

「……じゃ、この四人の中で、船に乗って海を渡り、エリス島に辿《たど》り着いた経験を持つのは俺とリンリンくんだけだな」

と、トロルが急に大声で言う。

「あの青い門《ブルーゲート》を見たのはさ!」

低く唸《うな》るように続ける。

「忘れられぬ、あの光景……。ほんとうに真っ青なでっけぇ門でさ……」

トロルは目を閉じて歯を食いしばる。

一弥も、そうでした、とうなずく。

トロルはトロルなりに真剣な顔に変わっている。そのせいで別人のようにキリッとした表情に見え始める。と、メアリが首をかしげて「じゃ、トロルも移民一世なの? それは大変だったでしょうねぇ!」と言う。

トロルは、そうとも、とおおきくうなずいて、また快活でいい加減そうな笑顔を作ってみせる。

「……階段もまだ先があるようだし、そうさな、つぎは俺の話でもしようか？」

という声色も妙に重々しくなる。

「さて、あれは二十年とすこし前のこと……。東欧の山奥の村を出た俺たちは、古い一族みんなで船に乗って新天地を目指したのさ。だけど、船の中で大人から先にバタバタ倒れちまって……。まぁ大人たちには海を越える力がなかったからね。一人また一人と海に投げこまれて水葬にされちまった。親父もお袋も倒れた口でさ、家族の中で生き残ったのは俺だけだった。しかも後遺症で背が伸びなくなっちまってねぇ。孤児院に放りこまれて、お化けトロルって虐められて育ったのさ。幸い、発明というかなんというか、まぁ向いてる仕事をみつけてね。がむしゃらに働いて会社を興し、いまじゃ〈アポカリプス〉完成披露パーティに呼ばれるような、いわゆる名士ってわけだ」

「……船の中でバタバタ死んだのォ？　こ、こわいわね！　旧大陸の疫病かなにか？」

トロルは「いやァ……」と口を濁した。

「新大陸のみんなは知らないことだがね……。かつての旧大陸には新しい時代に向かない古《いにしえ》の種族もたくさんいたのさ。……だがいまはいない。歴史の教科書にさえ残らないうつくしき過去《ダークファンタジー》さ」

とエメラルドグリーンの瞳を瞬かせ、つぶやく。煙草を取りだして火をつけると、

「……ともかく、苦労して辿り着いた新世界で俺は新しい楽しさをみつけた。科学の発展とか経済の流れってのが性に合っててね。〝一ドル安くすると百台売れる〟なんて経済的発見がまた楽しくて。それと鱒《ます》サンドイッチが好物になって、毎日食べてる。で、勇気りんりん！　今

日も働いてるってわけさ」

「台？　トロルさんはなにを売ってるんですか？」

「エッ。それは内緒ダヨ！」

と、トロルがうつむいてへんな笑みを浮かべる。

「……というわけでな、俺は移民一世としてガムシャラに働いてきたし、これからも生きてる限りそうするつもりさ。リンリン、君もそうなるかね？」

一弥は首をかしげた。と、なにかを思いだしてくすっと笑い、

「そうだ。ぼくはがんばろうと決意してるんですけど、連れのほうは、いやだっ、ぜったいに働くものか、ふぇみなえこのみかになんてならず、ポンコツハウスの玄関先の番犬になって、あくまでも怠惰に生きてみせるって言いはってますね……」

トロルは目を輝かせて、自慢の髭を左右から引っ張りながら、

「ははは！　そいつは珍しいタイプの移民一世だなァ！　逆に気に入った！　……まぁ、だからさ。つまりさァ」

と、またうつむいてつぶやく。

「例のおかしなばーさん……ラーガディア様がさァ、ああやって死に物狂いで働いて這《は》いあがってきた執念ってやつも、理解できないわけじゃないのさ。だってさ、考えてみてくれよ。頼るものもなく、広大な海に投げだされ、未開の国に流れ着いちまった我々〝屑《くず》の如き惨めな死にかけの民〟の気持ちをさ……」

メアリが「ふーん、そう……」とやけに暗い声で相槌《あいづち》を打った。クードグラースのほうはそ

れなりに熱心に聞いている。トロルは続けて、

「……だがまぁ、ラーガディア様のことは、どっか気に喰《く》わんとも思ってるけどな。まァ複雑さね。俺は、自分の発明や販売が客を楽しくさせたり幸せにしたりすると思うと、張り合いを感じる質《たち》でねぇ。……しかしラーガディア様の恐るべき成功は、どうも周りの人間の不幸を呼んでる気がしないかい？　偶然にしちゃやけに死人も多いし、怪物性ってのを感じちまってな。……なーんて気のせいかねぇ？」

クードグラースがうんうんとうなずいている。

傍らでメアリがますます暗い声になって、

「ラーガディア様の怖さはよくわかんないけどさ、トロルの言うこと……ちょっとはわかる気がするな」

「おっ、そうなの！　うれしいね！」

「うん！　がむしゃらに働いて、ってとこはね。だって、うちの父ちゃんもそうだったからさ！　トロルとちがって苦労し通しの貧乏人のままだったけど……。やっぱり移民一世でさ、一生懸命、力いっぱい生きる男だったの。あたしは父ちゃんのこと大好きだった！　たとえ貧しくても。成功できなくても……」

と重々しい口調で話しだした。手の甲で顎の汗を拭きながら、なぜかトロルを軽く睨む。でもトロルがおっとっと、とよろけると無意識に手を貸して支えてやる。

「父ちゃんはなにをやってもうまくいかなくてね。重労働を続けて家族を食わせたあげく、若くして体を壊しちゃって。……でも移民一世ってほとんどそうよ。トロルみたいな成功者は例

外！　……そんな父ちゃんの背中を見て育ったからさ。あたしはうまく立ち回って働くぞって、用心深く生きるぞって決意したの。養うべき弟妹も残ってたし。そんでさ……」

メアリはうつむいて小声になり、

「ニューヨーク市の試験を受けて、消防隊に入ったの……。そりゃ危険な仕事だけど、なんたって〝公僕〟だからね。……知ってる、リンリン？　警官や消防士になると、貧しい移民でももうばかにされなくなるんだから。偉大なる新国家の一片になるからよ。給料も安定してるし。……だっからさァ！」

「は、はい」

「あたしはラーガディア様のことはよくわかんないわけ。あたし自身はどっちかっていうと二代目のエミグレ市長の気持ちがわかるかなァ。だってあの人もさ、母親はあんなにおっかないのに、本人はおとなしいでしょ？　きっと親の苦労を見てると冒険しようって気になんないのよ。それってわかるなぁ」

「だ、だけどさ、メアリ」

クードグラースが急に振りむいた。赤くなり、少年のようにまっすぐ聞く。

「それだけじゃねぇだろ？　だって、か弱い女の身でわざわざ消防士になるってことはよ、あんたも正義感の強い女の子なんだよな？　困ってる人を助けてやりたい気持ちが、きっと人一倍強くて……。ほら、その……。ワンダーガールみたいに、さ」

「や、や、や、やめてよッ！」

と、メアリが青くなって怒りだした。拳《こぶし》を振り回し、おおげさなほど反発してみせる。トロルが不思議そうに「えっ、ちがうのぉ？　俺もそうなんだと思ってたんだけどぉ？」と聞く。

メアリはこんどは赤くなって、なぜか憤怒《ふんぬ》の表情さえ浮かべて男二人を睨みつけだした。

「クードグラース！　さすが〈ワンダーガール〉の作者ボン＆クーの片割れ！　トロルも！　バカ！　……言っとくけどねぇ！　あたしたち、現実の警官も消防士も、コミックヒーローとはちがうの。一緒にしないでよね！　あたしたちは生活のために働いてるの。この勲章だって、ぜんぜん、ちがう……」

と胸元に光る勲章を見下ろして、暗い横顔を見せながら何度も首を振る。一弥が不思議そうに見る。

「だ、だからさ……。正義感なんて御大層なもんは……あっ、トロル、そこ気をつけて！　ライトが消えて暗くなってるから！　懐中電灯で照らして安全を確認してからよ……」

「大丈夫だろぉ〜、そんなのぉ〜」

「だめだめ！　さっきも言ったけど、消防隊のモットーは〈運に頼らない〉なの！　ちゃんと安全を確かめて！　……ほらぁ！　でしょお？」

メアリががみがみ叱る。懐中電灯で照らした部分に使いかけの木材がたくさん立てかけられていた。一部が倒れて壁のライトを壊している。

「あっ、ほんとですね！」

「なるほどな。さっきからあんた頼りになるじゃないか」

と揃って木材を避けて階段を上がる。

するとメアリがまたむっとしてなにか言いかける。「あたし、ほんとにそんなんじゃないから……」とつぶやく。妙に苦しそうに見え始める。

一弥はふと、非常階段を上り始める前にメアリを止めた同僚の姿を思いだした。待って、と追いすがる相手を振り切って……。そうまでしてメアリが無理についてきた理由はなんだったのだろう。

日に焼けたメアリの横顔に暗く影が差している。急に小声で、

「――罪は償われなければいけないのよ！」

と謎のような一言をつぶやく。口を閉じ、なにかをこらえるように唇を噛《か》む。

その横を歩くトロルは、首を左右に振って楽しそうだ。

と、メアリが顔を上げ、クードグラースを見上げて「つぎはあんたの番でしょ？」とずけず

け言った。

クードグラースはのしのしと歩いていた。声をかけられるとびっくりして振りむき、目尻《めじり》を

困ったように下げてみせ、

「お、おぅ……。俺か？　うん。つまり、リンリンは今日着いたばかりで右も左もわからない

新移民で、トロルが経済的成功をおさめた移民一世、メアリは堅実な公僕になった二世ってこ

とだよな」

「そうね」

「そんならこの俺は、迷える移民三世ってとこかねぇ。まぁ、ああやっておかしな仕事をして

るしな」

「あらぁ、そうなの。あんたは三世だったのねぇ……」

メアリがゆっくりとうなずいて言う。クードグラースは照れたように顎をかいて、

「つまりな、俺も相棒のボンと同じなのさ。あいつとちがって貧しい暮らしをしてきたが。話してみると馬が合ったのが不思議なぐらい、貧富と身分の差が大きいが。きっと移民三世って共通点のおかげで仲がいいんだと思うぜ」

「ねぇ、あたしぃ、気になってたんだけどさァ……」

「って、あんたこそ、話をさせといて腰を折るなよ」

メアリは肩をすくめたものの、気にせず強い口調で続けた。

「でもさァ、クードグラース。あんたがやけに正義感ってやつにこだわるからさァ。それに……」

と思いだすように、

「あんたが作ってる〈ワンダーガール〉には強盗に襲われる雑貨屋やレストランがたっくさん出てくるでしょ？　毎回、正義の味方が助けにきてくれるってパターンだけどさ……」

「あぁ！」

「五話なんてとくに不思議よね。リトルイタリーのトトおじさんの雑貨屋にとつぜん強盗がきちゃって、おじさんは胸を撃ち抜かれた……はずだけど……。なぜか死ななかったでしょ。さらにどっからか男の子の泣き声が聞こえてくるんだけど、そんな子、どこにもいないし」

クードグラースの横顔をライトがふわっと照らす。

「……あの泣き声の主なら知ってるぜ。あの男の子はじつはカウンターの中にいたんだ……」

「えぇっ？　それってどういうこと？」

クードグラースの左目の下の痣《あざ》がきらっと光る。一弥もその横顔を見上げる。

「つまりなぁ……。じつはな、ありゃ実話なんだよ」

三人ともびっくりして足を止める。

クードグラースは照れたような口調になり、

「あ、あのな、俺の親父トトは、移民二世で、雑貨屋の店主をしててな。コツコツ貯金してようやく店を買い、堅実に暮らしてたのさ。コミックに出てきたちいさな店がそれだ。近所のガキどもにトトお手製アイスクリームが人気だった。だがある夜……トトは強盗に撃たれちまった！」

「まァ！　なんてこと……」

メアリがおおげさなほどおおきくて怖い声で相槌を打つ。クードグラースがすこしおどろいて彼女の横顔を見る。メアリは口を開けて独り言のように、

「──罪は償われなくてはいけないわねぇ！」

とまたつぶやく。眉《まゆ》をひそめてぶつぶつと、

「そう、たとえあたしみたいな名もなき女でも、有名なラーガディア様でも、一緒。人に対して犯した罪は罪だもの……」

「お、おぅ？」

「で？　その犯人は……捕まったの？」

メアリがとても真剣に聞くと、クードグラースはいや、と首を振った。

「捕まってねぇんだ。まぁ近所のくいっぱぐれたチンピラだと思うがな。……あの夜、五歳の

ガキだった俺も店にいてな。親父が撃たれたから大声で助けを呼んで泣いたんだ。種明かしをするとさ、コミックの中に響いてる子供の泣き声ってのは、現実の俺の、あの夜の声なのさ……」

「なんと、そうだったのかァ！」

「そしてな、倒れた親父の最後の言葉がな……」

次第に声が子供みたいに悲しそうになる。ライトを浴びて、涙みたいな形の痣が光る。

「――『とどめの一撃《クードグラース》！』だったんだよなァ」

一弥がはっと息を呑んで、クードグラースの横顔を見上げた。

暗い横顔をしたメアリが、唇を激しく震わせて「まぁ、なんてこと！　そんな事件、ほんとうにほんとうに許せないわ！」とつぶやいた……。

〈ワンダーガール〉第十五話
絵&作　ボン&クー
「コミックマンハッタン」
——一九三〇年三月号

心地よい陽気の午後。ワンダーガールはぐぅぐぅ眠っていた。（むにゃ、むにゃ……あっ、おかあさまー。むにゃー……）と、寝ぼけながらもうれしそうにニッコリする。

いまはもうない惑星都市ワンダースターの宮殿で、ワンダークイーンにピカピカのシルバーヘアをとかしてもらった日を思いだしているところ……。

（……ワンダーガール！　髪の毛を大切にするんですよ。なぜなら、この星に住むわたしたちのワンダーパワーの元は、光り輝くこのシルバーヘア！）

（うんっ……）

（忘れないでね……）

（わかってるってば、おかあさまっ……）

（そしてね。あなたのワンダーパワーを、正しいと信じることに、お使いなさい……）

ワンダーガールは元気よくうなずいて、

（ん……。そうしてる。あたしは元気よ、おかあさま……。辿り着いたこの街で、友達もできて、昼は学校にも通ってる。それに、夜はね、困ってるみんなを助けるために……リンリンと……」

「キャンディさん！　なに寝てるのーっ！」

「……きゃっ？」

とあわてて飛び起きたワンダーガールが、寝ぼけてキョロキョロする。教室中の友達が笑って口々にからかってくる。ワンダーガールは恥ずかしそうに両手のひらでほっぺたを押さえる。

隣の席のリンリンが、そんなワンダーガールを見守っている。

と、眼鏡をかけた大柄な女性教師が腰に手を当てて「授業中は寝たらだめなのよ！」とガミガミ叱りだす。ワンダーガールは「はーい、先生……。ごめんなさい」と素直にうなずく。

女性教師が眼鏡を光らせて教壇にもどりながら、なにか気にかかる……というように振りむいて、ワンダーガールを窺《うかが》う……。


「髪の毛だって？」

リンリンが聞きかえすと、ワンダーガールが元気いっぱいにうなずき、

「うん。夢の中でおかあさまと話してて思いだしたの」

「へぇ、意外なものが力の秘密だったんだな。……ねぇ母さん？」

感心して、リンリンがぴょんぴょんジャンプする。

——チャイナタウンに建つカラフルな一軒家。

制服姿のワンダーガールとリンリンが仲良く並んで舗道を歩いてくると、ちいさな玄関を潜

り抜けて、日当たりのいい裏の小部屋に入る。すると部屋の隅で腰を丸めて縫い物をしていたリンリンママが、

「なんだって」

「だからさ、キャンディのワンダーパワーの話だよっ」

「ワンダーパワー!」

ぽっちゃりと太って小柄なリンリンママが、人のよさそうなまんまるの笑顔で、おおきくうなずく。縫いかけのワンダーガールの衣装を見せてくれる。冒険のせいで破れたところをきちんとかがってある。

「まったくね。キャンディちゃんはすごい子だ。あたしゃびっくりし通しだよ」

「でしょ、母さん?」

「あぁ。なんたってさ、昨日は運転不能になってマンハッタン島の空を漂う飛行船を助けたかと思うと、今日は地下鉄の事故をくいとめるって具合だからね。……まぁね、さいきん妙に事故が多いのは気になるけども。キャンディちゃんが、いやワンダーガールがいれば、〈バビロンシティ〉の住人は毎日安心だねぇ」

「だからさ、そのワンダーパワーの秘密はシルバーヘアなんだってさ!」

「……力の秘密?」

とリンリンママが顔を上げ、繰りかえす。

眉をひそめて黙りこむ。それから辺りをきょろきょろし、リンリンとキャンディを呼び寄せる。両腕で二人を抱き、小声になって、

「気をつけな。そんな話をおおきな声でしちゃいけない。みんなそりゃ、ワンダーガールに感謝してるけどね。噂の〈グリムリーパー〉の手下だって、いまじゃそこらじゅうにいるんだよ。やつらはね、邪魔者のワンダーガールをどうにかしようと血眼になってるらしい……」

「う、うん」

「敵に正体を知られちゃいけないよ。こんなちっちゃな女の子が正義の味方ワンダーガールの正体だなんて。それに、そんな弱みがあることを口にしちゃだめ……。敵にばれたら大変だろう……」

キャンディもリンリンもとたんにしゅんとしてしまう。それを見たリンリンママはにっこりして、

「……おいで、キャンディちゃん。大切な髪をすいてあげよう」

「はーい！」

とリンリンママの膝に乗って、ワンダーガールがまたにこにこする。リンリンが椅子に腰かけてその様を見守る。

「……なるほど！　秘密はシルバーヘアか！」

屋根から蝙蝠《こうもり》のように逆さにぶらさがり、仲の良い三人の様子を窓越しにこっそり覗きこんでいる大柄な影が……。

なんと、さきほどの眼鏡の女性教師……！

眼鏡が昆虫の目のように光る。

ゆっくりと日が暮れて外が暗くなっていく。

と、教師の着ていたスーツのジャケットが地面に落ち、スカートもほどけて落ち、眼鏡も……後ろでカッチリ結んだ髪も……バサバサと落ちていき……黒い衣装と赤いマントの……グリムリーパーが気味の悪い笑い声を立てていた。

「はははは！　ワンダーパワーの元さえわかれば、邪魔者を駆除するのも簡単だな。ははは、はははははっ！」

笑い声が夜に響く。

バサッと音を立ててマントを翻し、チャイナタウンの空を激しく旋回したかと思うと、遥か上空に飛びさっていく。

満月と重なるグリムリーパーの不吉な影――。笑い声に続き低く不快な声が落ちてくる……。

「ワンダーガールことリトルイタリーの女学生キャンディ・ホリディ！　貴様もきっと……闇夜に死神と踊りたいのだねッ？」


――敵に秘密を知られた！　どうなるワンダーガール!?

〈以下次号！〉

五章　もう一度《ワンスモア》！

1

「——六十五年前の今日の犯罪を！」

ヴィクトリカの低くしわがれた声とともに、広間に集まる客たちの前に、遥《はる》かな過去に通じる幻の〈青い門〉が現れた。強い風が吹いて、客たちのスーツやドレスの裾《すそ》、髪を音を立てて揺らしていく。食器やグラスや御馳走《ごちそう》の破片が床を転がっていく。
ギ、ギィィィィ……という不吉な音とともに、ゆっくり、ゆっくりと、幻の門が開いていく。
続いてどこからか、ラーガディアの「そうかい。ではアタシが語ろうかね。いつものファミリーヒストリー……。勇気りんりん、新世界にやってきたときのことを……！」という自信満々のささやき声も聞こえてくる。

開かれていく青い門……。

その向こうに、同じぐらい青くて広々とした海が広がっている。波の音とともにきらめく飛沫《しぶき》。白い渡り鳥の群れが行き過ぎる。遥かな過去の海。誇り高き旧大陸と未開の新大陸のあいだに茫漠《ぼうばく》と広がる……。

波におおきく揺られながら、灰色の木の葉が、いや……。使い古され、疲れた老人のようにあちこち罅《ひび》割れた船が、進んでいく。

――一八六五年、夏の大西洋……。

古ぼけた移民船は行く。風が凪《な》いで太陽の照りつけるばかりの狭間《はざま》の海に浮かんで、波間を漂いながらゆっくりと進んでいく。

貧しい船。使い古されたマストは汚れ、甲板もボロボロで板のあちこちがささくれ立っている。

疲れた顔つきで行きすぎる船員たち。もっと疲労し、足を引きずりながら甲板を歩く人々。服装は、毛糸の帽子や原色の刺繍《ししゅう》入り上着など民族色豊かなものばかり。どの顔も貧しさと旅疲れで青くなり、空や海を眺める余裕ももうなさそうに見える。

人々の様子と同様に、甲板の床板までも灰色に見える。

と、夕刻に近づくと空が橙《だいだい》色に染まっていく。

空を横切ってちいさな銀色の渡り鳥が近づいてくる。船のそばまで飛んでくるとふっとかき消える。

遠い夏の海。夕日を映して明け方のように淡く光りだす。

……すべては夢の彼方《かなた》に眠る過去の出来事——。

船室に下りる粗末な階段。下に行くにしたがって暗くなり、汗、垢《あか》、嘔吐《おうと》物の匂いが満ちてくる。痩《や》せた鼠が階段を駆けあがってくる。穴倉のような船室から、辛《つら》そうな呻《うめ》き声、怒鳴りあう声が時折、響く。そのほかは、たくさんの人が乗っているとは思えないぐらい静かである。

まさに貧者の船！

絶望の生活から這《は》いあがろうと、生きようともがく生活者たちの船！

……と。

下からたえまない赤子の泣き声が響き始める。

船室に続く古い木扉が、キィィィ……と不吉な音とともにゆっくりと動く。「そう、この船……。アタシが乗ってきた貧者の船、懐かしいね、まったく……」とラーガディアの声がますます遠くなっていく。「若き日のアタシが乗っているよ……。そう、十五歳のあの女の子がねぇ……」という声が聞こえなくなる。そして、過去の扉の一つである木扉が……謀《はかりごと》のように暗く瞬きながら、何者かを招き入れるように開かれていく……。

「素敵な手紙でしょう《エ ウナ ベッラ レッテーラ》。私の恋人は《イル ミオ ラガッツォ》きっと世界一優しい旦那さまになるわ《ディヴェンテーラ イル マリート ピウ プレムローゾ ネル モーンド》。私にはわかるの《ロ ソ》……！」

粗末な藁《わら》布団によりかかって、額に浮かぶ汗を拭《ふ》きながら、黒髪の少女がうれしそうに話している。

イタリア語で誰かとぺちゃくちゃおしゃべりしているようだ。齢《とし》のころは十四、五歳。さっきから、恋人、旦那《だんな》さまと口にするわりにはまだ幼くて、ぱっちりした黒い目と丸い鼻、かわいらしい顔には子供らしい無邪気さが漂っている。

両手に英語で書かれた手紙の束を握りしめている。開けっぱなしのトランクからはいま着ている粗末な衣服とはちがう素敵な白レースのワンピースが覗《のぞ》いている。

続いて半分に割れた金色のコインを掲げてみせて、

「彼と《アッビアーモ》会っ《プロメッソ》た《ケ》ら、《ラヴレイ》これ《モストラート》を《ルン》見《ラルト》せ《クアンド》あう約束《ミンコーントロ》な《コン》の《ルイ》！」

「……ええ、《シ、》ほん《ウナ》とうに《ベッラ》素敵な話《ストーリア》ね……」

傍らにいた女が小声で相槌《あいづち》をうってやる。赤子を抱いた母親らしき女で、いかにも興味薄げな様子だ。目の下に隈《くま》が何層にもでき、唇もガサガサで、見るからに疲れている。腕の中で赤子が泣き続けている。

酒に酔ったアイルランド人の男たちが睨《にら》みつけてきて、

「泣き声がうるせぇぞ！　眠れやしネェだろ！」

「まったくだよッ！」

「そのガキをだまらせろッ！」

「ニュ《ドポ》ーヨーク《ラッリヴァート》に《ア》着いたら、《ニューヨルク、》このワンピースに《カンビアーレ》着替《ラビート》え《エ》て彼をみつけ《トロヴェーロ》るの《ルイ》！　私《ステイアーモ》たちは南部《アンダーンド》で《ア》暮らす《ヴィーヴェレ》の《ネル》よ。《スード》それでね《セーンティ》！」

少女が、男たちの怒号を気にする様子もなく話し続ける。女のほうは首を縮めて赤子をあやしながら、「二《エ》人で移民《インクレディービレ》する《ケ》なんてす《エミグラーレ》ごいわね《ソロ》……《エ》」と相槌を打つ。そこにべつの方角から

男がやってきて、女の肩を乱暴に小突いた。英語でなにかささやく。女はうなずいて、申しわけなさそうに、

「ラーガディア《ラーガディア》さん！　また子守りを頼めないかしら《プオ プレンデーレ クーラ デイ ヌオーヴォ ディ クエスト バンビーノ》？」

「あらもちろん《エ ペルケ ノ》！　ベッツィ《ベッツィ》さん」

とかわいらしい少女――ラーガディアはにこにこうなずく。

「ちゃんと見てるから安心してね《ロ クレーロ コッレッタメーンテ エ ノン ティ プレオックパーレ》。でもあなたっていろんな人と仲良しなのね《マ アイ ウン サッコ ディ アミーチ》？

すごいわ《コンプリメーンティ》」

無邪気な返事を聞いて、女が皮肉っぽく笑ってみせた。男に手を引かれてのろのろと船室を出ていく。

ラーガディアの胸に抱かれると、赤子がぴたりと泣きやんだ。男の子で、額におおきな星形の痣《あざ》がある。すやすやと眠りだしたちいさな顔を覗いて、ラーガディアが楽しげにくすくすっと笑いだす。子守唄《うた》を歌ってやったり甲斐甲斐《かいがい》しく世話を続ける。だんだん微笑も包みこむように優しくなっていく。ふとトランクの中にあるワンピースを見やり、幸せそうに物思いにふける。

そのとき男の一人が乱暴に肩を叩《たた》いた。びっくりして顔を上げると、

「あんな女の子供の世話なんて、しなくていいだろ！」

「……」

「よくないやつと関わると、自分もへんになっちまうぜ！　あんたがうちの娘なら、ああいう女とは口をきくんじゃないって泣くまでぶってやるとこだ」

「……」

ラーガディアはきょとんとして男の顔を見上げている。男はあきらめて肩をすくめ、「……好きにしな。まったくお人よし女につける薬はねぇ」とうそぶく。

ラーガディアがまた赤子をあやしだす。赤子も笑い声を上げてなつく。

しばらくして女がよろよろもどってくる。

赤子を返そうとするが、女は疲れているせいか知らんぷりして背を向け、すぐ眠りこんでしまう。ラーガディアは戸惑うが、まぁいいわと赤子を抱き直して祈りの言葉をつぶやく。目を閉じ、眠りだす。

暗くなっていく船内。

深く重たい夜の訪れ。

疲れ切って眠りこける人々も、赤子を抱いて目を閉じるラーガディアも、過去の闇の中に溶けるように消えていく……。

船は――行く。

古い世界から逃げだした彼らには、もうもどるところなどない。このまま前に進むほかはない。これは死者を乗せた棺桶《かんおけ》船、いや罪人を乗せて海に流されたという監獄船のようである……。

空に黒い夜が立ちこめていく。船を覆いつくし、海をも染め替えていく。

さてどれぐらいの時が経ったか。

朝の光が丸窓からゆっくりと射しこんでくる。スポットライトのように丸く照らされた中心に、子供のように一心に眠るラーガディアの寝顔がある。産毛のきらきら輝く横顔。子供っぽく無邪気な表情。

周囲で倒れ伏すように寝ていた移民たちが、一人また一人と起きあがり、よろめきながら立つ。

船の速度が落ちていくのがわかる。

エンジンが怪物のように咆哮《ほうこう》する。

さまざまな言語で「着いたぞ！」「着いた！」「到着だっ！」と叫びだす。我先にと階段を上がりだす移民たち。

ラーガディアも起きあがり、うれしそうに顔を輝かせる。

「着いたんだわ《ソノ　アッリヴァータ》！　あたしの《イル　ミオ》新《ヌオーヴォ》世界《モーンド》！」

甲板からさまざまな言語での大合唱が聞こえてくる。新大陸でもっとも有名な古い詩……。

「古き大陸の神々よ、かつての栄華を誇るがよい。

そして我に与えたまえ！

疲れ、貧しき、古き人々の群れを。

荒れ果てた岸辺に倒れ伏す、屑《くず》の如き惨めな死にかけの民を。

家もなく、嵐に玩《もてあそ》ばれるだけの魂を。

彼らが遥かな海を渡ってくれば……」

　ラーガディアが小声で、「〈青い《パッサーノ》門〉《ソット》を《ラ》くぐ《ポールタ》り、《ブル、》希望《アヴラッノ》の《ラ》灯火《ルーチェ》を《デッラ》手にする《スペラーンツァ》！

そ《エ》してっ……《コジー……シ》新し《レヴェラッノ》い《ペル》人間となって《ディヴェンターレ》立つ《ウヌオーモ》だろうっ《ヌオーヴォ》！」と復唱する。横顔が希望にキラキラ輝いている。それから辺りを見回し、そうだ、船室に人がいないうちに、とあわててトランクの中にあった白いワンピースに着替えだす。黒髪と黒い瞳によく映える。「ほら、似《クエスタビート》合《ミ》う《スタ》でしょ《ベーネ》。ベッツィ《ベッツィ》さん、見て……っ《グァルダーミ》」と聞こうとして、傍らで眠る女と赤子に視線を落とし……。

　ラーガディアが焦って女を揺すってみせる。

「そ、《マ》そんなッ《ケ》！」

　女は目を開けたまま疲れ果てて事切れている。四肢は固まり、皮膚も死に染まっている。ラーガディアはあわてて叫んでみせた。

「な《ケ》んてこと《ディザーストロ》！　たまた《アッビアーモ》ま隣りあ《ヴィアッジアート》って旅《フィアンコ》し《ア》てきた《フィアンコ》け《ペル》れど《カーゾ》……。

い《ウン》つし《ジョルノ、》か、《エ》一《シ》緒に《オッティエーネ》新《ネル》大陸《ヌオーヴォ》に着《モーンド》くんだって《インシエーメ》、夢《アッビアーノ》を語《パルラート》り《ディ》あ《クエル》って《ソーニョ》……。

なのに《アプリーティ》、なんてこと《チェーロ》！　ねぇ《エイ》……。ベッツィ《ベッツィ》さん？」

　それからトランクに手紙の束とコインを入れて、ぱたんと閉める。心残りそうに母子を振り返りながら船室を出ようとする。

　そのとき、死せるベッツィの腕の中で赤子が泣き始めた。ラーガディアは足を止めて振りかえる。迷うものの「ごめんね《スクーザ、イル》、か《ミオ》わいい《バンビーノ》赤ちゃん《ズヴェーリョ》。あたし《イオ》……。でも《マ》っ……」と首を振り、逃げるように船室を飛びだし、狭い階段を二段跳びで駆けあがりだす。

　甲板に上がる。青い朝の空いっぱいに自由の女神が屹立《きつりつ》している。「わぁっ」とラーガディアがうれしそうに見上げる。巨大な銅像を前に胸がいっぱいになり、「新大陸の女《ラ ドンナ デル ヌオーヴォ モーンド》……。新しい世界《イル ヌオーヴォ モーンド》……」とつぶやく。

トランクを引きずって、船を下り、歩いていく。船のほうを一度振りむいて、「かわいそうな親子《ラ ポーヴェラ マードレ エ イル フィーリョ》……！」と悲しそうに十字を切る。それからきびすを返して先を急ぐ。

エリス島移民局のおおきな青い門が開いている。空の色、海の色、宇宙の色、未来の色。ゆっくりと門の中に、未来へと消えていくラーガディア……。

家畜のように並ばされ、苦労の果てにようやく移民許可が下りる。フェリーに乗りニューヨーク港へ。四角い森のように建物が乱立する大都市マンハッタン島に上陸する。

迎えにきている人たちの群れが見える。さまざまな民族衣装を着た移民たちとは対照的に、シックなスーツに山高帽、ステッキ姿の新しい世界の住人たち。移民たちが気後れするようにそろって無言になる。

ラーガディアもおそるおそる足を踏みだす。

「あ……」

英語でメッセージが書かれたプレートを掲げる若い男がいる。典型的な新世界の若者といった服装。誰かを待ってにこにこしている。

男の斜め前に、こんな港の真ん中だというのになぜか荒れ野に転がっているような灰色のおおきな石がある。そこだけちがう空気を醸しだしている……。

ラーガディアがプレートを読むと、男に駆け寄る。石につまずいて転びかけ、ぐるりと避ける。男のほうも近づいてくる女に気づいてうれしそうに叫ぶ。

「ぼくが送ったワンピース！　よく似合う！　ラーガディア、君はなんてうつくしく成長したんだろう！」

「わたしも！　すぐにあなただってわかったわ！」

ウインクしあい、互いに取りだしたコインを見せ合い、ゆっくりと合わせる。ドラゴンのコインが夕刻の日射しを浴びて金色に光る。希望の星のように輝きだす――。幸運の始まり。ラーガディアの夢見た未来がようやく始まるのだ……。

――そこに、邪魔が入る。

男の傍らにあった灰色の石がうごうごとうごめきだす。と……石と見えたものは、灰色の布を被《かぶ》って丸くなっていたヴィクトリカ・ド・ブロワの幻影だったらしい。まるでとくべつな夜の流星群の如く光り輝く銀色の髪がふさふさと現れる。

後ろからすす……と近づくと、手を伸ばし、過去のラーガディアの肩をポンポンと叩く。続いて、灰色の布からちいさな顔を出す。太古の湖のような緑の瞳《ひとみ》。銀に輝く髪。どこか不吉な美が現れる……。

ヴィクトリカはさくらんぼのようにつやつやの唇をゆっくり開き、言った。

「ちがう！　君、わたしにはお見通しだぞ」

……十五歳のラーガディアが幸福そうに手を伸ばして、男とコインを合わせたまま、おどろいてくるっと振りむき、「え？」と聞きかえした。

「え？」

〈アポカリプス〉最上階の大広間——。

青い顔をした客たちが集まっている。六十五年後のラーガディアが、金色のパイプを吸いながらこちらを凝視している。余裕を持って胸を張り、つめたい目つきでヴィクトリカをじっとり見下ろすと、

「なにがちがうんだね、お嬢ちゃん？」

と目を細めて聞く。

はっと現実に返ったように……客たちもあわてて互いの顔を見る。

ラーガディアの傍らにはエミグレ市長と妻、一族一同、弁護士軍団、警察署長と取り巻きが集まっている。

すこし離れたところにぽつんと、灰色の布に包まれたちいさな人物……ヴィクトリカ・ド・ブロワが立っている。

二人の間でぼけっとしていたボンヴィヴィアンも、不思議そうな顔をして、

「ちがうってなにが？　ワンダーガールちゃんよ？」

「——ちがうのだ！　いまの昔話には嘘がある！」

ヴィクトリカがうつむき、小声で強情そうに繰りかえす。顔色が青白くていまにも倒れそうに足元がふらついている。その様子に気づいたラーガディアが、不思議な生き物に出逢《であ》ったように興味深くみつめ始める。

ボンヴィアンがきょとんとしたまま質問する。

「いや、だってさァ、ばーちゃんがいま話してくれた移民船の思い出は、ブルーキャンディ家のみんなが何十年も聞き続けてきたファミリーヒストリーそのものなんだぜ。どこにもへんなとこはないだろ？」

ボンヴィアンはシルクハットを手に持って振り回しながら、

「俺、子供のころからこの話が大好きでさ！　ちっちゃな女の子が一人ぼっちで船に乗って新しい世界にやってきたなんて、って！　それで〈ワンダーガール〉のストーリーを作ったのさ……。新しい星に一人で移民して、八面六臂《ろっぴ》の大活躍をする女の子の、おはなし、を、さ……。つまりワンダーガールは俺たち移民の代表さ。もちろんばーちゃんも……みんなの理想の女の子なのさっ」

と誇らしそうに胸を張る。

「だからさ、どこも嘘じゃないって。な？」

「そうだとも。ねぇ、みなさん？」

ラーガディアが優雅そうな態度で微笑み、広間を見渡した。客は黙ってうつむいている。ラーガディアはヴィクトリカをちらっと見下ろして、

「今日移民してきたばかりで、どうやらお疲れのようだね、お嬢ちゃん。推理はほかの人に任せて休んだらどうかね？」

ヴィクトリカが青い顔でうつむく。

「どうやら下から助けがくるようだしね。彼らが到着して非常口の扉を開けてくれるのを待と

うじゃないか」

「そうだよ！　クーがくるらしいし。それに、リンリンもさ！」

リンリンも、という言葉を聞いてヴィクトリカがはっと顔を上げた。ついでびくりと肩を震わせた。なにか苦しそうな不思議な表情がよぎる。

ヴィクトリカはうつむき、その場でちいさく地団太を踏む。

「あのポンコツ……。すかすかカボチャ……。わざわざこんな危険なところにもどってくるとは……。うぅ」

それを見てラーガディアがにやりとする。

「こんな話はやめて、下からの助けを待とう。アタシの予感じゃ、きっとそれまでに三つ目の爆弾が爆発する心配もないねぇ。なにも心配することはないよ」

客たちは半信半疑で顔を見合わせる。こんな状況になっても自信満々で怖がることのないラーガディアを、恐ろしげに見る。

割れた窓から風が吹きこみ、広間をぐるぐる吹き抜けていく。婦人たちのドレスの裾を揺らす。食器や御馳走の山を床に叩きつけたり、グラスを吹き飛ばしたりしてしまう。

ヴィクトリカも青い顔をしたまま風に押されてよろめいた。

それを見るとラーガディアはますます不敵に微笑した。ヴィクトリカに向かって皺《しわ》だらけの両腕を伸ばす……。

そして……首を絞めて殺すような仕草をしてみせる……。

生暖かい風が強まり、ヴィクトリカを包む布をバサバサと激しく揺らした。布の奥でほっそりしたちいさな体が揺らいだ。まるでタイフーンになぎ倒されそうな若木のように……。

ヴィクトリカは、うぅ……と呻く。

そのか弱く低い声に、ラーガディアが同情するように微笑んでみせる。

ヴィクトリカが床に膝《ひざ》をつく。

金色のパイプが高らかに天井に向けられる。

シャンデリアが天井で危なっかしく揺れる。

風がますます強く吹きつける。

ヴィクトリカが低いしわがれ声で、

「こんなところにまで上がってくるとは……。あの従者は、いつも……。わたしのために、いつも……」

とつぶやき、首を振る。銀の髪も尻尾《しっぽ》のように遅れて震える。

ヴィクトリカはふいに顔を上げてラーガディアを睨んだ。布の奥で体が震える。

「うぅ……。金色ピカピカの、新世界の通貨の女王……。勝負は、まだ、終わっていな、い……」

「あら？　そうかい？」

「ちがう、ちがう……！　わたしだけは……貴様のファミリーヒストリーの嘘に気づいているとも」

「……えっ、なにに？」

とラーガディアが含み笑いする。

「ちがう、ちがう……」

ヴィクトリカが繰りかえす。楽しげに弾むラーガディアの笑い声がかき消していく。客はみんな固唾《かたず》を飲んで見守るばかりになる。

怪我人を治療し続けている老医師が、心配げな顔つきをして寄ってきて、「お嬢さん、あんた大丈夫かね？」と聞く。口をもぐもぐさせながら、

「わしの専門は脳神経科でな。あんた……。薬物の中毒なのはわかるが、なんの薬の後遺症なのかがどうも判然とせん。珍しい症状と見え……。うーむ……」

と言いながら、ヴィクトリカの顔を覗きこむ。

「く、くじょ……」

と、ヴィクトリカがちいさくささやく。

ラーガディアのほうはずっとせせら笑い続けている。ヴィクトリカがまたふらっと床に膝をつく。ラーガディアはちいさくて無力そうな少女を見下ろし、余裕たっぷりににやにやしてみせ、

「なにもちがわないよ。そうだろ、お嬢ちゃん？」

誰もなにも答えない。広間は不気味に静まり返り、割れた窓から吹きつける風だけがごうごうと鳴っている。

「く、久城……」

小声で呻く。

そして……。ヴィクトリカが苦しげな顔を上げた。

ん、とラーガディアが眉《まゆ》をひそめてみせる。ヴィクトリカは深い緑の瞳を光らせると、低いしわがれ声で……。もう一度「うむ、久城……」とつぶやいてから、ラーガディアを睨みあげた。

「しょ、勝負と行こう。――もう一度《ワンスモア》ッ！」

2

一弥とクードグラース、トロルとメアリは、四人揃って、汗を拭きながら階段を上がり続けている。

メアリがどこからか一口大のチョコレートを取りだし、三人に渡す。「こういうときはこれがいちばん。食べてよね」「あぁ、確かに力が出ますね……」「ほんとだ！　あぁ、そういや腹が減ったよなァ。ねぇねぇ、俺の好物はタルタルソースたっぷりの揚げたての鱒《ます》サンドイッチでねぇ。新大陸に渡ってきて初めて食べたのがこれだったモンだからさ……」と一弥とメアリとトロルが小声で話す。それからクードグラースのほうを揃って見上げる。

クードグラースはチョコレートを飲みこむと、息をついた。

メアリが陰のある横顔になり、妙に暗い声色で、

「つまり、クードグラースのうちは、強盗に襲われた夜までは、貧しくとも幸せな一家だったのね」

とつぶやいた。それからなぜか黙って胸の勲章をいじりだす。おおきな謎めいたため息をつく。

クードグラースが「あぁ、そうなんだよな」とうなずく。そしてまた話しだした。

「俺んちはな、一世のばーちゃん《ノンナ》と親父のトトとちいさな息子の俺の三人家族でよ」

「あら、イタリア系には珍しいわね……。大家族が多いものね」

「だよな。でも楽しかったぜ。ところがある夜、親父が強盗に襲われた。ノンナは二階で寝てたんだが、五歳だった俺は、親父の仕事を覚えようとカウンターの中にいた」

「なんてこと！」

とメアリがおおきな声で叫ぶ。クードグラースは肩をすくめて、

「で、二人の会話が上から聞こえてきたんだ……。親父は『生活がかかってるんだ。お袋が、息子が……』って命乞《ご》いした。すると強盗は『たった五十セントで命を落とすとはなァ！』とばかにしやがった。親父は『おまえにはわかるまい……』と絞りだすようにつぶやいた。それから大声で助けを呼んだが、誰もこねぇ……。そして銃声がした」

「あぁ！」

「親父の胸に穴が開き、エプロンに血が広がっていくのを、俺は下からなすすべもなく見てたのさ……。親父は、俺を庇《かば》って隠すようにうつぶせに倒れながら、『とどめの一撃《クードグラース》！』と叫んだ」

「それで、いまその名を名乗ってるのね……」

「そうさ。その夜の俺はってぇとな、大事な親父を助けることもできず、黙って震えてるばかりだった。強盗の顔さえ見なかったから、結局やつは捕まらず。……知らずに道ですれ違ってるかもしれネェって思うと、子供心にも毎日悔しくてなァ」

聞きながら、メアリの顔が次第に激しく歪《ゆが》んでいく。

四人は順番に階段を上がり続けている。クードグラースを先頭に、一弥、トロル、メアリの順にゆっくりと。まるでそうやって階段を上がるごとに時が進むように、クードグラース一家のファミリーヒストリーを聞く……。

メアリが顔を上げて、手の甲で顎《あご》から滴る汗を拭きながら、「なんてこと！」とまた苦しそうに相槌を打つ。勲章を指で何度もはじく。むしろクードグラースのほうが気を遣うように、

「ま、もう昔の話さ」

「そうね……。でも、あなたにとっては終わってないのね……。そうでしょ？」

「あぁ、まぁな」

「――罪は償われなければならないのにね！」

と、メアリが絞りだすようにまた言う。クードグラースが不思議そうに見下ろす。

そのとき一弥が顔を上げて、

「おやっ？」

四人はピタリと足を止めた。

階段の上のほうから足音と話し声がし始める……。

と、従業員らしき服装の男たち女たちの集団が、争うようにばたばたと駆け下りてくるのとすれちがいだした。やはり外から非常口の鍵がかけられているのは最上階だけで、途中の階の扉は開いているらしい。呼び止めて上の様子を聞くと、口々に、

「火が上がってるぜ！」

「これから上に行く？　正気かよ！」

「ぜったいやめとけって！」

「最上階の客を助けたい？　バカか、死にたいのか！」

と言う。一弥たちを押しのけるように我先に階段を下りていく。

彼らの列とすれ違いながら、クードグラースが声を張りあげ、話を続ける。

「で、大人になった俺はな……」

一弥がうなずく。

横を急いで走り下りていく従業員たちの横顔に、死相にも似た焦りが浮かんでいる。希望に満ちて新大陸に辿《たど》り着き、とにかく必死で働き、やがて力尽きて骨をうずめていった名もなき死者の群れのように見え始める。時を巻きもどして過去に消えていこうとしているように。

「……この通りな、典型的な移民三世の男になったのさァ。一世みてぇにがむしゃらに労働するんでもねぇし、二世みたいに堅実に生きるってんでもねぇし。やりたいことがうまくみつからなくてな、仕事を転々としつつ、もやもやと暮らしてた。そしてある日……」

思いだしたようにうれしげに笑う。

「同じく三世のボンと出逢ったんだ」

一弥が、あぁと納得してうなずく。クードグラースは懐かしそうに目を細めて、おおきな体を揺らしながら、

「いろんな新聞の社交欄でおなじみのお顔だから、こっちはすぐ何者かわかったけどよ、有名な御曹司《おんぞうし》が、薄汚ねェ下町で、夜中にぼーっと立ってるなんておかしいよな。気になって三回も前を通り過ぎたんだが、家に帰ってから、雨が降りだしたんでもう一回様子を見に行ったら、なんとまだいたもんで、勇気を出して傘を差しかけてみた」

「そうか、それが出会いだったんですね」

クードグラースがおおきく一度うなずく。両手を広げて、

「あぁ。そしたら、『飛べなくなっちまったんだ！』と言うもんだから『じゃ、走ろうぜ！』と手を引いた。するとボンはついてきてよ。……なーんて会話があったこと、あいつはとっくに忘れてるだろうけどな。いいんだ。俺ァ忘れねェ。まぁ、おどろくほど……皮肉なほど……いや、運命的に、かねぇ……話があうやつだとわかってな。で……」

遠い目をして、

「気づいたら、〈ワンダーガール〉作者二人組のボン＆クーになってた。ここまであっというまのことだった。だからボンが大切さ……」

と言うと、口を閉じた。そしてまた階段を黙々と上がりだした。

しばらくして、クードグラースがまた口を開いた。

「リンリン、トロル。よく聞けよ……。この国の移民にとってはよ、海を渡ってきた一世の物

語が、それぞれの家族の大事な神話になっていくんだ。……なぁ、メアリならわかってくれるだろ？　苦労して新世界に根を下ろした父親や祖父のお話の大切さを、さ」

メアリはチョコレートをまだもぐもぐしながら「えぇ、ほんとそうよねぇ！」と暗い声でうなずく。クードグラースは続けて、

「だからよぉ、リンリン。トロル。あんたたちの子孫にとっちゃ、海を渡ってきたあんたら親父や祖父のお話ってやつが、ゆくゆくは……オッ、とくにリンリンの子孫にしたら、今日このときの物語だよな！　それが……大切なものになっていくんだぜ？」

一弥が「えっ……！」と赤くなる。クードグラースはそれを横目で見ながら、

「俺にとっちゃ、それは……つまり、俺の家族《ファミリー》のちいさな神話もまた……あの日に始まったのさ……。ノンナがイタリアからこの国に旅してきたあの日にさ……」

一弥が、未来に向かうように一歩一歩階段を上り続けながら、うなずく。メアリの顔はますます強張《こわば》っていく。クードグラースは悲しそうに昔話をし続ける……。

〈ワンダーガール〉第十七話
絵&作　ボン&クー
「コミックマンハッタン」
――一九三〇年五月号

「助けてっ、ワンダーガールッ！」

と、昼の〈バビロンシティ〉往来で子供たちの悲鳴が上がった。

道行く人たちが何事だと振りかえる。と、急ブレーキをかけすぎた自動車が交差点の真ん中でくるくるとコマのようにスピンしている。そして車が近づいていく先には登校中の子供の列が……。

人々があっと叫び、もうだめだと思わず目を覆うとき！

雲一つない空を横切って、青いちいさな影が近づいてくる……！

きらめくシルバーヘアをマントのようにたなびかせ、額には青い星マークを付けた小柄な女の子！　鳥のように飛んできたかと思うと、車に両手を伸ばしてつかむ。くるくると回る車と一緒に女の子も高速で回ってしまう。目が回りそう……。

見ている人たちが、両手を握りしめてはらはらと、

「ワンダーガールっ。がんばれっ！」

「もうちょっとだよっ！」

「ちいさなかわいいお嬢さんっ、がんばれっ、がんばれーっ！」

と口々に応援しだす。ワンダーガールも声援に応《こた》えて「は、はひっ」「うー、んっ」「んっ！」「んんーっ！」と歯を食いしばってがんばっている。

と、リンリンが角を曲がって姿を現した。口を開けて立ち尽くしている子供たちをみつけると、「みんなー、こっちだよ！」と安全なところに誘導してやる。

真夏の日射しが眩《まぶ》しい。

ワンダーガールは力を込めると、

「……よいっとぉぉーー！」

と車を持ちあげた。ちいさな女の子の雄姿に観衆がどよめく。ワンダーガールは空を飛び、路地の邪魔にならないところにそーっと車を置いて、もどってくる。

わーっと拍手と歓声に囲まれる。

はっと我に返ったワンダーガールは、恥ずかしそうにもじもじしだし、「どっ、どもども」と観衆に頭を下げた。リンリンと連れだって帰っていこうとする。リンリンは子供たちに笑顔で「車に気をつけるんだぞ」と言ってから、てこてこと小走りで追いつく。

二人顔を見合わせて、よかったねと微笑みあう。

と……。

そのときまたもや……。

「たっ、たいへんだーッ！」

すこし遠くで、こんどは大人の男たちの声がした。

ワンダーガールとリンリンがびっくりして振りむく。するとすぐ近くで、〈バビロンシティ〉の真ん中に目下建設中の真っ黒な巨大タワーが、ぐらっとおおきく傾いたところだった。

リンリンがびっくりして「えーっ？」とつぶやく。

建設作業員の男たちが走ってくると、口々に、

「いちばん下で土台を支えてる支柱が一本、真っ二つに折れちまったァー！」

「こんなことありえねぇって！」

「まずいだろ！　このままじゃタワーが倒れてきて……。下にいる人も建物も全部潰《つぶ》されちまうぞっ！」

「おーい、みんな逃げろーッ！」

ワンダーガールもびっくりして、「たいへんっ！」と飛びあがった。リンリンとうなずきあい、走っていく。ちいさな青い後ろ姿を、大騒ぎしていた建設作業員たちが……なぜかニヤリとばかにしたような笑みで見送りだす。

彼らの横顔に気づいたリンリンが、あれ、なにかへんだなと首をかしげる。急に心配になってワンダーガールの後を追う。

タワー下部の剝《む》き出しになっている部分の支柱が一本、真っ二つに折れて、建物全体がぐらぐらとかしぎ始めたところだった。通行人の悲鳴と作業場からの怒号が入り混じって響いている。

ワンダーガールはすばやくタワーの下にもぐりこむ。リンリンが背後から「気をつけてっ、なんだかいやな予感が……」と声をかける。

「うん！　……ぐぬぬっ！」

とワンダーガールが力を込めてタワーを支えだした。しかしさすがに重そうに見える。横にかしぎ始めていたタワーの危険な振動がぴたりと止まる。

周囲からまた市民の歓声が上がる。ほっとしたように笑顔を見せ、手を叩いては名前を呼ぶ。

「さすが！　ワンダーガール！」

リンリンも安堵《あんど》して胸をなでおろす。

その横を通り過ぎてタワーに大股《おおまた》で近づいていく人影がある……。リンリンがまた、おやっと首をかしげる。

男は黒尽《ず》くめの服装で、なぜか真っ赤なマントをたなびかせている。そう怪人のように……。音もなくワンダーガールのそばに歩み寄ったかと思うと、手にキラリと光るもの……ナイフを握っている……。リンリンが叫ぶ。

「気をつけて！　そいつ様子がおかしいよ……！」

ワンダーガールが顔を上げる。

そのとき、男の振りあげた刃《やいば》が……。

ワンダーガールの見事なシルバーヘアを……。

とつぜん……。根元からバッサリと切った！

「う？」

ワンダーガールがびっくりして目を見開き、ついでガクッと膝をつく。タワーがまた左右に揺れる。人々が悲鳴を上げて逃げ惑う。ワンダーガールは歯を食いしばってタワーを支える。

マントの怪人が胸を張って笑いだした。

「はっはっはっはっはっ！」

ワンダーガールが気づいて、

「あなた、まさか……」

「——お嬢さん、闇夜に死神と踊ったことはあるかいッ？」

マントの怪人が甲高い声で叫ぶ。

リンリンも息を呑《の》んだ。拳《こぶし》を握りしめて、

「きっ、貴様、グリムリーパーだな！　おい、やめろ！　ワンダーガールから離れろーっ！」

と走りよろうとする。だがグリムリーパーのがっちりした腕の一振りで突風が起こったかと思うと、遥か彼方にまで吹き飛ばされて、尻《しり》もちをついて倒れてしまう。

「……ワ、ワンダー、ガー、ルっ……」

「リンリーン！　こわい、助けてーっ！」

「ま、待って、ぼく。いまっ助けに行くっ……」

「リンリン……。あ、あたし……。だっ、だめ、みたい……？」

「えーっ！　ワンダーガール！」

助けを呼ぶか細い声に、リンリンも必死で立ちあがると走ってくる。ワンダーガールはうんうんとタワーを支えながらも、いまにも倒れそうにふらつく。足元にシルバーヘアが無残に散っている。

グリムリーパーが愉快そうに笑い続け、

「はっはっはっ！　ワンダーガールとやら、いままでよくも邪魔をし続けてくれたなァ！」

「なんのこと!?」

「〈バビロンシティ〉を破壊し、悪の帝国にするという私の使命をだ！　しかし私はもう貴様の弱みを知っている。ワンダーパワーの元である髪さえ切ってしまえば、正義の味方ももう戦えまい！」

「く……くっ！」

「ワンダーガールよ！　貴様が支えていなければ、タワーはたちまち倒れ、下敷きになった人たちの命が犠牲になるぞ！　しかしシルバーヘアがなければタワーを支えるだけで精いっぱい。もう一歩も動けまい。残念ながら私の邪魔ができなくなったというわけだ！　くくくく……」

「グ、グリム、リーパー……っ！」

「貴様は死ぬまでここでタワーを支えているしかない運命となったのだーっ！　はっはっはっはっはっ！」

ワンダーガールが悔しそうに呻く。

リンリンが近づこうとしては、突風に邪魔されて倒れる。汗に濡《ぬ》れるワンダーガールの額から剝《は》がれ落ちた青い星マークが、びゅうっと飛んでくる。うつぶせに倒れるリンリンが弱々しく手を伸ばし、青い星を拾う。歯を食いしばって、「ワンダーガール！　キャ……キャン、ディ……」と呼ぶ。

グリムリーパーはそっくり返って笑い続ける。赤いマントが不気味にひるがえる。

空が夜のように暗くなっていく。「〈バビロンシティ〉の愚民どもよ。用意はいいかな……？」と楽しげにつぶやく声が、真っ暗な空いっぱいに響く。

グリムリーパーは左右に裂けたような大きな口を開けてうそぶいた。

「——今宵、死神との舞踏会の始まりだッ！」

——敵に捕らえられたワンダーガール！

〈以下次号！〉

六章　右か左か

1

（勝負だ！）

（もう一度《ワンスモア》ッ！）


——再び一八六五年、夏の大西洋。

古ぼけた移民船が行く。風が凪《な》いで静かな狭間《はざま》の海に浮かび、波間を漂いながらゆっくりと進んでいく。

どこからかヴィクトリカの低いしわがれ声が響いてくる。

「今度は……わたしが語ろう。六十五年前の出来事を。ブルーキャンディ家の真実のファミリーヒストリーを、な……」

ラーガディアの余裕のある含み笑いも遠くから聞こえ、遠ざかっていく……。

そこは貧しい船の甲板。使い古されたマストは汚れ、甲板もボロボロでひどくささくれ立っている。

疲れ切り、足を引きずりながら甲板を歩く人々の姿。服装は、毛糸の帽子や原色の刺繍《ししゅう》入り上着など民族色豊かなものばかり。どの顔も貧しさと旅疲れで青い。空や海を眺める余裕ももうなさそうだ。

人々の様子と同様に、甲板の床板までも灰色に見える。

夕刻に近づくと空が橙《だいだい》色に染まっていく。

海を切るように、銀鱗《ぎんりん》を光らせるおおきな魚が一匹泳いでくる。船のそばまで近づくとふっと波間からかき消える。

船室に通じる汚れた階段を、痩《や》せた鼠が何匹も走る。

穴倉のような船室から、怒号や唸《うな》り声に混じって、赤子の泣き声が聞こえ始める。

階段を下り切ったところにある古い木扉。ギィィィ……と不吉な音とともにゆっくりと開いていく。再び、過去の扉が何者かを招き入れようとするように開く。もう一度《ワンスモア》！　扉が蠢《うごめ》く。

そして、さきほどとまったく同じ、過去からの声がまた聞こえてくる……。

「素敵な《エウナ》手紙《ベツラ》でしょう《レッテーラ》。私《イル》の《ミオ》恋人《ラガツツオ》はきっと《デイヴエンテーラ》世界《イル》一優《マリート》しい《ピウ》旦那さま《プレムローゾ》に《ネル》なるわ《モーンド》。私《ロ》にはわかるの《ソ》……！」

十四、五歳の少女が楽しそうに語っている。粗末な藁《わら》布団によりかかって、額に浮かぶ汗を拭《ふ》きながらうきうきしている。

さきほどとほぼ同じ船室の光景が広がっている。少女のそばに荒れ野に転がっているような灰色の石があるところだけがちがう。船室に自然の石があるのは不自然だが、誰も気づいていないようだ……。

少女は両手に手紙の束を握りしめ、トランクから覗《のぞ》く白いワンピースをうれしそうに眺める。傍らに座る赤子を抱いた女に向かって楽しそうに話し続ける。額に星の形の痣《あざ》のある男の赤子は大声で泣き続けている。

酒盛りしていたアイルランド人の男たちが睨《にら》みつけてきて、

「泣き声がうるせぇぞ！　眠れやしネェだろ！」

「まったくだよッ！」

「そのガキをだまらせろッ！」

赤子を抱く女のほうは表情を強張《こわば》らせ、怯《おび》えて縮こまるが、少女はまるで気にする様子もない。「ニューヨークに着いたら《ドポ ラッリヴァート ア ニューヨルク》、このワンピースを着て《カンビアーレ ラビート》……」とおしゃべりし続けている。女のほうは赤子を黙らせようとあやしている。

ふと……時が止まる。

ラーガディアの横に転がっている灰色の石が急にうごうごと動きだす。よく見ると石ではなく、灰色の布を被《かぶ》って丸まっているヴィクトリカだったらしい。と、奥からスポッと顔を出す。恐ろしいほどうつくしいちいさな顔が現れる……。

ヴィクトリカが灰色の布の奥で腕を組み、考えこむ。

（しかし、あいつは……へっぽこのポンコツのカボチャの働き者の従者は、だいぶ……最上階に近づいてきてしまっているのだろうかね……。うらむ……）

と、かすかに首を振る。

それから船室の中を見回し、様子を窺《うかが》う。

(それにしても……。集まってきているようではある……。混沌《カオス》の欠片《かけら》が……)

緑の瞳《ひとみ》があまりにも妖《あや》しく瞬きだす。

(そう。なるほどこの少女は……ラーガディアは……英語がわからないのだな)

ヴィクトリカは目を細めて船の中を見渡すと、また(く、じょ……)とつぶやいた。それから一歩下がり、コロンと丸まってまた石のように気配を殺した。

再び止まっていた過去の船内の時間が動きだす。

男の一人に連れられて女が船室をよろよろ出ていくと、少女と額に痣のある男の赤子が残される。少女は子守歌を歌い、寝かしつける。そこにべつの男が近づいてきて乱暴に肩を叩く。

「あんな女の子供の世話なんて、しなくていいだろ! よくないやつと関わると、自分もへんになっちまうぜ! あんたがうちの娘なら、ああいう女とは口をきくんじゃないって泣くまでぶってやるとこだ」

怒鳴られた少女はきょとんとして男を見上げるばかりだ。

——ヴィクトリカがまた顔を出し、すすす……と少女に寄っていく。

時がまた止まる。

(久城、まったく……。君が……。この危険地帯に近づいてくるのなら……。ううむ……)

とため息をつき、少女を観察する。

低くしわがれた声に出して、

「……混沌《カオス》の欠片の再構成を始めよう」

とつぶやく。

「……ううむ。このシーンも、ラーガディアは男からなにを言われたかわからなかったのだろうな。なぜなら男たちが英語を話していたからだ。船内で赤子連れの女とばかり話していたのは、イタリア語を話せる相手がほかにいなかったからだろう」

つぶやくと、ヴィクトリカがまたすすす……と下がる。石に擬態するように丸まる。時が再び流れ出す。人々がゆっくりと動き、ささやきあう。

やがて女がよろめきながらもどってきて、少女に背を向けて眠ってしまう。少女は赤子を抱いたまま、祈りを捧《ささ》げて目を閉じる。

船内が薄暗くなっていく。

夜の訪れ。みんな疲れ切って眠る。

汚れきった古い船室。

過去の薄闇の中。

未来からやってきた客人たるヴィクトリカだけがすっくと立ち、目を細めて辺りをゆっくりと見回す。丸窓から射す月明かりがスポットライトのように、ヴィクトリカのちいさな体をつめたく照らしている。

時が凍りついていく。

ヴィクトリカは宝石のように光る不思議な緑の瞳を細めてみせ、細く青白い両手を左右におおきく広げると、

「混沌《カオス》の欠片よ。過去の罪の所在を示せ……」

船室のあちこちで眠っている人たち。さまざまな民族衣装を身につけ、顔つきや肌の色のさまざまな、新大陸の人々の先祖たち。

「――再構成の時間だ！」

と、老女のようなしわがれ声が宣言する。

月光がきらきらと渦巻き始め、眠っているある者の体を包んで光らせ、ある者には近づかず……。九割近くの移民の体を光らせるようになる。光っていない者は闇の奥に沈みこむように眠り続けている。

ヴィクトリカが両手を広げたまま、ゆっくりと見回す。

人々のあいだを足音もなくすすす……すすす……と動き回りながら、老いたしわがれた声で厳かに告げる。

「……過去の船内にいる彼らは、六十五年前の今日、新大陸に渡ってきた移民。新しい世界の礎をつくった人々。新大陸の民の偉大なる一世。消えていった名もなき若者たち――」

光っているたくさんの体を見下ろして、

「そして六十五年後のいま。まだ生きて新大陸に暮らしている者もおろう。辿《たど》り着いてほどなく力尽きた者もおろう。戦い、生きて、子孫を残し、やがて老いてこの世を去った者もおろう。青く光っている体は、こんにちすでに死者となっている者。光っていない者は、老人になりまだ生きて新世界の未来を、子孫の明日を見届けようとしている者だな」

ヴィクトリカがつぶやく。

死者たちの体が光りながら乾いていく。眼窩《がんか》が窪《くぼ》み、皮膚もカサカサになり、衣服から覗いている手足も……。現在の姿、墓の中に眠る死者の姿に近づいていく。ごく少数いる、光っていない体のほうはまたたくまに老いていく。彼らもまた現在の姿に……老人となった姿に変わっていく。

ヴィクトリカは船室の真ん中に立ち、ちいさな体でめいっぱい背伸びして、両腕をしっかり広げている。

そして……告げる。

「――知恵の泉よ！　あぶりだせ！」

と。

足元に寝転び、眠っている小柄な少女を見下ろす。そして腕に抱かれている男の赤子。背を向けて丸くなっている赤子の母親。

ヴィクトリカが呻《うめ》く。

並んで眠る三人のうちの一人の肩が、おどろいたようにびくりと震えた。

「嘘つきをみつけたぞ」

その人物がまた肩を揺らす。

そのとき外で雷鳴が轟《とどろ》いた。

丸窓越しに、船室を鋭い閃光《せんこう》が通過していく。死神の鎌のようにサッと……。

ヴィクトリカは目を細めて足元の三人をみつめた。

まず手前の少女の体は……そのちいさな細いからだは……。全身が青い光に……死の世界の光に包まれている。

　そして光に照らされたその顔は……眼窩が落ち窪み、皮膚はカサカサに乾き、口はうろのようにポッカリと開き……赤子を抱く両手も黒く変色し、乾いた木の枝のようになっている。ヴィクトリカはエメラルドグリーンの瞳を見開いて、告げる。

「ラーガディアは……本物のラーガディアのほうは……六十五年後の現在、すでに死んでいる！」

　その声と同時に、少女──本物のラーガディアの死体の左頬に赤い血が一筋流れだす。真っ赤な涙。運命によるとどめの一撃《クードグラース》……！

「つまり、六十五年後の我々の前にいるあの老女、自称ラーガディアは……船に乗ってやってきた十五歳の少女とは別人ということだ」

　赤子を抱いていた少女の両腕がゆっくりと床に落ちる。ドサッ……。乾いた音。その両手のひらにも真っ赤な血が滲《にじ》みだす。

「そして、赤子もまた……」

　額に星の痣のある男の赤子も、全身を青く光らせ、六十五年後のいまでは死者の仲間入りをしていることを告げる。産着の胸に〈ＴＯＴＯ〉と刺繍がしてある。その胸に銃痕《じゅうこん》が空き、赤い血が流れだす。そして顔も手もカサカサに乾き、茶色く変色していく。

　ヴィクトリカのエメラルドグリーンの瞳がゆっくりと瞬いた。

　それから二人に背を向けて眠っている……いや、眠っているふりをしている、赤子の母親を見た。

　疲れ切った女の背中は……光っていない。六十五年後のいまもどこかで生きていることを示している。

　ヴィクトリカがつめたく目を細めて、

「この女は確かベッツィさんと呼ばれていたな。未来の希望に燃えるかわいらしい少女……本物のラーガディアのそばにいた疲れ切った子連れの女。齢《とし》のころは三十か、三十五か……。ベッツィよ、もうばれているぞ。おまえの正体こそ……」

　女は身動きひとつしない。しかし背中がかすかに揺れる。ヴィクトリカの声が聞こえているかのように。

　死んでカサカサに乾いた赤子の手が、女の背中にゆっくりと伸びる。でも母親に届くことなく枯れ枝の如く震えるばかり。女はみつかってあわてるようにゆっくり起きあがる。中腰のまままこそこそとどこかに逃げようと進みだす。小柄な体。六十五年後のいまの姿まで老けていく。後ろから見ても、黒かった髪が長く伸びて、白っぽい銀色に変わって、床にだらりと伸びているのがわかる……。腕も老いて皺《しわ》だらけになっている。

　ヴィクトリカは一歩、二歩、と小股《こまた》で追いながら、続けて、

「知恵の泉が告げている――」

と低くつぶやく。目の前で老いて縮んでいくベッツィの背中に向かって、

「おまえが……すぐそばにいた赤子連れの女のほうが……現在、ラーガディアを名乗る老女の正体だと！」

　女の動きが止まる。ヴィクトリカが続ける。

「人の運命を盗み取り、移民した後の長い人生を、若きラーガディアになりきって生き、いま

もラーガディアとして、我々の前に立つ……経済的女性の怪物《フェミナエコノミカモンスター》だと……！」

その声に、女がゆっくりと振りむいた。

月光に淡く照らされるその顔……。

しわくちゃの頬、薄い唇、上品ぶったどこか気味の悪い笑顔。見覚えある老女の顔になっている。

と、老女が口を開ける……。広間で聞いた覚えのある優雅そうな笑い声を上げ始める。

その横で本物のラーガディアは死者の顔をして血を流し続けている。赤子も胸を血で染め、未来に逃げていく母親に向かって乾いた手をいっしんに伸ばしている。

女が口を閉じた。ヴィクトリカは両手を左右に広げ、緑の瞳で睨んでいる。と、女がカッと目を見開いた。機嫌のよさそうな、どこか気味の悪い声色であの台詞《せりふ》をささやく。

「人生はコイントス……ッ。幸運は……勝ち取るものッ。……あなた……コイントスは……いかがァ？」

そしてまた優雅そうな様子で微笑んでみせた。

また激しい雷鳴が轟いた。

鎌のひとふりのような閃光が通過した後、船室はとつぜん真っ暗になった……。波が高くなり船が激しく揺れ始めた。

2

薄暗い非常階段……。

クードグラースはくるくると上りながら話を続けていた。

「その日、俺のノンナはたったの十五歳だった。一人ぼっちでイタリアから移民してきた。元気いっぱいの女の子さ」

一弥が、おやっ、と気づいて聞く。

「じゃ、クードグラースさんのお祖母《ばあ》さんも十五歳で船に乗ってやってきたんですか？　ボンヴィアンさんのお祖母さん……ラーガディアさんとそっくりの境遇なんですね」

「うう、む……」

クードグラースがあいまいにうなずく。トロルが不思議そうにその横顔を眺める。

「だがな、船内で恐ろしいことが起こったんだ……。ノンナはとある〝邪悪な女〟と知りあっちまったんだ。ノンナが言うには、いい人に見えちゃったんだってよ。結果、ノンナは信用して親切にした大人の女にだまされ、手ひどく裏切られた……。まだ赤子だった親父トトを見捨てることができず、胸に抱くと、無一文で船を下りた。船の甲板に呆然《ぼうぜん》と立ってよ、赤子を抱いて見上げた自由の女神のおそろしい大きさを忘れられネェって。『〈青い門〉をくぐり……《パッサーノ ソット ラ ポールタ ブル、》

希望《アヴラッノ》の《ラ》灯火《ルーチェ》を手《デッラ》にする《スペラーンツァ》……』って復唱した詩を思いだすって、よく話してたぜ。涙を流しながら、な」

「えっ……」

「これが俺のファミリーヒストリーの最初のシーンなんだ。かわいそうな十五歳の少女の物語さ……。『家族の歴史は最初が大事』って有名な諺《ことわざ》があって、よ。なにせそれぞれの家の個人的聖書みたいなものだからさ。移民はみんな、先祖には勇ましくて素敵な若者であってほしいって願ってるが……」

「あぁ、それはよく聞く諺だなァ。だから一世はがんばるってわけだよなァ」

トロルがしみじみと言う。クードグラースはうなずき、

「……なのによ、俺のノンナは、知り合いも頼る者もいない大都会で苦労し続けの人生になっちまって、よ。今日まで続く悲しい歴史の始まりなのさ」

「あら、じゃ、そこはラーガディアさんとちがったのね？　新大陸には頼る相手が誰もいなかったんじゃ、お祖母ちゃんは大変だったわね？　一方、ラーガディアさんのほうには手紙のやりとりをしてた婚約者もいて……？」

とメアリも聞く。クードグラースは小声で「ノンナ……」とつぶやき、手の甲で子供みたいにガシガシ目をこすりだした。

「……女一人で赤子を抱えてできる仕事なんて、まともなものはありゃしねぇよ！　で、俺の大事なノンナは人に言えねぇ仕事についてな。しかし、血の繋《つな》がらない親父のことはしっかり育ててくれた。おかげでトトはすくすく育った……。ノンナの苦労を横目で見ながら、な……。

そしてメアリ、あんたみたいによ、堅実で安全な生き方を目指す若者になった。こつこつ貯金してリトルイタリーにちいさな雑貨屋を開いた。所帯を持ったものの、お袋は貧しい暮らしに嫌気がさして逃げちまってな。それからはノンナとトトと幼い俺の三人でひっそり暮らした。……強盗に襲われた夜までは、な。そしてノンナも病気で死んだ」

と言い、急に黙ってしまう。横顔に暗い影がかかって、涙のような痣が赤黒く光る。おおきな体を覆う筋肉がゆっくりと蠢いた。しばらく黙って上り続ける。

非常階段の途中で急に足を止めて、「あー、そうだ、これこれ。さっき見せたろ、リンリン」と言った。急になんの話になったのだろうと一弥が首をかしげると、ポケットから黒い髑髏の仮面を取りだしてみせた。得意そうに口元をほころばせる。ボンヴィアンが絵を見せたりストーリーを説明したりして有頂天になったときの表情とよく似ていた。

仮面をつけて、おまけに黒いマントまで取りだして羽織ってみせる。長身で筋骨隆々としているせいか、ヴィクトリカと一弥だけでなく、いまやクードグラースまでコミックから現実世界に飛びだしてきた悪役《ヴィラン》に見えた。

一弥はきょとんとしているが、トロルとメアリが揃って「お、おい、似合うな……」「ちょっと、似合いすぎよ、クードグラース……。なんだか怖い！　人がちがって見えるわ」と、感心しながら後ずさるという妙な態度になる。「わかったからもう外して！」「あんたソックリすぎるだろ！」といやがりだす。一弥だけよくわからずきょとんとしている。

その恰好《かっこう》のままでクードグラースはまた階段を上りだした。三人も戸惑いながらついていく。仮面の奥からのくぐもった声でしみじみと「だから、ボンのほうはワンダーガールに夢中だけどよ、俺はじつは……」と語り続ける。

「……グリムリーパーのほうが好きなのさ」

ぴゅっと風が吹いた。

……一弥がようやく気づいて、

「グリムリーパーって、あぁ、コミックに出てくる悪の首領のことですね。えっと……太古の邪神が蘇《よみがえ》って街を破壊する、って。その悪役の恰好ですよね？」

クードグラースがおおきくうなずいてみせた。筋骨隆々とした体を左右に激しく揺らし始める。

「そう。邪悪な神ってやつがよ、せっかく、しばらくのあいだ忘れられて地下で深い眠りについてたのに……ボンと知りあって仲良くしてるうちに次第に目覚めちまって……いや、じゃなくて……。地下鉄のガタガタいう振動のせいで蘇って、えっと、悪の帝国をつくっちまって……。えっと……」

一弥が不思議そうにクードグラースを見上げる。

「つまりよ、死神《グリムリーパー》ってのは、過去の恨み、とりかえしのつかぬ出来事《クードグラース》ってことさ。みんな、新世界の未来はキラキラ輝いてる、いいことばかりだって言うけどよ。世界に新しい力を示すって浮かれてこんなビルまで建てちまうけどよ。でもそうやって輝くほどに、足音もなく後ろから忍び寄ってきて復讐《ふくしゅう》するのが……過去ってぇ亡霊だろうよ」

「古いものは亡霊かい？」

トロルがなんとも言えない表情になって聞く。クードグラースは暗い横顔のままうなずいてみせる。

「……なんて俺は考えてよぅ。毎月〈ワンダーガール〉のお話を描いてんのさァ」

広い肩幅が、うなずくたび不気味に蠢く。

足を止めて、腕で顔の汗を拭く。四人の中でクードグラースだけがなぜか滝のような汗をかいている。水浴びでもしたような姿だ。目を細めて階段を見上げる。

上のほうにまた木材がたくさん立てかけられている。どうやら完成披露パーティといってもところどころ片付けが終わっていないらしい……。

どこからか生暖かい風が吹いて、汗に濡《ぬ》れた燕尾《えんび》服の黒い裾《すそ》を揺らしていく。

四人はまた上がりだす。

「俺はよ……。ノンナの苦労や親父の悲しい最期を思うたびによ、不幸ってやつは、どうしてある人間を、ある一家を襲うのかって考えたのさ。だって不思議だったからよ。で、ある日戯れに教会に行ったらよ。牧師のやつが説教するにゃ……『不幸というものは罪を犯したことへの罰です』だとよ！」

メアリがしみじみ「あぁ、そうよね……」とうなずく。

「――罪は償われなければならないの……！」

「あぁ！　そりゃァそうさ！　メアリ！　だけどノンナも親父も悪いことなんかなにもしちゃいねぇよ！　奪われて見捨てられたちいさなノンナになにが選べたってんだ？　罪を犯したのは、そしていまも犯し続けてるのは、あの大人の女のほうだろうが。六十五年前の今日、同じ移民船に乗ってやってきた〝邪悪な女〟……！」

一弥ははっとして顔を上げ、

「六十五年前の今日って言いました？　ノンナが新大陸にやってきた日が？　でもそれじゃラーガディアさんが移民してきた日と同じですよね。えっと、どういうこと？」

　首をかしげて考えこむ。

「じゃ、あなたの祖母《ノンナ》と、ボンヴィアンさんの祖母《ラーガディア》は、同じ日に新大陸に移民してきたんですか……？」

　クードグラースは答えない。一弥の声が聞こえていないかのように、両手を広げて一人で滔々《とうとう》と話し続けている。黒いマントが不気味に揺れる。

「俺のノンナを陥れ、騙《だま》し、盗んだ、憎いあの女！　神の罰を受けるべきなのは、不幸になるべきなのは、俺たち一家じゃねぇ。家族の神話、移民物語のプロローグでおそるべき罪を犯したあの女。運命の盗っ人。汚れた神話を土台についに大富豪にまでのぼりつめた、あの一家……！」

「あのっ」

「ブルーキャンディ家のほうだろ！」

「クードグラースさん⁉」

「貧しい暮らしのあげく、強盗に無残に殺される運命となった俺の親父トトこそ、あの女の最初の息子！　エミグレの異父兄だッ。そして長男トトの息子の俺こそ、本来なら……あいつの直系男子だった……。父の弟の息子であるボンはじつは従弟《いとこ》だぜ！」

「えっ」

「しかし、ボンと親しくならなきゃ、夜の夢に見るだけの幻の復讐譚《たん》に過ぎなかった……。雲の上の上流階級の話だからな……。だがもう……。これは夢なんかじゃあねぇ……。この復讐は止められまい……。もはや俺自身にもな……」

「あのっ」

「まぁ一人で上にもどるのは寂しいもんだからな。楽しかったぜ。だが、三人とも。お付き合いいただくのはここまでといこう……」

クードグラースが首を振る。

「俺も、ほんとうなら上の大広間にいるはずだった。ラーガディアに古い罪を認めさせるために。認めなけりゃあ、ラーガディアとニューヨーク中の名士をまとめて殺す……。そのためにいちばんでっけぇ爆弾をアポカリプスの中のアポカリプスに仕込んだ……。なのにトロル、おまえがミラクルカーにおかしな悪戯《いたずら》をするもんだから、下に降りる羽目になり。おまえがちょこまか逃げまわるもんだから、上にもどるのも間に合わず。こうやって階段を上がって……」

「お、俺のせい？　でもいったいなにがさ？」

トロルもわけがわからなくて聞きかえす。

と、クードグラースが振りかえった。仮面の下からギラギラと暗く光る危険な目つきが見える。

腕を伸ばし、一弥が首から下げた鍵《かぎ》を奪う。それからおおきな体で両腕を広げ、飛行機にでもなったように宙を飛んで階段を駆けあがりだす。

踊り場に立てかけてある木材を、上から思いっきり蹴飛《けと》ばす。「きゃーっ！」とメアリが悲鳴を上げる。とっさにトロルを安全なほうに突き飛ばす。するとトロルが痛がって抗議の声を上げる。

「もうついてくるな。ここからはグリムリーパーの時間なんだ……」

と低い声がする。

木材がおおきな音を立てて倒れ、ランプが壊れて辺りが真っ暗になった。上への通路がふさがれてしまう。

一弥とトロルとメアリは「ちょっと！」「クードグラースさん！」「おーい？」と呆然と見上げるばかりだ。

一弥が我に返り、木材の連なるところに飛びついた。木の間から腕を伸ばす。暗闇の中で奪われた鍵に触れる。焦って引っ張ろうとし、はっと身を伏せた瞬間、ひゅんっと音がした。耳のすぐそばを銃弾が飛びすぎる。懐中電灯で照らしながら、メアリが「リンリン、離れてーっ！　脅しじゃないよ！　あいつ、頭を狙って撃ったーッ……！」と叫んだ。

懐中電灯に照らされた一弥に向かって、もう一度銃弾が飛んできた。あやういところでメアリに引っぱられ、一弥が伏せた。髪が一房切れてふわっと飛ぶ。火薬の軽い匂いが死の予兆のように充満する。

メアリがあわてて電灯を消す。

辺りは闇夜の如き暗黒に包まれる。

天井から「闇夜に死神と踊ったことはあるかね……」という低い不気味な言葉が降り落ちてくる。一弥は呆然と見上げ、耳を澄ませる。足音が上に上に遠ざかっていくのが聞こえて、あわてて呼ぶ。

「クードグラースさんッ……？」

足音が一度止まる。

静寂に支配される。互いの心臓の音と息遣いだけが響く。

やがて木材の向こう、上のほうから、暗くつめたい声が聞こえてきた。

「――俺はある。俺たち一家はずっと死神と踊り続けてきた！」


「……どういうこと？　ぜっ、ぜんぜんわかんないんですけどっ！」

暗闇の中でメアリが呻くのが聞こえる。

「タワー最上階の爆発事故は、クードグラースさんが仕込んだってことォ？　大事な相棒の一家の、せっかくのパーティの日に……？　なんなの？」

トロルが「おどろいたね、こりゃ……。ボン&クーが因縁の従兄弟《いとこ》どうしで、ラーガディア様はにせものなのォ？」とあきれたようにつぶやく。ぽかんとしているようだ。

一弥は立ちあがった。それから、

「ヴィクトリカ……！　とにかく助けに行かなきゃ！」

と焦って、木材が倒れて道を塞《ふさ》いだ場所をなんとか通れないかと腕を伸ばす。

でもびくともしない。メアリが、ついでトロルが寄ってきて手伝おうとするが、男二人と女一人の力ではすこしも動かせない。

一弥は手を止めた。

そして、これ以上は上れないと宣言するような木材の山を、漆黒の瞳を見開いて呆然と見上げた。

真っ黒な山。その向こうにまだまだ続く階段。

そしてはるか上にいるヴィクトリカ。

まさか、もう逢《あ》えないかもしれないのか……。と立ち尽くす。

移民船の中で交わした会話が思いだされる。

ヴィクトリカの声……。

(だいたい……こんなときに……。君こそ……冷淡な、あきらめを知る……。それとも……)

(かつての君も……極東の島国にある深い森の奥に……隠れて……か、ね?)

そして、マンハッタン島の路上で交わした言葉も。自分の声……。

(誰かを助けられるときは……助けたいと……。でも……無理なときも……分別と限界を知る……大人に……。だから……悲劇の前で……ぼくは)

(——祈る)

一弥はぶるっと首を振った。

「まさか、そんな……。ここまできて……。ここを越えて行けないなんて。ヴィクトリカを助けに行けないなんて。そっ、そんな……」

と見上げる。

「そんなことが、そんなことが、あるはずない……。でもどうしたら……」

おまえにはむりだ……。おまえはもうあのころとはちがう。無謀なほど勇気のあったあのまっすぐな少年ではなくなったのだ……。過酷な嵐と年月がおまえのすべてを変えたのだ、というように。木材の山がつめたく重く見下ろしてくる。

一弥は、「ちが……」とつぶやいた。手の甲で目をこすった。大人の男が泣いてはいけないと思うのに、意思に反して涙が浮かぶ。

助けることが不可能なら、いまも、あきらめて祈るしかない自分なのだろうか、と呆然とする。

（ひとりでは助けられない……。ぼくは無力なのか……。ヴィクトリカ……！）

一弥は黙って真っ黒な山を見上げながら、いつのまにか訴えかけ始めた。あの子の存在を知る人たちに向かって……。

（あ、あな、あなたの娘を……）

と、旧大陸の戦禍に消えた灰色狼の踊り子に。

（あなたの、妹を……）

と、最後には助けの手を差し伸べてくれたという、ヴィクトリカの異母兄に。

（あなたの大事な生徒を……）

と、ヴィクトリカにも一弥にも優しかった先生に。

（君の友達を……）

と、一弥にとってもかけがえのないかつての友に。

（ぼくはどうなってもいい。ヴィクトリカを、みんなで……。みんな、みんなで……あの子を……）

顔を上げる。木材の山を睨みつける。

（一人ぼっちで死なせたりするもんか。あ、あきらめるもんか……）

でも応《こた》える声はなかった。

一弥はいま新大陸でひとりぼっちだった。

トロルが心配して、一弥のお尻《しり》を黙ったままつっつきだした。メアリも心配そうに顔を覗きこんでくる。一弥ははっとして振りむいた。二人に肩を叩《たた》かれ、うむとうなずく。

「なんとか、しなきゃ……」

「おぅ！」

「そ、そうよ」

と三人でみつめあう。

と。

そのとき……。

上からおおきな音が近づいていた。


一弥が顔を上げる。トロルとメアリもおどろいて耳を澄ました。

階段を駆け下りてくるらしき複数の足音だった。一弥は、いま祈っていた人たちが走り下りてきてくれたような気がして、おどろいて目を見張った。でももちろんそうではなく、どうやら避難する従業員の第二陣らしかった。口々に喚《わめ》いている。「いまのやつはなんだよッ。マントに仮面の大男！」「俺たちを突き飛ばしていきやがった！」「しかし上に行くなんておかしくないか？　マントの下に燕尾服を着てたから、最上階の客だと思うけどよ！」「上流社交界のやつらの考えることはわからんよ！」「ちょっと待て、ここになにか……。木材かなにかか？」「これじゃ通れネェよ！」と忙しく会話するのが聞こえてくる。

耳を澄ましていると、一人が「一度中に入ろうぜ！」と提案しだした。「おいおい！」「だってエレベーターは爆発して故障してるんだぜ？　階段を下りるしかねぇって、さっき言ったろ……」「いや、この階には確か料理用のミニエレベーターが……」「そっか！　それで一階分降りればいい」という会話の後、扉を開けて遠ざかっていくせわしない足音が響く。

一弥はトロルとメアリを振りかえり、「いまの、聞きました？」と聞いた。二人もうなずく。

一弥は非常階段の扉を開け、タワー内に飛びこんだ。トロルが「リンリン……」と言いながらもよろよろとついてくる。メアリも思案しながら追ってくる。

タワー内には廊下が張り巡らされていた。まるで迷宮のようで、どこになにがあるのかわからない。一弥は「料理用のエレベーターって聞こえたけど……」と考えながら廊下を走り、耳を澄ませた。

と、廊下の角を曲がってどやどやと走ってくる従業員たちの姿が遠く見えた。一弥が気づいて「おーい！」と呼びかけると、男たちはおどろいたように目を見開いた。走って近づいてきながら、

「あんたたち、いったいこの階でなにやってんだ？　早く逃げろよッ！」

「いや、ぼくたちは上に……。最上階にいる人たちを助けに行くところなんです……」

「ハァァ？　馬鹿か！　やめとけ！　途中で火が出てるぞ！」

「ちょっと待ってください。いまあなたがたは一つ上の階から、料理用のエレベーターを使って下に降りたんですよね。それってどこにあるんですか？　どうやって使うんです？」

「そんなもんッ、説明してるひまがあるわけねぇだろッ！　使いたきゃ自分で探せ！　……ったく、上に行くなんて死ににいくようなもんだけどな！」

と走りさっていく従業員を追いかけ、追いすがって聞くが、それ以上は相手にしてくれない。

「待って……。頼む……ッ！」と一弥は叫んで手を伸ばした。

でも誰も足を止めない。先を急ぐ。生きるために。下に、下に。

一弥はがっくりとうなだれた。

と、いちばん後ろを、背中に子供を抱き、ピザを一切れくわえた男が走ってきた。こいつらなにを騒いでるんだよと横目で見ながら走りすぎようとして……。おやっと……振りむいた。

その場でせわしなく足踏みしながら、ピザを手に持ち、

「あんた！　こんなとこでいったいなにやってんだァ？」

一弥がえっと顔を上げる。

左右にトロルとメアリも立って、知り合いなのかと不思議そうに二人を見比べ始める。

髭《ひげ》を生やしたイタリア系の男だ。どこかで見たことがある顔だなと、一弥は首をかしげて考えこんだ。新大陸には今日着いたばかりで、知り合いもいないはずなのに、なぜか見覚えがある……？　それに、背負っている赤子……。

移民船で響いていた赤子の泣き声を思いだす。ようやくエリス島移民局を出て、ニューヨーク港に着いて、そこで赤子を誰かの手に渡し……。

（俺の息子……。新しい世界に《ウェルカム》、よっ《トゥ》、ようこそっ《アメリカ》……）

と涙ぐむ顔が記憶から蘇る。

（ここは夢見たことが叶う街……。すげぇ……がんばるんだぜっ！）

一弥ははっと相手を見た。この髭、まっすぐな目つき……。そうだ、確か名前は……。

「髭のジョーイさん！」

相手はピザを握ったまま三回もうなずいた。

「おぅ！　おぅおぅ！」

「こっ、こんなところでまた会うなんて……」

一弥は呆然としてジョーイの顔を見ている。ジョーイもきょとんとして、

「ほんとだよ！　あんた、どうしてここにいるんだよ？　わけわかんねぇけど、とにかく早く逃げろって！」

「そっか。夕方ニューヨーク港でお話ししたとき、〈アポカリプス〉でコックをしてるっておっしゃってましたね。今日もこれから出勤するって……」

「そうさ！　今日から子連れだからたいへんだよ！　ほら」

と得意そうに背中の子供を見せる。ジョーイの息子はこの騒ぎの中でも大口を開けてぐぅぐぅ眠っている。

それから「じゃあな！」と一弥に背を向けて走っていこうとするので、

「まっ、待って、ジョーイさん！」

「なんだよっ。いいから早く逃げようぜ！」

「あの、いま通ってきた料理用エレベーターの場所と使い方を教えてください……。お願いします！」

「はァ？　なに言ってんだ？　これから上に上がるのか？　意味がわからねぇよ！　いいから逃げろッ」

「最上階の人たちを助けに行くんです……」

「なんだそれ？　よくわかんねぇけど、俺には関係ねぇ！　俺と俺の息子を助けるのが第一！　知らない金持ちのやつらなんか……。いいか、新世界では自分と家族の身を守るためにな……」

　とまた走っていこうとする。一弥がさらに追いかけて頼む。

「しつけぇなぁ！」

「でも、最上階にあの子がいるんです！」

　一弥に背中を向け、走り始めていたジョーイが……足を止めて振りかえった。「……あの子？」ぽかんと口を開けている。顔を強張らせて、困惑したように、

「あの子って……。息子を船から港まで世話してくれて、俺をみつけてこっちに歩いてきてくれた……あのちいさな女の子のことか。……悪い夢みてぇにきれいな顔をしてたなぁ。って……うそだろ⁉　最上階にいる？　それこそどうしてだよっ、さっき港に着いたばかりであのパーティに……？」

「いろいろあって、まだ上に……」

「あーもう死んじまうぞ！　ったく、なんてこった！　新世界に着いた当日の夜にこんな事故

に巻きこまれちまって……運のない子だな、まったく！」

「助けに行きたいんです、お願い……」

「おまえも死ぬ気なのか？　ばかだな……いまから上に行って、生きて出てこられるはずねぇだろ。つきあいきれねぇな！　それに、俺ァ……。悪ぃけど、俺の息子を助けるだけで精一杯だッ！　じゃあな！」

ジョーイは首を振ると、また一弥に背を向けて走りだした。止めるまもなく角を曲がって消えていく。

一弥は肩を落とし、見送った。涙を浮かべて黙りこむ。

と……。

同じ角から足音が響いて……。仏頂面をしたジョーイがなぜか全力疾走でもどってきた。一弥がびっくりしていると、

「『家族の歴史は最初が大事』って諺、サ……」

ジョーイはその場で足踏みしながらウンウン唸った。背中で眠る息子を見て、

「あぁっ！　もうしょうがねぇ……！　俺ァ、今日から親父だ。おまえを助けなきゃ。でも今日は最初の日……すごく大事な日なんだ。俺が貧しくっても立派な男だったなら、息子もそのまた息子も、きっとずーっとがんばれる……。俺たちの恩人のあの女の子……。名もなきちいさな女の子……。もぅっ！」

髭のジョーイが激しく足踏みし、迷ってから「えーい、くそ！　バカバカ！　行くぞ！」と呻くと一弥の手を引っ張って走りだした。

まるで十歳かそこらの男の子二人みたいに、廊下を飛ぶように走る。背中に抱えた子供が目をさまし、きゃっきゃと笑いだした。トロルとメアリも顔を見合わせてから二人の後を追う。

「……しかし、こんなにしてまで、助けにいこうとするなんて、あの子はどういう女の子なんだい」

走りながらジョーイが不思議そうに問う。

一弥はとっさに、素晴らしい頭脳のことや、恐るべき灰色狼であることや、正体がわからないが確かにある悪魔的ななにかのことを言おうとして……やめた。一緒に過ごした大切な時間のあいだに、どうやらそんなことはもう関係なくなっていたようだった。一弥はうつむいて、ちいさな消え入るような声で、

「この世界に――たった一人しかいないんです」

ジョーイは背中できゃっきゃと笑っている赤子をちらっと振りむいた。それから遠くを一瞬、見た。目が潤む。おおきくうなずいて、

「……よくわかるぜぇ」

ジョーイがびゅんっと元気よく角を曲がる。

「……大事にしなっ……！」

「は、はい！」

一弥一人ではとてもみつけられなかっただろう、複雑怪奇な横道をひたすら曲がって曲がって、豪華なタワーの内部とは思えないほど壁も床も粗雑な造りの裏部屋へと入っていく。従業員用の場所。隅に上の厨房《ちゅうぼう》で作った料理を運ぶ四角くて天井の低い小型エレベーターがあった。

「これで三階上までは上がれるはずだが。さらに上の階に行くなら、非常階段を使うしかない。エレベーターの使い方はな……」

操作方法を説明してくれる。かなり複雑だったが、トロルがかんたんにうなずいて「よしわかったわかった！」と胸を叩く。

三人がエレベーターにぎゅう詰めに入ると、髭のジョーイが不安そうに、

「おい、ほんと……あんた、死ぬなよ。生きて降りてこいよ。……無理だと思うけどよ……この様子じゃ……」

「ありがとうございました！　もう行ってください。ぼく大丈夫です」

「あんた、忘れるな……。新世界にはよ、みんな新しい希望のために渡ってくるんだぜ。それでささやかな自分の居場所をみつけて……。到着したその夜に死んだりするな。……おい、頼むぜ……ッ！」

エレベーターの扉が閉まる。

「やっぱりやめろよ！　生きてもどってこられるはずがネェ……。おっ、おーいッ！」

一弥がゆっくりと首を振る。

「ほんとに行っちゃうの、かよ……？」

とジョーイの不安そうな顔が消えていく。

エレベーター内はむっと暑かった。まるで蒸し焼きにしようとしているようだ。一弥が汗を拭く。

トロルが心配そうに黙っている。それに気づいたメアリが「あたしがいるから大丈夫。なん

たってプロだもの」と力づける。トロルが「だよな、メアリってほんとに頼りになるな」とつぶやく。

そのとき、ガタンッとおおきく揺れて、料理用エレベーターが三階上に到着した。ゆっくりと扉が開き……。

ぱちぱちと爆《は》ぜる火が目前に現れた……。火を見た途端、メアリがなぜか急に動揺して「きゃ、きゃーっ」と叫んだ。トロルがおどろいて「どうした!? メアリ? あんたプロだろ!?」と肩を摑《つか》んで揺すりだした……。

3

「えっ、どういうこと? 一人で移民船に乗ってやってきた十五歳のラーガディアが、もう死んでて……。ん? じゃ、ここにいるばーちゃんは、えっ、誰? えっ?」

——〈アポカリプス〉最上階の大広間。

椅子に座り、金色のトカゲ形パイプをくゆらしているラーガディアの周りに客が集まっている。すこし遠巻きに円くなり、不気味に沈黙している。

ボンヴィアンが「えっ? えっ?」と首をかしげ続けている。

ラーガディアは灰色の布に包まれたちいさな人物……ヴィクトリカを睨みつけている。上品さを装う余裕をなくして、鼻に醜い縦皺を浮かべ、口は歯茎を半ばむきだしている。二人のあいだでボンヴィアンがおろおろしている。客たちも戸惑ってみつめている。

ヴィクトリカは疲労し、青白い顔を強張らせて、いまにも床に膝《ひざ》をついてしまいそうに見えた。ちいさな細いからだも震えているようだ。銀色の見事な髪も灰色の布も床に垂れ落ちている。

客たちの顔も青くなり、恐ろしいものを見るようにラーガディアを眺めている。

ヴィクトリカが小刻みに震えながら、指さした。

成功譚を象《かたど》った豪華な縦長のタバコロードケーキ。螺旋《らせん》を描いて続く未来への経済的道路。いちばん下にある移民船を象った砂糖菓子。ヴィクトリカはゆっくりと移民船を指さし、自由の女神を指さし、最後に……エリス島移民局の青い門を指してみせた。

「……続きを！」

波の音……。月光……。

海の真ん中……。疲れ切り……船室で眠る昔の人々……。

時折響くさまざまな言語での祈りの声……。

ヴィクトリカの低いしわがれ声が轟く。

「再び時を超え、真実の過去の物語へ……！」

――六十五年前の移民船。

——やがてその夜も明け、新しい朝がやってくる……。


朝の光が丸窓からゆっくりと射しこんでくる。

スポットライトのように丸く照らされた中心に、疲れ切った女ベッツィの痩せた顔がある。

ちらっ、と傍らを見下ろす。赤子を抱いたまま眠る少女ラーガディアの、疑うことを知らない天使のような寝顔。産毛が朝の光にきらきらしている。

ベッツィは足音を忍ばせて立ちあがると、ラーガディアのトランクから白レースのワンピースを取りだす。その場で服を脱ぎ、着替え、少女の持ち物を手にする。

赤子のほうを一度だけ振りむく。眉間《みけん》に皺が寄り、迷うように首を振ってみせる。だが……。

結局、逃げるように船室を出て階段を駆けあがっていく。

船の速度がゆっくりになっていく。

エンジンが唸る。怪物の咆哮《ほうこう》そのもの。

移民たちがつぎつぎに目を覚まし、「着いた！」「着いたぞ！」「到着だっ」とさまざまな言語で喜びを声にする。ラーガディアも起きあがって、ぱっと笑顔になる。

「新《ソノ》世界《アッリヴァータ》に着《アル》いた《ヌオーヴォ》んだ《モーンド》わ！　ねぇ、《エイ》ベッツィさん《ベッツィ》！」とはしゃぎながら傍らを見る。ベッツィも自分のトランクも消えていることに気づく。

腕の中で赤子トトが火がついたように泣き始める。

「べ、《べ》ベッツィさん？《ベッツィ》　どこ？《ドヴェ セイ》　へっ？《エ》　あれれ？《カースピタ》」

喜び勇んで甲板に飛びだしていく人々に交ざって、ラーガディアも右往左往し始める。赤子を抱いたままベッツィを捜す。戸惑いが次第に疑いに、そして悲しみに変わっていく。

自由の女神が屹立《きつりつ》している。

船が横を通り過ぎる。

歓声と泣き声。台座の詩を大合唱する人々の、熱狂的な声、声、声……！

——甲板には移民たちに交じって、灰色の布にくるまるヴィクトリカの姿もある。喜び勇んで詩を暗唱し、歌い、踊る、薄汚れた民族衣装姿の移民たちの中を走り回るラーガディアの狂乱の姿をみつめている。

六十五年前の情景の正確な再現。本物のラーガディアが、呆然として遠ざかっていく自由の女神を見上げ、詩を暗唱しだす。

とつぜん希望を奪われた十五歳の少女が。

見知らぬ赤子を胸に抱いたまま。

「荒れ《アンノ》果てた《ラシアート》岸《スッラ》辺《リーヴァ》に倒れ伏《デゼールタ》す……屑《モリーラ》の如き惨め《バッシフォーンディ》な死《オッリビーリ》にか《コメ》け《デル》の民を《ロッターミ》……。

家《デッラニマ》もなく《センツァ》、嵐《ウナ》に玩《カーザ》ば《ケ》れ《ラ》るだけ《テンペースタ》の魂を《スバッロッタ》……」

赤子はすやすやと眠っている。移民船は自由の女神の横を通過し、エリス島にぐんぐん近づいていく……。

「遥《はる》かな海を渡ってくれば……〈青い門〉をくぐり、希望の灯火を手にする……そして……新しい人間となって……立つ……だろう……。そう、アタシは新しい人間となって……立つのさーッ！」

――エリス島移民局。

〈青い門〉。

二人の女が潜っていく。一人は、罪もない少女から奪った希望の未来を握りしめて、目を危険にぎらつかせて。もう一人は呆然と、正体のわからぬ女の置いていった赤子をあやしてやりながら。

女は化粧室で顔を洗い、もともとかわいらしい童顔である顔を磨き、黒髪をおさげにして青い目を輝かせて出てくる。ラーガディアの旅券を使って検査を通過する。流暢《りゅうちょう》な英語ですべてを乗り切っていく。頭の回転が速そうだ。

係員の前で手を挙げ、勇気りんりん、宣誓する。

「自由の女神の前で、アタシは誓いますッ！

新大陸の開拓、発展のために、家庭で、職場で、新しい経済的女性《フェミナエコノミカ》として働くことをッ！

怠惰に過ごす日など一日もありませんッ！　古き邪神を信仰せず、娼婦《しょうふ》にもならず、よき職業婦人、よき家庭人としてまっすぐ前にのみ進みますッ。アメリカ合衆国に神の祝福《ゴッドブレスアメリカ》をッ！」

いかにも健康そうな体と、賢そうな目つき、流暢な英語。係員が頼もしそうにうなずいて笑いかける。今日の係員がヴィクトリカに見せた態度とは裏腹に、

「よしッ！　新しい世界にようこそ《ウェルカムトゥアメリカ》ッ！」

若く、健康で、意欲にあふれる少女は、確かに新時代を担う希望そのものに見える。係員も誇らしげに見下ろしている。

フェリーに乗ってニューヨーク港に着く。

英語のプレートを掲げている若い男をみつける。

灰色の布に包まれたヴィクトリカが、すすす……すす……と近づいてくる。プレートを見上げてしわがれた声で、

「うむ、本物のラーガディアは英語がわからないはずだからな。婚約者は、新大陸にきたから英語で、と単純に思ったのだろうが、このプレートでは本物のラーガディアは読めなかっただろう。……だからわたしは『ちがう！』と言ったのだ」

とつぶやく。

女は虚空を見上げてぐっとうなずく。

……これから別人になって、新しい世界で生き直すんだ。そう、アタシは生きる。切り抜ける、と。希望と自由を手に入れるのだ……。新世界の……経済的女性として……人生を……やり直す……。

疲れてふらつきながらも、若い男のもとに一歩また一歩と近づいていく。怪我を隠す獣のように歯を食いしばり。男が気づいてぱっと顔を輝かす。ベッツィはぶるっと震えるが、つぎの瞬間、無邪気な少女そのものの笑顔になり……船内で見続けた本物のラーガディアの真似をして首をかしげてから……男の胸に飛びこむ。

「ぼくが送ったワンピース！　よく似合う！　ラーガディア、君はなんてうつくしく成長したんだろう！」

胸の中で心の底からほっとする。顔を上げるとちいさな花《ラーガディア》のように微笑む。

「わたしも！　すぐにあなただってわかったわ！」

コインを取りだして、二人で合わせてみせる。表にはドラゴンのおそろしい頭の柄、裏にはかわいらしい尻尾《しっぽ》の柄が彫られた記念金貨。

（幸運《ヘッドオアテール》は勝ち取るもの……）

（表か裏か……）

無邪気そのものの顔で微笑む。

横顔から、過去と苦労が地面に落ちていく。こうして新生ラーガディアア——ふぇみなえこのみかが誕生する。夫となる男と連れ立ってニューヨーク港を出る。グランドセントラル駅から南部に向かう列車に乗りこみ、過去へ……ちいさな煙草農家から、やがて財を成す過去へと、まんまと遠ざかっていく……。永遠に逃げおおせるつもりで……。

取り返し《クーリングオフ》のつかぬ過去の情景……。


——大広間はしんと静まり返っていた。

誰もなにも言わない。

ひとりがおそるおそるケーキを見上げる。いま見た恐ろしい悪夢からさめきらない呆然たる顔、顔、顔、顔。

過去から現在へと螺旋を描き天に向かうタバコロードケーキ。この超高層タワー建設まで続く女傑の新世界成功譚。風に煽《あお》られてぐらぐらしている。

ボンヴィアンが「えっ？　じゃ、ばーちゃんはラーガディアじゃない人なの？　ファミリーヒストリーは……嘘？　えっ？　なに？　なに？」とまだ首をかしげている。

「あと、さ……。あのトトって赤ちゃん、ばーちゃんの最初の息子ってことは、えっと、親父の父親ちがいの兄さんだよね？　俺っちのおじさん……。でも、船で知り合った人……ほんとのラーガディアさんに託されて……どっかに消えちゃって……トトはどうなったの？　えっ？トト？　トトって名前、俺、知ってる……。あれっ？　コミックに出てくる雑貨屋のおじさんと同じだけど、偶然かな？」

エミグレ市長もぽかんとしたまま、

「私は、自分がブルーキャンディ家の長男だと今日まで思いこみ、努力して政治家になったのだが……。私に兄がいた……？　私は次男？　で、兄のトトはどこに……？」

「あらー、お兄さん一家がいたなら捜さなきゃねぇ！」

と、妻の女優ロウジィが妙にのんきに肩を叩く。

「探偵を雇わなきゃねぇ。あ、そうだ、このちいさなきれいな子に頼んだらどぅお？　頭よさそうだし、人捜しも得意そうだしー」

と畏《おそ》れることもなくヴィクトリカを指さす。

客たちはというと、おどろきのあまり黙りこんだまま、ブルーキャンディ家の人々の様子を眺めているばかりだ。

と、ヴィクトリカがラーガディアの前に、すすす……とやってくる。

灰色の布がすこしずれる。身につけているきらめく青いドレスがちらっと覗く。銀色に輝くうつくしい髪も一房だけ床に垂れ落ちる。エメラルドグリーンの瞳が妖しく瞬きだす。人々は息を呑《の》んでヴィクトリカをみつめる。不気味な沈黙が広間を覆い尽くす。

と、ヴィクトリカが低くつぶやいた。

「ラーガディアよ……。いや……。本当の名はベッツィか。おかしなベッツィ……。その名を移民船の中での噂話に聞いた気がするがね。確か六十年以上前にイタリアのコロネア村で起こった猟奇的事件の被害者として……。赤子ともども消えたと……」

そのとき初めて、ラーガディアの皺だらけの顔に、ほんとうの表情が現れた。悲しい、悔しい、人間らしいやわらかななにか……。奪われる側の人間の苦悩……。でも一瞬のことで、すぐに優雅を装った不気味な笑顔にもどって、

「そんな昔の事件は忘れたよ！」

と硬い声で答えた。

「なぜならね、お嬢ちゃん。アタシはあの日——六十五年前の今日、青い門をくぐった瞬間に生まれ直した女さ。だからアタシは……自分を六十五歳だと思ってるのさ」

ヴィクトリカが低く、

「貴様はいま、本当は何歳なのかね」

「だから、アタシは六十五歳さ！　……まぁ、ベッツィとかいう女は三十五歳だったがねぇ」

「ではほんとうはいま百歳ということかね……」

と、ヴィクトリカがあきれたようにつぶやく。

「それなら過去はこれ以上聞くまい。しかし罪もない少女から盗んだ未来の居心地はどうなのだね……」

ラーガディアが、そんなことを気にしたことは一度もないというように不思議そうにつぶや

いた。

「ハァ？　まったく余計なことをする子だねぇ。このアタシはなにも悪くないよ。それにその後の成功はすべてアタシの力によるものなんだからね……。あの子……本物のラーガディアじゃこうはいかなかった……。アタシには天賦の才があったのさ。だからこうして新世界から女王として選ばれた。アタシこそ新世界の女王……。そんなアタシにたてつくやつなんて、いままでもこれからも一人だっていやしない。アタシこそ新世界の女王……」

と見回す。客たちは怯えて黙りこむ。ヴィクトリカだけが低く呻き、

「よくもそんなことが言えるものだな、貴様」

布の奥で肩をそびやかし、ぐるる……と唸る。それからうつむき、小声で「久城はどこまで上がってきたのだろう……」とつぶやく。

顔を上げて再びつめたい無表情になると、

「新大陸一のポンコツハウスの玄関先の番犬が、ニューヨーク一の富豪にして伝説のふぇみなえこのみかもんすたーに告げてやろうではないか」

ヴィクトリカが低いしわがれ声で言い放つ。

「貴様の建てた巨大タワーの下には、犠牲となり希望を奪われた少女の人柱が埋まっているのだとな。恋人と新しい生活をするため、一人ぼっちで移民船に乗りこんだ、勇気りんりん……善良なる少女……わずか十五歳だったラーガディアのだ。つまり……本物のワンダーガールの人柱がだ」

緑の瞳を瞬かせ、

「知恵の泉が告げている！　爆弾を仕掛け、我々の命を脅かしている犯人グリムリーパーとは、おそらく本物のラーガディアと息子トト、並びにその子孫なのだろう、と！」

それから灰色の布の中で身をかがめ、威嚇する狼か犬のようなポーズになると、「……バゥッ！」と、あまりにも本物そっくりの声で一声吠《ほ》えた。ラーガディアがさすがにびっくりして金のパイプを落っことしかけた。

ボンヴィアンがオロオロする。客も一族の人々も遠巻きにする中、二人のあいだに立ち尽くして「でも、俺っちの、ばーちゃ……」と呻く。

割れた窓から強い風が吹く。

誰ももうなにも言わない。

と、そのとき……。

「——そうだとも……！」

全員はっと振りむく。

外から施錠されていた非常口の扉が開けられ、いつのまにか、大柄な男が大広間に姿を現していた。

客たちが目を疑い、どよめく。

「〈青い門〉の恨みを忘れはしまい——ッ！」

男は筋骨隆々とし、顔にはなぜか黒い髑髏の仮面をつけていた。燕尾服の上から古い血に汚れて弾痕の開いたエプロンをつけ、首から黒いマントをたなびかせるという異様な風体をしていた。そして……。

「いまこそ、復讐の時――ッ！　一族も取り巻きも、全員皆殺しだ――ッ！」

手には……。

銃を構え……。

「今宵《こよい》、本物のラーガディアの無念を、ラーガディアの孫にしてトトの息子の俺がはらしにきた！　この……」

ボンヴィアンがえーっと叫ぶ。

「――グリムリーパーがな！」

その銃口は……。

客たちの輪の真ん中にいるラーガディアの眉間にピタリと向けられていた！

4

料理用エレベーターの中にメアリの悲鳴が響く。トロルに「どうした⁉」と肩を揺すられてはっとし、「あっ、ごめ……。なんでもないの！」と首を振る。

扉が上に向かってさらに開く。

一弥は油断なく辺りを観察し、いちばんに飛び降りた。トロルとメアリを振りむき「安全です！　降りてください！」と声をかける。

急いでメアリが降りて、トロルに手を貸す。

三人ですっくと立ち、見回す。

安全といったものの……。

廊下にチロチロと火が見える。夏の暑さとはちがう熱が空気をオレンジ色に染め変え始めている。

一弥はうなずき、廊下を非常階段のある方角に向かって走りだした。トロルとメアリも続く。

角を曲がり、また曲がり……。

扉をみつけて、両手で力を込めて開く。

暗い非常階段に再びもどる。

さっと振りむく。踊り場にさきほど行く手を塞いだ木材の山がこんもりと積まれているのが見下ろせた。乗り越えられないとばかり思って、絶望した山……。いまはさらに階段の上へと行こうとしている。

一弥は額に浮かぶ汗を拭き、階段をまた上り始める。トロルとメアリも黙々とついてくる。三人とも、ときどきその場で反対回りにくるくるしてバランスを取りながら、また走って上る。

「しかし……」

と、トロルが呻く。

「クードグラースがこの事件を起こした犯人だったとはねぇ！　最上階にいる客たちも知らないだろうし、こりゃまた……。オォこわ冷汗《ボエシエ》！」

「ほんとよね……。よくわかんないけど、あたしたち、なんにも知らずに一緒に上ってきちゃって……」

心なしメアリは元気がないようだ。一弥はうなずき、

「ええ。……ぼくも事情を把握できませんけど、でも、とにかく早く上に行かなきゃ！　クードグラースさんが最上階に着いたら、なにをするつもりなのか……。ラーガディアさんを殺す、全員まとめて殺す、と口走っていたけど……！」

と、一弥が焦る。

そしてまたどれぐらい上ったか……。

踊り場を回って、おや、この階はライトが消えて暗いぞ、と疑念を感じたとき、上からガタガタッと音がした。目を凝らすと、また木材の積まれた暗い不気味な影が見えた。しまった、ここもまた通れなくなっているのか……と一弥が唇を噛《か》んだとき、懐中電灯で上を照らしたメアリが「きゃっ！」と悲鳴を上げた。おどろいて振りむこうとしたとき、メアリが懐中電灯を離して両腕を伸ばし、一弥とトロルの襟をつかんで思いっきりブン投げるようにし、ついで階段の下に突き飛ばした。

メアリの叫び声が聞こえる。

「あぶないっ！　崩れてくるわ！」

「あの、メアリさん？　あなたはっ」

「あたしは、いい――ギャーッ！」

凄《すさ》まじい悲鳴が返ってきた。

突き飛ばされ、ひとつ下の踊り場まで思いっきり転がり落ちていきながら、一弥が「メアリ

さん！」と叫んだ。と、木材が落下する鈍い音が続き、ついでメアリの呻き声が響き渡る。トロルがあわてて起きあがり、懐中電灯を捜して辺りを必死で這《は》い回る。ようやくみつけ、すばやく一弥に渡す。

急いで階段を上がりながら一弥が照らしだすと……そこに……。

メアリがうつぶせに倒れふしていた。

木材に腰から下を押さえこまれている。蒼白《そうはく》な顔で固く目を閉じ、ガタガタ震えている。

「メアリさん！　しっかり！」

「お、おいっ、あんたッ！」

まず一弥が、続いてトロルが階段を這い上り、駆け寄った。一弥は木材に両手をかけて持ちあげようとし、トロルはメアリのほっぺたを叩いて必死で名を呼ぶ。と、うっすらと目を開けたメアリが「あたし、だっ、だめみたい……」と別人のように弱々しく言った。

「でも、二人が助かってよかった……」

「うそだろっ、嬢ちゃん。しっかりしろーッ！」

トロルがあわてて立ちあがり、一弥に手を貸して「うーん！　うーん！」と木材を持ちあげようとする。しかし木材はビクともしない。

「嬢ちゃん、あんた、どこがどうなってる？　教えろっ。おい……メアリ、どうしたっ？　さっきまでしっかりしてて、いちいち俺のこと助けてくれてたろ？　なにか言えよッ」

メアリは応えない。

一弥も木材のさらに下に潜りこんで持ちあげようとし、激しく唸り、はぁはぁと息をする。

男二人で力を合わせながら、ときどきメアリに声をかける。

メアリがか細い声で答える。

「あたしのことはここにおいてって……。上にいる人たちを助けなきゃ……」

「メアリさん!?」

「嬢ちゃん、どうしたんだよッ。急に弱気になっちまって。まるでタワーの下で髪を切られちまったワンダーガールみたいにさ……。おーい……ッ!」

一弥とトロルがますます焦る。

なんとか木材をどかそうと、懐中電灯で照らし、上のものから順になんとかしようとしながら、大声で話しかける。

「いま助けますから! がんばってください! メアリさん! くそっ、こんなことが……。しっかりして!」

「でもォ」

「どうしたんですか……。あなた、ついさっきまでしっかりしてて頼りになる人だったのに……」

「そうだぜ! 一緒に上がってきた俺たちからしたら、あんた、そりゃ空は飛べないし怪力もねぇけど、勇ましくって、元気で、はねっかえりのお嬢ちゃんでさァ……。勇気りんりん! ちょっとした下町のワンダーガールちゃんだろ?」

「メアリさーんっ!」

「それに胸には立派な勲章までつけちゃって! ……アッ、思いだした!」

とトロルが飛びあがる。

「そういや、俺、あんたのことを新聞で読んだぜ！」

「えっ、新聞？」

と一弥が聞く。トロルが木材を動かそうと四苦八苦しながら、

「あぁ、リンリン！　このメアリちゃんは、なにを隠そう、先月の〈デイリーロード〉にもデカデカと載ってた消防士の女の子さ。どっかの偉い人のお屋敷で火事があってさ、火の回りが強くてみんな手を出せない中、駆けつけた若い女性消防士が、大事な奥さまとご子息を見事に助けだしたんだ。そっか、あんたはあの件でエミグレ市長から表彰された子だな。それで若いのに立派な勲章を持ってるってわけだ。ほんとに下町のワンダーガールちゃんじゃないか。……だからっ、がんばれよって！　うわーっ、なんで泣きだすんだよ。……メ、メアリ？　どうした？」

「だーから、ちがうんだってば……。あたしそんなんじゃ……。あれからずっと周りにも言ってるのに……。あたしはそんな立派な女の子じゃないって……」

メアリがしょんぼりとつぶやいた。

ついで、暗闇の中で子供みたいにしくしく泣きだす声まで聞こえて、一弥もトロルも困りきって顔を見合わせる。メアリが小声で、

「……あたしさァ、あの火事んとき、火の中に入ってってさ……。右と左から助けを呼ぶ女の人の声がしたんだよ。判断する材料がなんにもなくてさ。とっさになんとなく右から助けにいったんだ。そしたらたまたま奥さまとぼっちゃんがいて。二人を助けてから、もちろん左にも

走ったんだけど、予想より火の回りが早くて、そっちから助けてを呼んでた人のところにはいけなかった。後で聞いたら、あたしと同じアイルランド系二世の貧しいゲットー育ちの小間使いだったらしくて。もし左に行ってたら……。あたし……ほんとに、なんとなく、えーっと、まずは右からって……」

「……そっか」

トロルが呻く。

一弥もゆっくりとうなずく。

「あたしさ、なんだかわかんないうちにめちゃくちゃ褒められて、表彰までされちゃった。でも小間使いの女の子のほうは助けられなかったんだし、たまたまだったのに、奥さまのほうが大事だから選んだみたいでさ……。で、あれからずっと……」

「メアリ……」

「あたし悲しくってたまんないの……」

「……」

「罪は償われなきゃいけない！　あたし……。だから……。うわぁん……」

と子供みたいな泣き声が暗闇から聞こえてくる。

一弥が「メ、メアリさん……」とつぶやく。「と、とにかくいま助けますから！　泣いてないで……。こんな悲しいまま……だめです！」とまた木材を持ちあげようと歯を食いしばる。

トロルが手を止める。しみじみと、

「そっか。そりゃ気にしちまうな。あんたは善良な女の子だもんな」

「ン……」

「だけどよぅ、今日のあんたはけっこう立派だったぜ。俺とリンリンを……へんな東洋人とこんなチビ男を助けて、ここまで連れてきてくれてよ」

「へんな東洋人って言いました？」

トロルは一弥の不気味なほど静かな声をひとまず無視した。

「言いましたよね、トロルさん……？」

一弥も食い下がる。トロルは気まずそうに一弥に背を向けると、

「……メアリ、俺ァこんな様子だからさ、子供のころから……。いや、大人になってからも……。でもあんたは、虐《いじ》められるのがこえぇから、かえって最初からふざけてみせてる俺によォ、自然に優しくしてくれてたよな。……俺ァなァ」

「ト、トロル……」

「とにかくっ、リンリンの連れの、番犬候補のおかしな女の子も、あんたのことも、よく知らねぇが気に入ったんだぜ。……もう難しいことはいいから、生きてここから出ようぜ！　メアリ！　鱒《ます》サンドイッチ食おうぜ！　あぁ、俺ァ腹が減ったんだョ！　さっきからそう言ってるだろ！」

「えっ」

「まァ、そんでな……。あとで子孫になにもかも話しゃいいのさ。移民にとっちゃ、そりゃ『家族の歴史は最初が大事』だけどさァ。歴史ってのはどこまでも続く悪しき道だ。俺ァ、立

派すぎるファミリーヒストリーなんて嘘っぱちの作り話だと思うぜ。だっていいことも悪いこともあっての人生だろ。ハハハ。……とにかく行こうぜェ！　腹減ったァ！」

メアリの泣き声がだんだんおさまっていく。

一弥とトロルはうなずきあう。

二人揃って木材の下にもぐって力を込める。トロルが「ワンダーガール、持ちあげた瞬間に這い出ろ！」と叫ぶ。一弥も「一瞬しかむりかもしれない……。メアリさんしっかりしてください！」と声をかける。

か細い声が返ってくる。

「わ、わか、っ……」

「せーの！」

「ヨシッ！」

ぐ、ぉぉぉぉ——！

不気味な音を立てたものの、木材はわずかに動いただけだ。一弥の肩と腕が悲鳴を上げる。奥歯が割れそうなほど食いしばる。と、ほんの一瞬、木材がわずかに持ちあがり……床から這いずるような音がして、ついでメアリの、

「出た……ッ」

か細い声がした。

一弥とトロルは同時に木材から手を離し、後ろに飛びのいた。

ドォォォォンッ！

激しい音を立てて木材が床に落ちる。すごい振動が響く。

一弥が急いで懐中電灯を持ち、メアリの足を照らす。出血して床を濡らしている。トロルと顔を見合わせ、無言のまま相談する……。

トロルがおおきくうなずいて、

「こりゃもうむりだな！」

「はい……」

「俺が責任を持って連れて帰る。助かるかわからんが、見捨てられんよ……」

「わかりました。では、ここまでで。メアリさんをお願いします」

一弥が顎《あご》を引き、

「ここからはぼく一人で行きます」

トロルも真剣な顔で一弥を見上げる。二人みつめあう。やがてトロルが、

「……じゃ、健闘を祈るぜェ。リンリン」

メアリがあわてて起きあがろうとし、「ひとりで平気だってば。二人で上の人たちを助けに行って……」と言いかける。トロルがあきれて「ばーか！　そんな怪我してるくせに一人で下りられるもんか！　いいからもう名士の言うことを聞くんだ。泣き虫の下町ワンダーガールちゃん！　あんたは名士とともときた道をもどる。階段を下りて、料理用エレベーターに乗って……。ハハハ、操作方法なら任せろ。俺ぁ機械にゃめっぽう強いんだ」と励ますように言う。一弥が「機械に強い？」と聞くと、トロルが自信ありげにうなずく。

「俺が開発して売ってるのは車だからな！　あんなエレベーターの操作ぐらい名士の手にかか

りゃ簡単さ！」

「車⁉　そうだったんですか！」

「おぅ！　まっ、生きて下で会えたらゆっくり話そうぜ！　鱒サンドイッチを腹いっぱい食いながら、な！　……行くぞ、嬢ちゃん！　俺の肩につかまれ！　……あれっ、やっぱりちいさすぎるか？　じゃあ頭でもいいぞ。……ほんとに頭を掴むなよ、冗談に決まってるだろうがっ！」

トロルがメアリを支えて階段を下り始める。足を引きずり、グスグス鼻をすっている、赤毛の長身の女の子を見上げて、

「いつもの店がまだあいてるといいんだがなァ！　黒ビールとイモサラダと一緒にテイクアウトして、セントラルパークで食うとうまいんだ」

と軽口を叩きながら遠ざかっていく。

その声に弱々しくうなずいていたメアリが、振りむいて「リンリン、しっかりね…………」と言う。一弥が、はい、とうなずこうとすると、続けて焦ったように、

「忘れないで！　〈運には頼らない〉こと！　こういうときの鉄則！　お願いよ、安全を確かめてから行って。なんとなくどっちかを選んだりしちゃだめ。あたしみたいに、さ……。じゃあね、リンリン。ほんとにほんとに気をつけて……。一人にしてごめんね」

「わかりました。ぼくは大丈夫です。お二人とも、御無事で」

「ん……。じゃあ……」

心配で一弥が見下ろしていると、踊り場を曲がる瞬間、トロルが急にくるっと振りむいて…

…。

ふざけてウインクしてみせた。一弥はびっくりしてすこし赤くなって、それからうなずきかえした。

二人の姿がゆっくりと消える。

——気づくと一弥は、新大陸に到着してから初めてほんとうに一人ぼっちになっていた。

超高層タワー〈アポカリプス〉の非常階段に立ち尽くし、一弥は両手の拳《こぶし》をぎゅっと握りしめた。


そして一弥は……。

薄暗い非常階段をひたすら上った。

はぁはぁと息をし、腿《もも》のだるさに耐えながらひたすら昇段運動を続ける。まるで上っても上ってもきりのない魔法の塔に迷いこんだようだった。

自分の荒い息だけが遠く聞こえる。

メアリに教えられたとおり、ときどき踊り場で反対回りにくるくると回転する。

また上る。

(あ……。結局、移民してきたときの話をしなかったな！　トロル、メアリ、それにクードグラースさんのことは詳しく聞いたのに……。ふふ)

と思いだして、軽く目をつぶる。唇がゆるむ。

でも足だけは自然と動き、急いで階段を上り続けている。

（そう、ぼくは……）

とひとりごちる。

（今夜、移民してきたばっかり……）

上る、上る。

（かけがえのないあの子と……。新しい大陸に……）

上る……。

（もう二度と離れないと、誓ったから）

ゆっくりと目を開ける。

薄暗い非常階段がどこまでも続いている。

一弥は遠い海の向こう……東洋のちいさな島国の情景を……二カ月ほど前の、久城家での出来事を……見始めた……。

——復員し、無事だった家族と再会し、みんなで新しい家に移るとき。一弥はひとまず教職をと探し始めた。でも父が優秀な息子のためにと奔走してくれ……。

（政府の要職に就けることになったぞ。おまえの成績は極めて優秀だからな）

（は、はい……！）

（だがひとつ条件がある）

それは、なんと……。

（——おまえを追ってきたあの妖しい毛唐の女を、送りかえすのだ）

（えっ……？）

一弥は目を閉じる。

会話の記憶が苦しく思いだされる。

(父さん、ぼくは……)

(ぼくは……)

(どうしても選べと言われるのなら……)

(たわけ！　どうして親の心がわからんのか！　わしはおまえのためを思って言っておるのだ！)

(父さん……。でも！)

一弥は言い続けた。

(でも、あの子を失うことは、二度と……)

翌朝……。父の指示により、ヴィクトリカの姿が忽然《こつぜん》と消えた。

旧大陸行きの船にむりやり乗せられたと知った一弥は、家を出て、つぎの船に乗りこんで旧大陸に向かった。ようやくヴィクトリカをみつけ、あの移民船に乗りこんだ。――新大陸行きの貧しい移民船に。

マンハッタン島には、一足先に姉の久城瑠璃――所帯を持ったいまでは、武者小路《むしゃのこうじ》瑠璃――が、夫の新しい仕事の関係で向かったはずだったが、住所がわからないままのふいの出奔で……。

どうやらグリニッジビレッジに家があるらしいとだけ……。ほかに頼る者もなく、移民船に揺られて、長く辛《つら》い旅をして……。

今日ようやく……。

（ぶじに着いたら、母さんに手紙を書こうと……。でも、新大陸でもいきなりこんな大事件に巻きこまれるなんて……）

と、一弥は目を開けた。

手の甲で汗を拭きながら、

（これじゃまるで聖マルグリット学園の生徒だったころみたいだな……。ヴィクトリカといるとつぎつぎいろんな事件がやってきて……。そう、あの子は、事件の合間には、退屈だぁって騒いでは、ぼくを踊らせたり、歌わせたりして……）

とひとりごちた。うつむいて悲しそうに、

「……ヴィクトリカを助けなきゃ！」

つぶやくと、うん、とおおきくうなずく。

階段を上がる。もうどれだけきただろう。

と、つぎの踊り場で……一弥ははっと足を止め、呆然と見上げた。

「なっ！　……またッ！」

木材が山になって進路を塞いでいた。先に上ったクードグラースが邪魔しようと上から倒していったのだろう……。

なんとか崩せないか、上れないかと歯を食いしばってがんばったが、どうにもならない。壁を叩き「くそっ！」と叫ぶと、山となった木材の不吉な真っ黒な影を見上げる。

「乗り越えられない……！」

気弱になって見上げる。

「こんどこそ……。こんどこそ、もう……。祈るしかないのか……？　だって……。いやッ！」

一弥が首を振る。汗に濡れた漆黒の前髪が揺れる。黒い瞳を見開いて闇をぐっと睨みつけると、

「ここまできたんだ。きっと……。ぜったいにヴィクトリカを助けるんだっ！」

一弥が木材の山に背を向け、扉に手を掛ける。両手で重たい鉄の扉を開ける。

タワー内部は、まだ使われていないらしくガランとしていた。複雑な迷路のような廊下を駆けて、駆けて、一弥は上の階に上がる方法を探した。下のほうの階では料理用エレベーターがあった場所に行ってみるが、この階にはない……。呻いてまた走りだす。

エレベーターホールに着く。

二基あるエレベーターのどちらも動く気配がない。左側のエレベーターの鉄扉を両腕でむりやりこじ開ける。ブゥゥゥゥン……と不気味な風の音がする。下を見ると、目が回るほどのはるか奈落が見えた。下は真っ暗だ。見上げると、二階ほど上の場所に箱が停止しているのが見える。

一弥は首を振り、右側のエレベーターの鉄扉を開けた。

見下ろす。やっぱりはるかな奈落が開いている。あまりにも不吉な生温かい空気が下から吹きあげて一弥の汗に濡れた前髪をたちまち乾かしていく。よく見ると箱は下のほうで止まっているようだ。

見上げる。

あっ……天井が見えた！

どうやらこの階は最上階の四、五階下らしい。無心に上るうちに知らず知らずだいぶ上まで到着していたのだ！

しかしあと数階をどうやって上ればいいのか……。

一弥は目の前で揺れている銀色の太い金属製の綱をみつめた。

天井と下にある箱とを繋いでいるようだ。左右に二本あり、どちらも風にかすかに揺れている。

上に目を凝らし、下も見て、辺りを見回し……。絶句する。

ほかに方法があるとは考えられない。

「あと四、五階分の高さか。この綱を渡っていけば……。でも」

目を見開く。

「もしも落ちたら……」

下を見る。

とても助かるとは思えない高さ……。まるで奈落のよう……。

「綱が、切れたら……」

一弥はまた見上げた。

「死……」

睨みつけている。

冷や汗がタラタラと伝う。

風が生温かく吹きつけてくる。

耳に、自分の声や、ここまで出逢った人の声がたくさん蘇ってくる。

〈運には頼らない〉

〈忘れないで。安全を確かめてからよ……〉

〈ぼくは、祈る〉

〈死神と……踊ったことはあるかい？〉

〈運に頼ってはだめよ！　こういうときの鉄則って、学校で習ったの……〉

〈ほんとにほんとに気をつけて……〉

一弥は息を詰めて、目の前で揺れる二本の銀の綱をみつめていた。

（でも、でも……。ほかに方法はない……。ないんだ……）

汗が滴る。

やがて、口を開けて、

「……アーメン、メン、か」

とつぶやくと……くすっと笑った。

「あの子、お祈りがへたくそだったなぁ。まったくヴィクトリカったら、あんなに頭がいいし灰色狼の末裔《まつえい》なのに、じつは手のかかる子なんだから。すぐにお腹を空《す》かせるし、退屈だーって大騒ぎしては八つ当たりするし。困ったお姫さま……。ぼくだけの不思議なお姫さま……」

と独り言を言うと、漆黒の瞳をきゅっと細める。

それからおおきく息をして、

「ヴィクトリカ、今日、君と一緒に新大陸に辿り着くことができて、でも……」

二人は瑠璃の家を探そうとしたものの、交通閉鎖されていてグリニッジビレッジに行けなかった。その代わり、ひょんなことから知り合ったおかしなボンヴィアンのところに行くことになった。

「……って、君がお腹を空かせてて、青いペロペロキャンディにつられてトコトコついてったせいなんだけどね？　わかってる？　……で、えっと？」

と思いだす。

緑に囲まれた、おおきな貝殻のような形の下宿〈回転木馬《カルーセル》〉にお邪魔すると、背中に食べ物を隠した大柄な男が近づいてきた。そしてヴィクトリカに質問をした……。

一弥は目を細め、つぶやいた。

「右《ライト》？　左《レフト》？　って」

目の前の鉄の綱を睨みつけて続ける。

「ヴィクトリカ。君は答えた」

両手を緊張して握りしめる。

「──右、と」

汗が滴る。

「ヴィクトリカ、君は……右と言った。そしてでっかいチョコレートブラウニーを手に入れた」

くすっと笑う。それから顔を上げ、

「ほかに頼るものはない……。だから……。ぼくは、だから」

一弥は絞りだすように呻くと……。

床を蹴った！

(こうするしかないんだ。上にいるヴィクトリカを助けに行く方法は、ほかに……。な、ない……)

ひらりと飛ぶ。

一瞬、エレベーターもなにもない奈落に続く暗い空間に、飛翔した一弥のほっそりしたシルエットが浮かぶ。

永遠の一瞬……。

一弥が必死の顔つきで叫ぶ。

「——アーメンメーンッ！」

迷わず右の綱を摑むと、軽く目をつぶる。

背中をつめたすぎる汗がいくつも落ちる。

綱が激しく揺れる。
ギ、ギギギ……不吉な音がする。
落ち、る……。

奈落の底へ！

ヴィクトリカと再会することなく……。

ようやくここまでやってきたのに……。

一弥は歯を食いしばる。

「——ヴィクトリカーッ！」

叫ぶ。

綱のきしむ音がすこしずつ止んでいく。一弥は額から流れる汗をもう拭くこともできなくなり、両腕に力を込めて、縄をつたって上に上にとひたすらよじのぼっていく。

風が吹く。

地獄の底に誘うような、生温かくいやな匂いのする風。

はぁ、はぁ……。

震えながら登っていく。

一階分、登る。

両腕がだるくなり、痙攣《けいれん》しだす。奥歯を噛みしめてすこしずつすこしずつジリジリと登る。うぅ……っと低い唸り声を上げる。吐息が漏れる。すこしずつすこしずつ……。ひたすら階段を上がり続けていたため、腰から下の力が抜けていき、死んだようにだらりとしだす。すこしずつすこしずつ……。

疲れ切った四肢の中で腕と肩だけがまだ働いている。それから、心も。ヴィクトリカの無事を勝ち取ろうとする、一弥の心も。まだ生きている。

「くっ！」

もうすぐ、二階分……。

「……あーっ」

この階でも火が出ているらしい。閉まったままの鉄扉越しに不気味な熱が伝わってくる。

畏れを飲みこむ。

一弥は登り続ける。

うぅ、うぅ……と知らず苦しげな声が漏れる。

と……。

「あーッ！」

左側の綱が風に揺られたかと思うと、途中で切れて、銀のウミヘビの如くとぐろを巻きながら、ズサッ……と下に落ちていった。切れ目の針金が頬をピシリと打つ。血が出る。左を選んでいたらもう死んでいたのだと気づいて、全身が恐怖に硬直する。

「……なっ」

はるか奈落の底で綱の塊が箱の天井にぶつかる鈍い音がする。

一弥は激しく震えた。

でも勇気を振り絞り、恐怖を遠ざけようと、つぶやく。

「ア……。アーメン……メ、ン……！」

三階分まで上がる。

汗なのか涙なのかわからなくなる。一弥は、思い続けた、守りたいと願い続けた、ただ一人の女の子……頭がよいとか、うつくしいとか、そんなことはもう本当に本当にどうでもよい、とにかくいまそこにいるヴィクトリカ、嵐の後も生きてそばにいてくれる大切な人に向かって、登り続けた。

もうすぐ、四階分、上がる……。

腕と肩の筋肉が限界をとうに超えているのがわかる。つい下を見る。暗い奈落が一弥を甘く優しく呼んでいる。もうやめろ……。あきらめて楽になってしまえ……新世界にはおまえたちのような貧しい若者の居場所などないのだ、と……。一弥は、いやいやっと首を振り、上を見た。グッと歯を食いしばる。

うぅっ……と呻いてまたすこしだけ登る。

遠くから……。

父の声が聞こえる。

（たわけ！　親の心がわからん愚か者めがッ！）

一弥は耳をふさぎたくなる。目を閉じる。

と、そこに母の声も重なる……。

（一弥さま……。一弥さま？）

そして、ヴィクトリカのいつもながら不機嫌そうな声。

（凡人！　すっとこどっこいのカボチャ頭！　あっち行け！）

それから、それから……。なつかしい人たちの声も……。

さっきは一弥から呼びかけるだけだった……けっして返事の聴こえなかった、あの人たちのあたたかな声……。

（坊主、我が娘を……頼んだ……ぞ！）

（久城くーん、わたしの大事な生徒を、お願いね？　頼りにしてるわよ）

（うわ、すっごーい！　久城くん、大冒険じゃない。まるでうちのおじいちゃんみたい……っ。って、あれ、ヴィクトリカさんはどこ？　どうして一緒じゃないの⁉）

（クッ、末恐ろしいチビ……。我が妹……。久城くん、君に、君に託した……。託したからな！）

もう一人でむりにがんばっているのではなかった。離れても、大事な人たちとずっと一緒なのだと、一弥はいま初めて心から信じられた。一弥はじつは一人でヴィクトリカを守っているのではなかった。いままでも。いまこのときも。そしてきっとこれからも。

くっ、と目を開ける。

額から汗が滴り、奈落に落ちていった。

肩と腕に一弥は渾《こん》身の力を込めて……。

一弥は……。

ヴィクトリカに向かって、新世界で手に入れなくてはならないささやかな未来に向かって……。ヴィクトリカ曰《いわ》く〝ポンコツハウス〟での、平和で幸せであるべき新しい日々に向かって……。

どこまでも続く銀の綱がきらきら光っている。腕を伸ばし、摑み、またすこし、登る。

最上階にいる人たちの声がすこしずつ耳に届き始める。もうすぐ。もうすぐ着く、はず……。

一弥は、魔法の鳥の羽の如き銀に輝く髪となったヴィクトリカのいる、ささやかな幸せのある未来に、すこしずつ、すこしずつ、近づいていく……。

〈ワンダーガール〉第二十話
絵&作　ボン&クー
「コミックマンハッタン」
――一九三〇年八月号

ネオ発展都市〈バビロンシティ〉が悪の首領グリムリーパーの魔手に堕《お》ちてから、十年の月日が流れた――。

「くそぅ！　こんなことになるなんて！」

灰色の作業服を着せられた若者たちが、重い煉瓦《れんが》の山を両手で抱え、のろのろと行進している。

道路はどこも同じ恰好をさせられた子たちでいっぱいだった。黒尽《ず》くめのグリムリーパーの手下たちが鞭《むち》をしならせ、すこしでも足並みが遅れた作業員をみつけると容赦なく打ち据えている。

行列は黒いタワーに向かって続いていた。

曇った空に屹立する建物は、天を刺す剣の如くあまりにも高くなっている。作業員たちはタワー建設のために働かされ続けている。

グリムリーパーの満足そうな笑い声が空のどこからともなく響いてくる。

「平和な街は帰ってこないのか！　くやしいよ！」

行列の途中に中国人の青年がいる。おやっ……リンリンだ！　十年の時を経て、彼もだいぶ大人になっている。口惜《くや》しそうに唇を噛んでのろのろと行進していく。黒いタワーの横を通るとき、悲しそうに台座の下を見る。どうやらそれが日課らしい。

よく見ると、折れた柱の代わりに小柄なかわいらしい女の子が潜りこんで支え続けている。

リンリンが涙を浮かべて悲しそうに、

「キャンディ……！」

と女の子をみつめる。

「ワンダーガール！　……あぁ、こんなことになっちゃうなんて！　もうッ！」

その昔、正義の味方として〈バビロンシティ〉中を飛び回っていたはずのワンダーガールは、いまではタワーの柱の一本に過ぎなかった。倒れないようにと歯を食いしばり続けている。顔は蒼白。鮮やかな青と白と赤だった衣装も風雨にさらされて灰色に変わっている。まるで古い石像のようにピクリとも動かない。一見、人を象って彫刻された飾り柱に見えてしまうほどだ。

「勇気りんりん！　あの子の、名前、は……」

リンリンが小声でささやいてうつむく。

……ばさっと不気味な羽音が響いた。

唇を噛んで見上げると、曇った空いっぱいに黒いマントをたなびかせながらグリムリーパーが飛びすぎていくところだった。「はっはっはっはっは！」と勝ち誇ったような笑い声がシティ中にこだまする。と、若者たちが怯えて震えだす。

その不気味な風に……。

いまでは柱の一本と化してしまったワンダーガールの汚れた衣装の裾が、かすかに揺らめいた。銀色の髪もふわふわっとたなびく。

髪も……。

「ん？　あれれ？」

とリンリンは足を止める。

（……髪？　揺れた？　ってことは!?）

首をかしげてかんがえだす。

（そう、ワンダーガールの力の源であるシルバーヘア！　十年前のあの日、グリムリーパーのやつにだまされてバッサリ切られちゃって。キャンディはワンダーパワーをなくして……。あれから十年。……そ、そっかぁぁぁぁぁ、あれから……十年経ったんだッ！）

リンリンがあわてて振りむく。

ぐぐぐ……と地鳴りのような音が響きだした。

見ると、ワンダーガールがゆっくりとタワーの底を持ちあげながら顔を上げたところだった。

かつてかわいらしくて元気いっぱいだったちいさな顔もまた風雨にさらされて灰色に汚れきっている。

瞬きし、目を開ける。

青い瞳がきらきらと光りだす。

そして、十年のあいだに再び伸びた見事なシルバーヘアが……。

リンリンが息を呑んで叫んだ。

「ワンダーパワーの元ッ！　キャンディ！　君の髪の毛、また伸びてるよッ！」

その声に、ワンダーガールが口元を曲げた。ひさしぶりに笑ったらしい。リンリンもつられて昔のような楽しげな笑顔になった。

煉瓦の山をその場に放りだして、仲良しのワンダーガールのもとに駆け寄る。両腕と肩に力を込めてタワーを持ちあげているワンダーガールの顔を作業服の袖《そで》できゅっきゅと拭いてやり、服も優しくはらってやる。すると青い衣装が再び輝きだす。ポケットから出した青い星もおでこにペタリと貼ってやる。耳元で弾んで「キャンディ、ぼくだよ！　友達のリンリンだ！　髪の毛、また伸びたんだね……！　うぅっ！」「う、うん……！　ちょっとリンリン、手伝ってね！」「よしきたッ！」とリンリンがいまにも泣きそうになりながらうなずく。

「ぼく、このときを待ってたんだよっ。ずっとずっと……待ってたんだっ！」

と、行進し続けていた若者たちも気づいて、おどろきで煉瓦を取り落とす。ワンダーガールの前に集まってくる。

彼らの目前で、ぐぐぐ……と持ちあがっていくタワー……。

みんな口を開けて見ている。やがて、長いあいだ忘れていた言葉を、唱えだす……。

「勇気りんりん……！」

「みんな……」

「あの子の、あの子の……」

「……あっ、あの子の、名前はっ？」

不気味な静寂が包みこむ。

リンリンがうなずいた。「みんな、思いだしてっ……。この子の、この子の名前はね……」

と涙を拭いて、おおきな声で、

「――ワンダーガールだよッ！」

途端に地面が揺れるほどの歓声が上がる。

「ワンダーガール！」

「ワンダーガール！」

「ワンダーガールッ！」

とみんな大声で唱える。ワンダーガールは声援に押されて「ぐぬぬぬ……ッ」とますます力を込める。

銀髪の少女の人柱が暗黒のタワーを持ちあげていく。

時は満ちた……。

今、我らがワンダーガール、正義の味方の反撃の時――！

そばに倒れていた柱を、自分の代わりにタワーと地面のあいだに押しこむ。

それから、うん、よし、とおおざっぱにうなずく。

とたんに大歓声に包まれる。

はぁはぁと肩で息をしながら、ワンダーガールはひとりごちる。

（おっ、重かったー。はぁ、はぁ……。思いだして。故郷の惑星都市ワンダースターが消滅してしまうあのとき、ワンダークイーンはこう言ったわ……。『自分の力を正しいと信じることにお使いなさい』って。そう、いまこそ……あたしッ！）

うんとおおきくうなずく。

リンリンに「お願い、リンリン！　みんなを避難させて！」と頼む。「よしきた！　任せて！」とリンリンが拳を振り回す。ワンダーガールは地面を蹴って曇った空に飛び立つ。長く伸びた銀の髪がうつくしい尻尾のようにたなびいていく。歓声と拍手。リンリンがみんなを誘導して離れさせていく……。


大空で、ついに復活したワンダーガールと悪の首領グリムリーパーが飛びながらバチバチと火花を散らして睨みあっていた。

グリムリーパーは悔しそうに正義の味方を睨みつけて、

「邪魔をするなと言っておるのにーッ！」

「するわ！　〈バビロンシティ〉の平和を取りかえすために！　あたしのワンダーパワーを正しいと信じることに使うためにね！」

「グヌッ！」

風が強く吹く。

シルバーヘアが雄々しくたなびく。グリムリーパーの黒いマントもひらひらと薄っぺらい生き物のように動く。

風に雲が押され、すこしずつ太陽が出てくる。十年ぶりの快晴がシティを照らしだし始める。

眩《まぶ》しそうにグリムリーパーが目を細める。

ワンダーガールは両手を構えてポーズを取ってみせ、

「覚悟、グリムリーパー！　悪の首領め！」

「こ、このーッ」

「ねぇ、グリムリーパー。あなたは……」

「なんだっ！」

ワンダーガールはくすっと笑った。十年前とすこしも変わらぬ、いかにも元気でかわいらしい顔。小首をかしげ、ちいさな口を開けて、

「——光の中で天使と踊ったことが、あーる？」

ワンダーガールが「エイッ！」と気合いの声もろとも放ったワンダーパワーが、グリムリーパーに向かって光りながら突進していく！　遥か下界にいる市民たちが、どきどきはらはらしながら見上げていた……！


グリムリーパーとの大決戦！

——〈以下次号！〉

七章　未来の希望の女の子

1

「この――グリムリーパーがな！」

大広間は不気味に静まりかえった。風の音だけが響き渡る。

クードグラースの握る銃は、ラーガディアの眉間《みけん》にピタリと照準をあわせている。

おおきながっちりした体軀《たいく》を真っ黒なマントが覆っている。肩の筋肉が不気味に盛りあがっている。表情は……黒い髑髏《どくろ》仮面に隠されて見えない。

ラーガディアのほうは金のトカゲのパイプを片手にジッとしている。銃口を向けられているというのに、不思議なほど怯《おび》える様子もない。

「新世界の怪物、ラーガディアよ！」

クードグラースの声に、ラーガディアがなぜか「ふふふ……」と不敵に笑う。さきほどヴィクトリカと睨《にら》みあっていたときの不安そうな気配が消えたどころか、むしろ再び気力をとりもどしたようにさえ見えた。

「きっ、きっ、貴様は……忘れてはいまいな！　六十五年前の今日、本物の十五歳のラーガディア……俺の大事な祖母《ノンナ》から、手紙の束とドレスとコインと旅券を奪い、一人で移民船を下り、青い門から消えたッ！」

広間がざわめく。エミグレ市長と夫人が顔を見合わせる。

「ノンナはおまえが捨てた赤子トトを引き取り、苦労して育てた。なにしろ人を疑うことを知らん無垢《むく》な女の子だったからな。船で親しくしていたベッツィという女を疑ったりもしなかった。きっとなにか事情があっていなくなったんだ、荷物のほうはべつの誰かに盗まれたんだと単純に信じていた。そして二十年近く経ったある日のこと。このニューヨークでだ、ノンナは〈ミス・シガレット〉凱旋《がいせん》パレードを見た！　自らのなくした名、ラーガディアを名乗る女が、パレードの先頭に立って近づいてくるのを……。その顔は忘れもしないベッツィのもの……。そのときようやく気づいた。しかしノンナは泣きごとも、貴様を責めるようなことも口にせず、それからも大都会の片隅で生き、生涯を終えた！」

「ふんっ……。坊ちゃん、そんな古くさい泣き言はもうおよし！」

ラーガディアが不敵に微笑み、銃口を睨み返す。

二人の間にボンヴィアンが立ちつくし、オロオロと見比べている。エミグレ市長が心配そうに息子を見ている。

クードグラースは仮面の下でどんな顔をしているのかわからない……。

「貴様に捨てられ、ノンナに育てられた赤子トトこそ俺の親父だ！　つまり俺も貴様の孫と言うことだな……。知らなかっただろうが！」

「えっ！　じゃ、俺っちとクーは従兄弟《いとこ》なの？　トトはエミグレの異父兄……俺たちの父親どうしが兄弟？　なんてこった！　会ってすぐ意気投合したのは……血が繋《つな》がってたからなのかよっ？」

ボンヴィアンが頭を抱えて呻《うめ》く。

「で、えっと、〈ワンダーガール〉五話に出てきたリトルイタリーの雑貨屋のトトおじさんが親父の兄……？」

クードグラースが声を張りあげる。

「お人よしのノンナ、真面目な親父とちがい、三代目の俺はってぇと、穏やかな性格とは言えなくてな。チンピラみてぇな暮らしもしてきた。ブルーキャンディ家を恨んだよ。俺のノンナを……本物のワンダーガールを犠牲にし、未来を奪い、踏みつけながら建てられた〈アポカリプス〉もな……。しかし、いくら憎んだところで上流社交界は別世界だ。貧乏人には近づけやしネェ。この恨みを晴らすことなんてできねぇもんだと思ってたのさ。ところが……家出中のボンと出逢《であ》ったことで……。そう、忘れたはずの苦しさや悔しさが……太古の邪神……グリムリーパーとなって、俺をむしばみだしたのだ！」

ボンが真っ青になり、

「クー……そんな！　じゃっ、この事件を起こしたのはおまえなのか！　それは俺と親しくなったせいだって言うのかよっ。そんなの、そんなの……っ」

「俺は教会で聞いたぜ！　『不幸というものは過去の罪の報いです』ってな。それなら報いをうけるのは俺たちじゃねぇだろ？　『家族の歴史は最初が大事』とはよく言ったもんだ！　……

…最初の日に罪を犯したまま、のうのうと生きてる貴様こそッ不幸になるべき罪人だろうがッ。天に代わって報いを受けさせてやるッ！」

「まーったく笑わせないでもらいたいですわねぇ」

と、ラーガディアがとつぜんキィキィと猿のような笑い声を立て始めた。その態度に客たちがおどろき、ざわめく。

そしてラーガディアはふいに……真顔になった。恐ろしい目つきで、

「あんたの祖母は新世界で強く生きていくには弱すぎたんだよ。いいかい！　カンパニーとは成長し続ける巨大な獣なんだよ！　現状維持などできぬ！　大きくなり続けなければ衰退する業深い怪物だ！　それがアタシの牛耳る巨大コンツェルン〈ブルーキャンディ〉――！　おい若造！　見なッ！　目を逸《そ》らさずこのアタシの立派な姿を見るんだッ！　アタシこそ新大陸の新しい経済力そのもの！　通貨の女神！　マネーだけを信じるというゆらがぬ信念が幸運《ラッキー》を呼び続けた！　アタシは永遠に誰にも負けない！　断言するがねェ、坊や！　そんな弾はアタシにゃぜったいに当たらないよっ？」

「な、なな、なっ！」

「撃てるモンなら撃ってみやがれィ、青二才ィ！　死ぬのはあんただヨーッ！」

ラーガディアが目を見開いてギラギラさせ、甲高い声で叫んだ。強い風が吹いて、老いてぱさぱさになった銀の髪を巻きあげる。ラーガディアは痩《や》せた両手を天井に向け、女神そのものになりきった大仰な態度で、

「――幸運はーッ、勝ち取るものーッ！」

クードグラースはおどろきのためかふらっとよろめいた。それから憎々しげに、

「クソッ！　百歳を超えてもまだ肥え続ける新世界の怪物め！」

とうそぶき、肩をそびやかす。

「し、しかしっ、今日こそ幸運の終わりの日だっ！　貴様をこの銃で倒し、追従する上流階級のクズどもも爆弾で一掃し、新たな伝説になるべき……闇の英雄がここ〈アポカリプス〉に現れたのだ！　――それが、俺、だーっ！」

クードグラースが叫ぶと、銃を構え直した。

と、ラーガディアが火の玉が燃えるような激しい目つきで睨みつける。

「撃てやしまいッ！」

「くっ」

「死ぬのはおまえさァ！　きっとなにかが邪魔をする！　アタシにゃわかる！　それが運命なのさッ！　このアタシこそ不死身のクイーンなんだからねッ！」

「ハッタリだ！　貴様を殺し、ここにいるやつらも全員皆殺しにしてやる！」

「ちがうッ！　幸運はこっちにあるッ！」

クードグラースがおおきく舌打ちし、トリガーにかけた指に力を込める。

と、客たちが悲鳴を上げながらいっせいにラーガディアから飛び離れた。親戚《しんせき》も、弁護士軍団も、取り巻きたちも、誰一人として身を盾に守ってやろうとする者はいない。巻きこまれて弾が当たってはたいへんとあわてて逃げ惑う。

騒ぎの渦中で、ラーガディアだけが堂々と立ち、クードグラースをせせら笑い続けている……

…。

クードグラースが、トリガーを……引く……。

復讐《ふくしゅう》の弾丸が、ついに……。

放たれ、る……。

エミグレ市長が、母さん、さよならっ、とつぶやいて目をつぶる。ロウジィ夫人が遅れてきゃーっと悲鳴を上げる。

と、そのとき。


「……う？」


クードグラースが不思議そうに唸《うな》った。

おどろいて見下ろす。

いつのまにか足元に膝《ひざ》をついて座る相棒ボンヴィアンが……。

腰に差していた古代剣のレプリカを抜き……。

いかにも慣れない手つきでグッと握りしめて……。

クードグラースの……胸の真ん中に……。

——深々と突き刺していた！

クードグラースはおおきく息をし、ふらふらとよろめいた。

客たちは唖然《あぜん》とし、言葉もなく、武器を握りしめて睨みあう青年二人——ニューヨークの若者の中でもっとも有名な二人組——大ヒットコミック〈ワンダーガール〉作者ボン&クーを見ていた。

小柄でぽっちゃりしたボンヴィアンは、青と白と赤の星条旗柄スーツに青いシルクハット姿で、古代剣のレプリカで相手の胸を刺し貫き……。

大柄で筋肉質のクードグラースのほうは、真っ黒なマントと髑髏の仮面姿で、手にした銃を……。

ゆっくりと、ボンヴィアンの眉間にくっつけた。

仮面の下の表情は読めない。

相棒の頭を撃ちぬくのか。

ボンヴィアンは子供みたいにポロポロと泣いている。客たちは腰を抜かしそうになりながら呆然《ぼうぜん》と耳を澄ます。

「クー！　クードグラース！　俺の親友……！」

「ボ、ボン……」

「こんなおかしな俺と仲良くしてくれた、俺のたった一人の、大切な男の子！　おまえみたいなやつには、もしも百歳まで生きたところで二度と会えないのだろう。あぁ、すまん。ほんとうに……すまん……。でも、でも……ッ」

「ボンッ！」

「どっ、どんだけひどい人でも、俺の……俺の……っ、ばーちゃんなんだぜ……。とても撃たせられん……。お、俺は、ばーちゃんを、助けねばならん……。孫だからな……。それに、フアミリーで唯一、このまんまの俺を認めてくれた、あんたはおかしくなんかない、家を出て自由に生きろと励ましてくれた、俺のたった一人の女の子だ……。やっぱり俺っちのワンダーガールだ……。あぁ俺の胸が張り裂けるぜ！　どっちも大事な人……。それに、ここに集まった人たちも、一見いけすかねぇが、きっとほんとはいい人ばかり……。あぁ、なぜ……。神さま……。あぁ許してくれ……。クー……」

「ボン」

「俺を、俺っちを、撃て……」

「ボン……」

「……もうっ、めんどうくせぇっ。もうっ、死のうぜっ。撃てっ、クー！」

跪《ひざまず》いたボンヴィアンの握りしめる剣で胸を深々と刺されたまま。クードグラースは……。ボンヴィアンの眉間に銃口をさらに強く押し当てた。

黙っている。仮面が重くつめたく光る。

遠くでラーガディアが急にあわてて呻く。

「やめとくれ。その子の頭を撃っちゃいけない……。いい子なんだよ……」

不安そうに、

「人からあきれられることはあっても、恨まれるようなことはしない、善良な子……。嘘のつけない正直者……。アタシの孫《マイボーイ》！」

でもかすれたささやき声はクードグラースの耳には届いていないようだ。

永遠にも思える数秒が流れる。

クードグラースが奥歯を食いしばるギリギリと固い音がした。仮面の下の黒い目がつめたく光る。震える指に力がこもる。皮膚の血の気がたちまち引いていく。息をする音、それに心臓の鼓動もずしんずしんと響く。

それから……。

……ゆっくりと首を振ってみせ、

「おまえには恨みはねぇ。俺ぁ、おまえのこととっても好きだったんだ」

「ク、クー……」

「皮肉だぜ……。おまえを思う気持ちだけはあの怪物と一緒なんてな！」

「クーッ！」

「ボン……」

ボンヴィアンが泣きながら、

「お、俺っちもだ。お、俺っちも……。おまえのこと……。あぁ、どうしてこんなことに……。クー……！」

クードグラースが震える腕をゆっくりと上げた。

黒い仮面を外し、真横に投げ捨てる。

両目から涙が流れていた。左目の下の赤い痣《あざ》を本物の涙がなぞっていく。

まるで涙によって目の中の氷の欠片《かけら》が取れて、もとの気のいい青年にもどったようだった。

しんみりとし、

「なぁ、ボン」

「お、おぉ……」

「俺たち、二人でな……。一生懸命、正義の味方の女の子を描いてきたよな！　二人きりでよ。おまえがオーナーのおかしな下宿屋で。毎日楽しかったよな！　ああ、あのころが永遠に続けば……。それが大勢の人に読まれるようになって、有名になってよ！〈ワンダーガール〉が大人気になったってことは、ボン＆クーにもワンダーパワーがあったってことかねェ？」

「おぉ……。あった、あったさ！　二人なら……。また飛べた……。恐れをまだ知らねぇガキにもどったみたいにさ……」

クードグラースがなつかしそうに瞬きした。それから苦しげに呻く。

「けどよ。けど、正義って……正しいことって、いったいなんだろうか？　ボン？」

「わかんねぇ。俺っちもよくわかんなくなっちまった！　うぅ……」

「続きを描いてくれよ、ボン！　おまえはすっごいやつだ。おまえがいたから〈ワンダーガール〉を作れた。ボン、力を……おまえのワンダーパワーを、正しいと信じることに使うんだぜ！」

「クー！」

「もう目がかすむぜ……」

と夢見るようにつぶやく。

ゆっくりと……。

クードグラースの巨体が倒れていく。

ボンは手の甲が真っ白になるほど強く握りしめていた剣から手を離した。そして震えながら両腕を広げ、倒れてくるクードグラースの体を全身で受け止めようとした。

二人の目が合う。

クードグラースがかすむ目を弱々しく閉じていきながら、

「――闇夜に、死神と踊ったことが、ある……かい？」

ボンヴィアンが血走った目をカッと見開いて、

「――光の中で、天使と踊ったことが……あーるっ？」

ドゥッ……！

と音を立ててクードグラースが倒れた。

ボンヴィアンは下敷きになって伸びたまま、ちいさな子供にもどったように声を張りあげて泣いた。

「俺の親友《マイボーイ》！　俺のばーちゃん《マイガール》！　……あー、あー！　俺の心臓はコインみたいに二つに割れたぜ！」

広間は静まりかえる。

大富豪ブルーキャンディ家――。変わり者の三代目の泣き声と、伝説の一代目のキィキィと甲高い愉快そうな笑い声が入り混じって響き渡る。

ケーキの陰で、灰色の布に包まれたままヴィクトリカがゆっくりと瞬きする。強い風が吹いて銀の髪と布を揺らしていく。

と、そのとき……。

「ほぅらごらんヨーッ！　あんたたちィー！」

響き渡る甲高い声に、客たちがハッと振りかえる。

愉快そうに高笑いする小柄な老女がいる。タバコロードという上流階級の伝説、その長い悪夢……。客たちが無言で睨みつけだす。ラーガディアはひるむ様子もなく笑い続け、うれしそうにくるくるとその場で踊りだし、

「アタシに弾は当たらないと言ったろーッ？」

口が左右に裂けるほど激しく笑う。ここぞとばかりに勝ち誇るあまり、ステップまで踏みながら、

「なんだってェ？　ついに怪物を倒しにきた、新たな伝説になる英雄だってェ？　それがァ、俺だってェ？　……バカも休み休み言うがいいさァ！　そんな英雄、どこにも存在するもんかッ！　アタシを倒せるほどの力を持つってことは、そいつだってある意味じゃ怪物ってェことさ！　そんな存在、新大陸にはいやしない！　アタシは無敵の女王なのさ！　あーははは！」

パイプを吸いながらキィキィと不快な笑い声を立て続ける。ちょこちょこと踊り歩くと、倒れているクードグラースの体から、黒いマントを乱暴に奪ってふわりと被《かぶ》る。手から銃も奪ってグッと握りしめる。それから落ちている黒い仮面まで拾い、上機嫌で被ってみせる。似合うだろうというように広間を見回す。

クードグラースの体の下で伸びていたボンヴィアンが、ゆっくりと目を開け、ラーガディアを見上げた。黒い仮面とマントを身につけて愉快そうにまた踊り始めた祖母の姿を見て、顔を歪《ゆが》める。

ボンヴィアンはクードグラースのおおきな体を改めて抱きあげた。うつむいたまま、自分も死んだように動かなくなる。

ラーガディアはいまや自身がグリムリーパーになったように、髑髏の仮面と黒いマントを身につけた姿で笑っている。奪った銃をくるくると振り回し、不敵な声を上げる。

「アタシにたてつく若者はねェ、不思議だねェ、昔からだョ、みーんなっ……」

銃が回る。

「……死ぬんだヨーッ！」

恐れおののくあまり、もう誰も動くことができなかった。剣で串刺《くし》しにされた大柄な青年と、星条旗柄のスーツにシルクハット姿で泣く小柄な青年と、黒い仮面とマントの扮装《ふんそう》をしてケタケタ笑う百歳の老女とを、呆然と見守るばかり……。

ラーガディアは銃を振り回しながら、「そして……死ぬべき若者が……もう一匹……」と笑った。そして一点を睨みつけた。客たちがぞっとして一斉に振りむく。

そこには……灰色の布に包まれたヴィクトリカが丸まっていた。

客たちがあわてて道を空ける。

ラーガディアはその姿を憎しみをこめてキッと睨みつけ……それからのけぞってまた大笑いを始めた。

「あーっはっはっはっ！」

どこからか生ぬるい風が吹く。縦長のシャンデリアが不吉に揺れだした。

ラーガディアはふっと天井を見上げた。ふざけながらまた銃を振り回しだし……「あらら、おや？」と呻きながら、トリガーにかけた指に力を込めた。

「お嬢ちゃん……闇夜に死神と踊ったことがあるかい？」

黒い仮面の下から低い笑い声が響く。呪われしグリムリーパーの声が……。

「アタシは、ある。……アタシだって、ずーっと踊ってきたさ……。旧世界を出ようと決意したあの日から……。そう、あんたも今宵《こよい》踊ることになる！」

──銃声！

客が逃げ惑う。悲鳴が響く。

天井に向けられた銃口から煙がすぅっと上がる。そして……。

シャンデリアの一つがおおきく揺れて……。

真下にいるヴィクトリカに向かって、剣のように尖《とが》りながら、まっすぐに落っこちてきた…

…！


……そのとき。

「──ヴィクトリカーッ！」

とおおきな声とともに、エレベーターホールから転がるように小柄な東洋人の青年が駆けこんできた。ゆっくりと振りむくヴィクトリカの銀の髪がふわっと広がる。青年──久城一弥は床を蹴って飛ぶと、

「あぶない！」

と叫び、ヴィクトリカのちいさく軽いからだを抱きかかえて、ゴロゴロゴロゴロッとおおきな音

を立てて転がった。肩と背中を強打したらしく、呻きながら顔を上げる。

ヴィクトリカも顔を上げて、同じほうを見た。

シャンデリアがきらめきながら落下してくる！

たったいままでヴィクトリカのいた床におおきな音を立てて叩《たた》きつけられた。ガラスの破片が爆発したように無数に飛び散る。鉄の骨組みだけが残り、掘り起こされた恐竜の骨のように剝《む》き出しになる。

「ヴィクトリカ⁉　大丈夫かい！」

心配そうな一弥の声に、ヴィクトリカはひたすら相手を待っていたことなどおくびにも出さず答えた。

「遅いぞ。このすっとこどっこいのスカスカカボチャレベルの大陸一の……へっぽこ……」

だんだん消え入りそうな弱々しい声になっていく。

「大丈夫そうだね。よかった！」

と一弥はまず胸をなでおろしたが、つぎの瞬間はっとして、

「……って、ちょっと待ってよ、ヴィクトリカ。これでもぼくはね、最大限急いで上がってきたんですよ！　なにしろ地下からここまで、ほとんど徒歩で……腿《もも》がだる、く……って、そんなことといいや。まぁ無事でよかったよ……ほんとに……」

一弥が辺りを見回して、銃を握って高笑いする黒い仮面の老女と、血だまりに倒れ伏すボン&クーの姿に啞然とする。

その横でヴィクトリカがむっつりと、

「久城、君という男は、こんな危険なところにもどってくるとはな……」

「だって君がいるじゃないか！　で、もう危険はないのかい？　早く下に避難し、て……」

「いや、危険はまだあるのだ」

「そう。よかっ……。早く下に……。えっ、ある!?　なに？」

と一弥がぎょっとする。

ヴィクトリカはうなずいて、

「犯人が三つ目の爆弾をどこかに設置したままのはずなのだ」

「えっ！」

「客たちが広間中を捜したがみつからなかった。爆発する前に全員が下まで逃げられればいいが……」

ヴィクトリカの声が響き、客たちが顔を見合わせる。あわてて、開いている非常口から下に逃げようとする者。いまさらながら爆弾を捜して辺りを見回す者。

一弥がはっとして、

「三つ目の爆弾！　そういや別れ際、クードグラースさんが……」

「なんだねっ！　早く言いたまえ」

「えっと、最上階の客をみんな殺すためにいちばん威力のある爆弾を……えっと……。なんて言ってたっけ」

首をかしげ、考えこむ。ヴィクトリカがじりじりして、早く思いだせと指であちこちつっつく。客たちも早くしろと一弥を囲む。

「なんだっけ。あ、そうだ……」

と、ようやく思いだす。

「アポカリプスの中のアポカリプスに隠した、って言ってたような……」

一弥の声に客たちが混乱して「なに？　どういう意味だ？」「はァァ？」「どこだっ、爆弾はっ！」と叫びだす。

ヴィクトリカが「なるほど」とうなずき……。

タバコロードケーキを指さした。振りむいた一弥があっとつぶやく。続いて客たちも息を呑《の》む。

ケーキの上に螺旋《らせん》を描くタバコロードのいちばんてっぺんに、ラーガディアの成功の証《あかし》である……アポカリプスのミニチュアが……燦然《さんぜん》と……。

気づいて、みんな悲鳴を上げる。一斉に逃げ惑う。

一弥が人の流れに逆行し、走り、床を蹴って飛んだ。ケーキの土台を持ちあげる。ヴィクトリカが下のほうを目一杯食べたせいでぐらぐらしている。さらにおおきな悲鳴があちこちから上がる。

ケーキを持ちあげたものの、うわぁ、倒れると右に左によろける一弥から、みんな必死で逃げ回る。ケーキのせいで前が見えず、右往左往する一弥を、みんな遠巻きにしながら、

「右だ！　もっと右！」

「右すぎる……。すこし左！」

「窓に……外に……。わーっ、こっちじゃない！」

「あんまり揺らすとかえって早く爆発しちまうぞッ！」

と焦ってばらばらな指示を出し、混乱させる。

ようやく一弥が、ケーキを持ったまま割れたガラス窓の前まで行き……。投げる……。

窓の外に、マンハッタン島の夜景を背景に、おおきなケーキが、長い夢のようにゆったりと宙に浮いた……。

それから……。

どんっという音とともに空中で爆発した。

生クリームと、スポンジケーキと、花と、苺《いちご》が……。空中に舞う。

それから煙草畑が。粗末な農家の小屋が。南部の田舎町に建てた工場が。凱旋パレードの二階建てバスが。畑を耕す人や、工場の職人や、青い服の煙草ガールズなどの人形が。

ブルーキャンディ家のファミリーヒストリーのミニチュアが、空中でゆっくりと四散して……。はるか下に音もなく落ちていった。

成功譚《たん》の終焉《しゅうえん》の時を暗示するように……。

突風と窓ガラスの揺れる音。ピシリと音を立ててまたガラスの一部が割れる。強い風が広間を席巻していく。

客たちの悲鳴と安堵《あんど》の叫びがこだまする。

一弥は腰を抜かしたように座りこんでいたが、はっとしてまたヴィクトリカのもとにもどった。ヴィクトリカも灰色の布に包まれたまま一弥の隣に並ぶ。長い髪が突風に揺られて舞いあがっている。

それからヴィクトリカは……ラーガディアを睨んだ。

ラーガディアは喧騒《けんそう》の真ん中に仁王立ちし、消えていったタバコロードの歴史を見送っている。

黒い仮面の下の目をぎらつかせてヴィクトリカを振りむくと、にやりとし、

「どうやらあんたも、みんなも、死にぞこなったようだねェ……。薬物中毒らしき、素人探偵のお嬢さん？　……生意気な若者めッ！」

ヴィクトリカは黙っていた。それからうつむいてちいさな声で、

「新世界のニセモノの女王、ラーガディア……」

「失礼なことを！　さて、生意気な若者に身の程を思い知らせてやろうかね。女王にたてついた貧乏人がどうなるのかを。せいぜい哀れな末路をたどるがいい！　さて、あんたは頭脳とやらによほど自信を持っているらしいね。だったらこのアタシと勝負と行こうじゃないか」

ヴィクトリカは黙ってラーガディアを見上げた。ちいさな疲れ切った四肢に力を込める。ふらつきながらも、やがてゆっくりと立ちあがった。一弥が思わず手を貸す。

ヴィクトリカの足元はおぼつかない。その姿を見て、ラーガディアが同情するようにくすくすと笑いだす。そして、衣装の裾《すそ》を両手でつまんで膝を曲げ、首をかしげてみせる。大人の客たちがある予感を胸にし、ざわめきだす。

ラーガディアが目を危険な様子で光らせると、言った。

「——あなたァ、コイントスはいかがァ？」

広間がざわめく。たまらず声を上げた客たちもいる。ヴィクトリカが黙って……こくっとう

なずく。一弥が「コイントスって？」と聞く。

若者を中心にヴィクトリカの近くにこそこそと寄ってきては「あんた、やめとけって」「あのばーさんが負けたとこなんてニューヨークの誰も一回も見たことがないんだ」「会社も家屋敷も取られて一家心中した人もいるんだよ！」と止めようとする。

ヴィクトリカが無表情に、

「……いいだろう」

ラーガディアが楽しそうに笑いだす。

「あーはっはっはっ！　引っかかったね。わかっているよ、お嬢ちゃん。……どうせ勝負は五分五分、五十パーセントの確率に賭《か》けるつもりなんだろう？　みんな追いつめられてそう思ったのさ。だけどおあいにく、アタシは必ず勝つからね。勝率百パーセントの女社長さ。さて……」

「……百ではない」

ヴィクトリカがなぜか確信を持って答えた。「五十だ」と続ける。その言葉にラーガディアがあきれたように諭す。

「百と言ったろう？　まぁいい。さて、なにを賭けるかい？　これまではね、経営者どうし、命と同じほど大事なカンパニーを賭けてきたんだよ。だけど見たとこあんたは、そんなに大威張りしてる割には、一文無しの惨めな移民一世の女に過ぎない。この国に着いた日のアタシみたいに……。なにひとつ持っちゃいないただの貧乏人だ」

「その通りだ」

「それなら、あんたとアタシはね、そう……」

ラーガディアが仮面の下で目を見開いた。百年の時を生きた二つの目玉が、闇夜を飛び回る人魂《ひとだま》のように光る。風が吹く。カッと見開かれる。濁った白目が血走る。

「——命を賭けようじゃないか！」

ヴィクトリカの代わりに一弥が「なっ、そんなの！」と叫んだ。ラーガディアが声を張りあげる。

「黙れっ！　ほかになにがある？　この哀れな移民女になにがある！　嵐を潜り抜けて生き永らえてきたその若い命のほかに……。頭脳と向こう見ずさのほかに……。なんの財産があるッ！　嵐の後の新しい世界に、百万も二百万もあふれる、哀れな文無しの若造めが！」

「……わかった。賭けようではないか、君」

ヴィクトリカの声は短く、まるで不安を隠しているかのようにか細かった。

ラーガディアが勝ち誇ってまた笑いだした。銀色の髪がユサユサと気味悪く揺れる。銃を振り回し、楽しくてたまらないというようにおおきな口を開けて、

「あーははははっ！　おかしいィィィ！」

ヴィクトリカのほうは顔が強張《こわば》っているように見える。客たちも心配そうに二人の様子を見ている。と、ヴィクトリカが低く、

「おやそうかね？」

ラーガディアが頬を歪めてずるそうに微笑んだ。

一弥がすっくと立ちあがり、抗議する。

「ちょっと待ってください。命なんて、まさか……。だいたい百歳と十九歳の命を賭けあうなんて……」

言い募ろうとする一弥を、ヴィクトリカが止める。小声で「だ、大丈夫なのだ、君……」と止める。一弥が「えっ？」と聞きかえす。

「大船に乗った気でいたまえ……。久城」

「ほんとかい？　その割に、ヴィクトリカ、君……。一見、堂々としてる割に、目がかなり泳いでるようにも見えるんだけど……。ぼくなんだか不安に……」

「だっ……。大丈夫だと言ってるだろう。君っ……」

「ほんとぉ？」

「えっと、ほしいものもあるから、が、がんば、る……所存だ……」

と相談し合う二人の様子を、ニヤニヤしながらラーガディアが眺めている。罪もない若者を破滅させるのが愉快でたまらないらしい。勝利の予感に早くも息が弾んでいる。

周りを囲んでいた客たちは、しばし黙って顔を見合わせていたが、小声で話しあい始めた。

ワンダーガールとグリムリーパーのどっちが勝つか……。

若者たちがおそるおそるヴィクトリカを応援しだす。「がっ、がんばれぇ、ワ、ワンダーガール……」と一人が声をかけると、続いて「ワ、ワンダー、ガール……」「ワンダーガールッ……！」「グリムリーパーなんかに負けるなっ……」と声をかける。

と、それを制するようにラーガディアが振りむき、

「うるさいよ、あんたたちぃ？」

と鼻で笑ってみせた。

「いったいなんのつもりだいっ？　こんな得体のしれない、どこの馬の骨ともわからない、いかにも貧乏な移民女が、あんたたちのワンダーガールだってぇ……？　くくく……。笑わせるんじゃないヨッ！　そんなの勘違いってなモンさッ！　いいかい、お聞き。よくお聞き！　あのね、若く生意気なこの女でもなければ、ばかでお人好しのノンナでもないのさ……。このアタシが、アタシが、アタシこそが新世界のワンダーガールなんだよっ？　……見ろ！　見るんだッ！　このアタシの立派な姿をとくと見るがいいッ！　これこそワンダーパワーを持つスーパーミラクルな女の子なんだッ。永遠の、百歳の、未来の希望の女の子《ガールオブトゥモロー》ッ！」

「ワ、ワンダー、ガールッ……」

抵抗するように、べつの若者が震える声で、ヴィクトリカに声援を送る。すると年配の誰かが、人ごみに隠れながら「ワンダーガール、頼むよ。がんばっとくれ」と頼みだす。と、べつの方向からも、「そうだ。わしの長年の恨みを晴らしておくれ」「わたしの夫もラーガディア様に陥れられて死んだの！」「うちの娘もよ……。気立てのいい子だったのに……」「俺の息子を返せ！」「そうだ！」「やっ、やっつけてくれ！」「俺たちにはできなかった……。もう何十年も、誰にもできなかったんだっ！」と狼煙《のろし》のように声が上がりだす。

「ワンダーガール！」

「ワンダーガール！」

「ワンダーガールッ！」

ラーガディアはますます高笑いしだす。

「残念だが、アタシの勝つ確率が百だよ！　いままでだってそうだったろう！　あーおかしい！」

楽しげな叫び声が響くと、高揚していた広間の空気もまた変わり、つめたい水を浴びせられたように静まりかえる。

みんなヴィクトリカのほうをこそっと見る。

と、ヴィクトリカが……静かに顔を上げた。灰色の布の奥で震え声を出す。

「安っぽい金ピカのニセモノ女王よ。愉快な勝負と行こうではないか」

しかし言葉とは裏腹に、ヴィクトリカの顔はますます蒼白《そうはく》で、一弥が支えていないと立っているのもやっとという有様だった。広間にまた不安が広がっていく。低くざわざわとざわめきだす。

「しかしな、貴様のほうは命など賭けなくてもいい。老人の死期を早める趣味はないのでね。その代わり……」

と、ヴィクトリカが低い声で続ける。心配になって一弥がその顔を覗《のぞ》きこむ。ヴィクトリカは緑の目を光らせる金のトカゲ形のパイプを見上げて、うそぶいた。

「なんでもいいが、そうだな……。お気に入りらしいその金のトカゲのパイプでもいただこうかね。いや、その、べつにほしいわけではないが。ふんっ、貴様なんかが賭けるものなどそれで十分だろうからな」

「はァ？　こんなものかい？」

ラーガディアは手元のパイプをきょとんと見下ろした。

「そ、そうとも。それが今宵のわたしのささやかな戦利品になるというわけだ」

「これはエミグレ夫婦からもらったエジプト土産さ。古代の女王の墓から出土した……。ふーん？　ヘェ、こんなものがかい？」

と不思議そうな顔をしていたが、ラーガディアは眉間に皺《しわ》をよせていやな笑顔をつくるとうなずいた。

「面白い。どうせ負けるのはあんただけどね。いいだろう。よし……。いよいよ勝負だッ！」

と薄く乾いた唇が左右に裂けて見えるほど大笑いしだす。ヴィクトリカも重々しくうなずいてみせる。

客たちが固唾《かたず》を飲んで二人を見比べる。

ラーガディアは取りだした金色のコインをぎゅっと握りしめ、

「──表か裏か《ヘッドオアテール》ッ！」

と思いっきりコインを投げあげた。

広間の全員が、長い夢を見始めるように一斉に天井を見上げる。一弥もいまにも倒れそうなヴィクトリカを支えながら目を凝らす。

キラキラと光りながらコインが宙を旅していく……。

ラーガディアがうれしそうに弾む声で、さっきと同じように叫んだ。

「──表《ヘッド》ッ！」

同時にヴィクトリカも、夢見るように目を見開いて叫ぶ。

「──う、裏《テール》！」

客たちは一言も発することなくみつめている。

キラキラ、キラ……。コインが落下し始める。一弥はごくっと唾《つば》を飲んだ。

ラーガディアが勝ち誇って、

「さーて、勝負はもらったよ！　死ねッ！　アタシの邪魔をするやつは不思議とみんな死んでしまうのさ！　死ねーッ！　生意気な若い移民女ーッ！」

キラ、キラキラ……。

「アタシは一度も負けたことがないッ！　死ねーッ！　死ねーッ！　闇夜で死神と踊るんだッ！」

キラ……。

一弥が小声で「ほんとうに、だっ、大丈夫かい、ヴィクトリカ……」とつぶやく。「それにしても、あの人は百パーセント勝つつもりに見えるけど……」いざというときには盾になろうと、ラーガディアが握る銃を睨みながらヴィクトリカの前に立ちふさがる。ヴィクトリカは足元をふらつかせながら、

「じつはな」

「うん」

「この勝負はな……」

「わかったよ。なにか裏があるっていうんだろう？」

人形のようにぱかっと口を開けたヴィクトリカが、かすかに照れたように、

「いや、ないのだ」

「……はぁぁ？」

一弥が立ちふさがりながらも、振りむく。目が飛びだしそうになっている。

「な、ないの？　本気？　ぼく、君が例によって自信満々、勇気りんりんで言うものだから、理由があって勝利を確信しているのかもと……。知恵の泉で……」

ヴィクトリカは意地を張るようにふくれてみせ、

「いや、負けるとは限らん。勝負は五分五分なのだ」

「は、はい？　つまり五十パーセントの確率で、君、ラーガディアさんに負けて撃たれるっていうこと？　これまでの幾多の挑戦者と同じ条件ってこと？　……たったったいへんだぁヴィクトリカぁ、ぼくの陰にもっと……。ちょ！　もっとまじめに隠れてよ！　君、けっこう大胆にはみだしちゃってるよ！　もう！　わざとちょこまか動きださないでよ、弾が当たっちゃうじゃないか！」

「そう、確率は五十パーセントだっ！　しかしな、久城。君の指摘通り、ラーガディアのほうは百パーセント勝てると信じているのだよ」

「ウン。……えっと、どうして？」

一弥がほんとうに不思議そうに聞く。

ヴィクトリカはちいさな形のいい鼻を鳴らして、意地悪く、

「……コイントスは古典的な手品でねぇ、久城」

「えっ、そうなの⁉」

当然だと言いたげにヴィクトリカは深くうなずいてみせる。

「あぁ。コインの表裏どちらかをあらかじめ重く作っておくと、投げたとき重いほうを下にして落下するという単純な仕組みだ」

一弥がおどろいて、

「じゃ、ラーガディアさんが使っているあの思い出のコインも……？　裏が重くできてるの？　それであんなに……」

ヴィクトリカが途中で遮る。

「いや、コインそのものの表と裏には重さにちがいはなかった。もちろんコイントスのたびに表ばかり選んでいたらトリックだとばれるだろうからね。ラーガディアはべつのちょっとした細工をしていたのだ……。パーティの始まりにラーガディアがコイントスをしてみせたとき、わたしがコインを拾い、観察したところ……」

「うん、うん」

「透明な薄いカバーを裏側に貼って重くしていた。恐らく毎回、あらかじめどちらかの面に貼って用意しておくのだろう」

一弥は合点し、すこし安心しながら、

「なるほど！　で、君はコインを拾ったときにそれに気づいて、透明カバーを表側に付け替えておいたというわけだね」

とおおきくうなずく。するとヴィクトリカはじつに不思議そうな様子で一弥の横顔を見上げ……。

首を振った。

「いいや」

「……いいや⁉」

「もちろんそうしておきたかったのだが、邪魔が入ったものでね……コインを強引に持っていかれてしまったものだから……」

「エッ？」

「カバーはここにあるのだよ」

ヴィクトリカは奇妙な表情を浮かべると、ぷくぷくした手のひらを差しだして一弥になにか見せた。

一弥の燃えるような視線が集中する。

そこには……。透明な丸いカバーが……。

一弥が「ここにあるの⁉　じゃ、あのコインは正真正銘……」「トリックなしの普通のコインなのだよ。ははは。君、愉快かね」「五十パーセントの確率で負けるんじゃない？」「そう。撃たれる」「そうぅ？　ヴィクトリカの、ばかーっ、どっどっどうして自信満々の勇気りんりんでそんな危険な勝負を受けたりしたんだッ。この新大陸一の大ばか者っ！」「……あいつの態度がすこぶる悪く、心の底からムッとしたからだ」「……ヴィクトリカーッ、君ってほんとに……。ばかばかっ！　もう！」「あと……あのパイプがかっこいいから……どうしてもほしかった」「パイプ⁉　エジプト土産のあのトカゲの形のやつ？　そっ、そんなの、仕事をみつけたらいくらでも買ってあげるよっ。わーっ、わーっ、もう！　お説教は後だっ。とにかくぼくの陰に、どっこもひとっつもはみださずに、ぴっちり正確に……」と一弥が叫んだ。

「隠れなさいーっ！」

「……バ、バゥ？」

ヴィクトリカが首をかしげ、ごまかすように犬の鳴き声の真似をした。銀色の髪が明け方の夢のように揺れた。

キラキラ、キラキラ……。

金色の丸いものが光る。

全員が見上げている。

割れた窓の外から風が吹き、コインを撫《な》でていく。

キラ……。

と、コインが落下していく。

ゆっくりと……。

そして……。

床に落ち、コロコロと転がりだす、みんなあわてて飛びあがって避ける。客たちのあいだを誰の前で止まろうかと迷っているようにコインが転がり続ける。みんな固唾を飲んで見守っている。

と……。

しゃがんでクードグラースを抱いて泣き続けていたボンヴィアンのそばの床で、コトンと軽い音を立てて、止まる。

全員、黙りこんでみつめている。

「もらったーッ！」

ラーガディアの不気味な笑い声だけが広間中に不気味に響く。

「死ねっ、移民女ッ！　貧乏人ーッ！」

と銃を構えて大口を開けて笑っている。

ボンヴィアンが心ここにあらずでぼんやりと腕を伸ばした。拾ったコインをみつめて……あッと声を呑む。

迷うようにラーガディアとヴィクトリカを見比べる。それから口を開け……。

客たちが待っている。一弥がはらはらとヴィクトリカを庇《かば》う。額から汗が流れる。

と、ボンヴィアンのちいさいがしっかりした声が響いた。

「――裏、だ」

しーんとする。

ボンヴィアンは隠すように急いで左ポケットにコインを仕舞った。

それから、なにか入っていたのか、あれ、という顔をしてポケットの中をまさぐりだした。

「う、ら……？」

「裏……かっ？」

客たちが一斉に静かに息を吐く。

一弥もほっと息をする。ヴィクトリカは無表情のまま立っている。しかしかすかに足元がまたふらつく。

「なんだって？」

ラーガディアがぽかんとして聞きかえした。

「まさか……？　嘘だろう、ボン！」

「……俺っちがばーちゃんに嘘をついたことがあるかよ？」

「あぁ、あんたがアタシを騙《だま》すわけがない。ボン……。じゃ、じゃ……。ということは……」

ラーガディアがカサカサの両腕を広げ、

「アタシは……負け……たんだねッ？」

静寂が続く。

みんな信じられないというように顔を見合わせている。誰も見たことのなかった事件……。

ラーガディア様がコイントスで負けた……。そしてついに女王を倒したのは……なんとちいさく……うつくしく、同時に謎めいた……。

いま……。我々の目の前で……。

――勝負ありッ！

と、広間は遅れて、タワーごと揺れるような歓声にどうっと包まれた。

客たちが、若者は飛びあがり喜び、ほらな、と言いあう。年配者はラーガディアが負けるところを初めて見て呆然としている。次第に興奮が全員に伝染していく。

……ついに今宵、ここニューヨークに現れた。世界一高いタワーの最上階に、通貨の女王を倒す新しい英雄が……。その英雄は意外なことに、ちいさなうつくしい女の子の姿をしていた。そして忠実で勇敢な従者を連れていた。コミックに登場する、不思議な正義の味方とその相棒そっくりの姿をしていた。

未来の希望の女の子《ガールオブトゥモロー》……。

若者と子供たちが、登場を夢見てきた……。

みんな……。

あの子の……。

あの子の名前は……？

——ワンダー、ガールーッ！

「ワンダーガール！」

「ワンダーガール！」

「ワンダー……ガールッ！」

「ワンダーガール！」

「ワンダーガールッ！」

震えるような大歓声の中にヴィクトリカは立っている。

またくらっと立ち眩《くら》む。一弥があわてて支える。

すこし離れたところにラーガディアが呆然と立ち尽くしている。

やがて、ユラッと……床に崩れ落ちた。

ボンヴィアンがクードグラースの体を置いて立ちあがった。ラーガディアに歩み寄って両腕を伸ばし、百歳の怪物、いやついいままで怪物だった祖母を抱きしめた。〈ミス・シガレット〉のパッケージと同じ自由の女神の衣装の中で、ラーガディアの体がたちまち縮んでいくようだった。二つの青い目が異様な光を失い、手足もカサカサに乾いていく。

ラーガディアは力なくうなだれながら、

「信じられない……。このアタシが負けるなんて……。バカな、そんなことが起こるはずがない……」

と何度も首を振る。

ボンヴィアンは悲しそうに、

「――ごめんな、ばーちゃん」

とつぶやくと、祖母を支える腕に力を込めた。

ヴィクトリカが一歩、一歩と歩く。ラーガディアに近づいていく。

その顔には……。よいものか悪いものかわからない未知のなにかが、今宵、まるで乗り移ったかのように、不気味で暗く恐ろしく強い、暗黒の……ワンダーパワーがみなぎっていた。一弥ははっと気づいてヴィクトリカを覗きこんだ。

長らくどこかに隠れていた、ヴィクトリカをヴィクトリカならしめる恐ろしさ……闇夜に目を光らせる伝説の獣の、獰猛《どうもう》で血に飢え、飛びかかる獲物を探して彷徨《さまよ》う……あの闇の光が再び現れくるのを感じる。

と、灰色の布がずるっとずれて……床に引きずられる。

さらにずれて、その下にある鮮やかな青いサテンのドレスが現れた。

広間中の客が、一人また一人と気づいては、ヴィクトリカをみつめ始める。

ちいさな顔は磁器人形のように整って、いっそ恐ろしいほどの美貌《ぼう》だった。銀色の髪がところどころ金にとろけながら、太古のドラゴンの尻尾《しっぽ》のようにゆったりとたなびく、身長百五十センチに満たない折れそうに華奢《きゃしゃ》な体を、青いきらめくフリルが覆い尽くしている。歩くたびにふっくらとどこまでも膨らんでいく。袖《そで》と腰を飾る真っ赤なリボンがつやつやと輝く。白いフランスレースも波のように蠢《うごめ》いている。頭に乗っている赤い豪奢なミニハットが情熱的な炎のように揺れる。

蓑虫《みのむし》が羽化し、そこに青い不思議な蝶《ちょう》が現れるように……ついに灰色の布が床に落ちる。光り輝く豪奢な姿に、ほぅっと広間中から吐息が漏れる。

その姿を、ラーガディアが別人の如く怯え、弱味を握られた子供のように見上げる。

ヴィクトリカが静かに手を差しだす。

ラーガディアは、殺される、というように首を縮めて震えている。それから銃を握りしめ、銃口をヴィクトリカの眉間にぴたりと合わせて、脅すように目を見開く。

「い、いや、だ……ッ」

これ以上近づいたら撃ってやると言うように、トリガーに指をかけて睨む。一弥があわてて二人のあいだに割って入る。

ヴィクトリカは恐れることなく、静かな声で、

「撃てやしまいよ、君。なにかがきっと邪魔をする」

「うっ、撃てッ、るっ。こっ、殺して、やるーッ！　生意気なっ、生意気なーっ……。アタシが女王なんだよ！　六十五年ものあいだ、このアタシは、新世界の、誰にも、誰にもッ、一度だって負けたことが、ないのに……」

ヴィクトリカはさらに近づき、ぐいっと手を差しだした。さくらんぼのようなつやつやの唇を尖らせて、無言でしつこくねだる。

ラーガディアは……。

「い……」

トリガーにかけた指にぐいっと力を込める。

「い、やっ……」

と言いかけた言葉が、喉《のど》に痰《たん》が絡まって、かすれた。

それで心が折れたのか、急にあきらめた。がくっと肩を落とした。仮面を取って床に放る。そしてうなだれながら金色に輝くトカゲ形パイプを差しだした。痩せ細った腕が悔しさに震えている。

ヴィクトリカが妙にうれしそうににこにこして受け取る。一弥が不思議そうに見ている。

「……そんなにほしかったの？　おかしなデザインだなぁ……。まぁ、君も負けずにおかしな人だけど……」と小声でささやく。本気でムッとした様子のヴィクトリカに、黙ったままハイヒールの踵《かかと》で思いっきり足の甲を、しかもぐいっぐいっと両方とも踏まれ、無言で飛びあがってケンケンして耐える。

床に落ちた黒い髑髏の仮面が、窓から吹きつける風に押され、どこかに飛んで消えていく……。

ヴィクトリカはゆっくりとパイプに火をつけて吸った。緑の瞳を細めてみせる。満足したのか、おおきくうなずく。

静まりかえる広間。

誰もが固唾を飲んでヴィクトリカと忠実なる従者をみつめている。

——今宵、王位の譲渡が為された！

ここニューヨークのド真ん中の……。

世界一高いタワーの、燃える最上階で……。

ついに、新しい、得体の知れぬちいさな女王が誕生した……。

そして彼女の傍らには……東洋からきたとしか正体のわからぬ、勇敢で優しい謎の青年が……。

ヴィクトリカは無表情のまましばらくパイプを吸っていたが……やがて不機嫌そうに目を細めて隣を見ると、いつもの顔つきでむっつりと、

「おなかがすいたのだ」

一弥が遅れてびっくりして、

「へ？　まさか！　ヴィクトリカ、君、窓ぐらいのおおきさのチョコレートブラウニーをたいらげてたよね」

ヴィクトリカはほっぺたをふくらませてパイプで一弥を叩こうと追いかけ回し始めながら、続ける。

「うるさいっ！　貴様の大事な番犬のエサの時間だぞ。ポンコツハウスの玄関先にマカロンかチョコレートボンボンかカップケーキをいますぐ持ってきたまえ。こないと、こないと……」

「こないと？　ぼくどうなっちゃうのさ？」

「……お尻《しり》を噛むむ！」

「お！　しり！」

と、一弥は思わず自分のお尻を見た。

〈ワンダーガール〉第二十三話
絵&作　ボンヴィアン
「コミックマンハッタン」
――一九三〇年一一月号

平和がもどった〈バビロンシティ〉！

通りでは街路樹が勢いよく茂り、自転車に乗った学生がチリンチリンとベルを鳴らして通り過ぎていく。アパートの窓から白い洗濯物がはためく。

真っ青な空が広がる。

遠くには建てかけの黒い塔が見えている……。

小鳥がピーチクと鳴く。天気のいいさわやかな午前中……。

リトルイタリーの古めかしいちいさな教会から、弾んだ鐘の音が響いてくる。どうやら今日も誰かがささやかな結婚式を挙げているらしい。参列者たちの幸せそうな笑い声が聞こえてくる。

教会の裏口近くにある、ひときわ高い街路樹がザワッと蠢いた。

と、かわいらしい幼い女の子の声……。

七章
未来の希望の女の子

「んー。もうちょっと！　ほんとに届くったらァ」

「ねぇ、やっぱりさ、ぼくんちのママか、君のお兄ちゃんを呼んでこようよ？」

木の下に、十二、三歳と見えるイタリア系の男の子が立っている。ぱっちりした黒い目にくるくるの短髪。心配そうに見上げては、

「ねぇねぇ、グローリア？」

「うるさいよっ、ジョゼっ！　あたしが取ってあげるんだってばァ」

「そりゃぼくの風船……。うれしいけどさ……。それにしても、君、よくそんなとこまで登れたね？」

「……あ」

「わっ！」

「ぎゃーっ！」

すごい悲鳴とともに、バサッと木の葉が音を立てて、街路樹のいちばん上から逆さまになった女の子がびよーんと飛びだしてきた。「グロ――――リ、ア――――！」と男の子が絶叫する。

浅黒い肌をしたヒスパニック系の女の子だった。豊かな黒髪が暗幕のようにだらーっと垂れさがる。小鹿みたいなつぶらな目を見開いて、「蔦《つた》に引っかかったァ……」と訴える。少年ジョゼはパニックに陥って「誰かー！　誰かー！　グローリアが死んじゃう！」と大声で訴える。

でも裏通りはしーんとしている。こんなときに限って誰も通りかからない。ジョゼがしくしく泣きだす。

と、そのとき……。

教会から響いていた讃美歌がピタッと中断された。と思うと、裏口からびゅんっと音を立てて、真っ白なミニのウエディングドレス姿の小柄な花嫁が飛びだしてきた。ジョゼはさらにびっくりして泣くのをやめた。

白レースのヴェールと見事な銀色の髪をマントみたいにたなびかせながら、大人になったキャンディ・ホリディが青い空を飛んでくる――！

と、その後ろから黒いスーツと白いシャツブラウスを着た東洋人の花婿――リンリンも駆けてきた。事態を把握し、回れ右して一回もどって、梯子《はしご》を担いでだーっと近づいてくる。

ウェディングドレス姿の花嫁が、街路樹のいちばん上に飛び、女の子の足から絡まった蔦を外してやる。それから、木の枝から外れて飛んでいくきれいな青い風船を見上げて、枝を蹴って大空にジャンプして風船を追った。

梯子をするすると登った花婿が、女の子を横抱きにしてまたするする降りてくる。

青い空いっぱいをしばし気持ちよさそうに飛び回ってから、キャンディも地上にもどってきた。はい、と女の子に風船を渡す。

グローリアは元気よく「ありがとう！」とお礼を言い、それから照れたようにジョゼに風船を差しだした。

ジョゼはほっとして風船を受け取る。それから子供二人して不思議そうに大人たちを見上げて、

「お兄さん、お姉さん、誰？」

「えっと、空を飛べるの？」

「えー。誰でも、なーいー」

「あ！　あたし、昔、ママから聞いたような気がする……。ほら、空を飛ぶスーパーミラクルな女の子のお話……」

「あっ、ぼくも！」

「まぁいいってことよぉ。……気をつけるのよ。仲良くね」

とキャンディがグローリアにウインクする。

グローリアは赤くなって、うなずく。梯子に寄りかかってもじもじして……と、つかんだ梯子をバキッと壊してしまう。リンリンがびっくりして飛びあがる。

キャンディが思案するような表情になり、グローリアの顔を覗きこむ。

するとグローリアはあわてて、今度は青くなって、

「あたし、あたしね……。じつは、ちょっとしたとこまで、なら……」

と街路樹を指さして、おろおろしながら小声で続ける。

「飛べる、のっ……。それに、あのぅ、力も強くて、こうして木を折っちゃったり。壁に穴を開けちゃったりするの。ママもお兄ちゃんも、そんなあたしを心配して……。それでねっ、隣のジョゼがこうしていつも一緒にいてくれるの」

とジョゼにそーっと寄りかかる。ジョゼも真面目な顔でうなずく。

キャンディとリンリンは顔を見合わせた。それからうなずき、キャンディがグローリアの肩に手を置く。グローリアがはっとして顔を上げる。リンリンとジョゼも真剣な顔で見ている。

「ワンダーパワー！」

「えっ、わんだー……ぱわ……」

「グローリア、人とちがうのは悪いことじゃないのよ。あのね、自分の力を正しいと信じることにお使いなさい。たとえばね……」

「た、とえば？」

「えっと、困ってる人を助けたり、ね」

ジョゼがうなずいて「いまみたいにでしょ？」と言う。キャンディとリンリンはほっとしてうなずく。

キャンディが胸に飾っていた青い星のマークを外して、しょんぼりしているグローリアにそっと差しだす。

おでこに青い星を貼ってやる。「似合うわ、とっても……」とにっこりする。

「あなたたちがママから聞いた不思議な女の子はね、ワンダーガールっていうの。空も飛べて怪力で、かつてみんなのために奔走した……」

「えっ」

「グローリア、ママとお兄ちゃんに心配かけないようにね。きっと、あなたも……ワンダーガールなの……」

教会の中から、おーい、どこ行った、と花嫁と花婿を呼ぶ列席者たちの声がする。キャンディとリンリンは顔を見合わせてうなずきあい、二人に手を振って離れていきながら、「がんばってねっ。気をつけるのよ」「二人ともがんばれよ！」と励ます。

それから、キャンディは空を飛ぼうとして地面を蹴って、「あれっ？」と言う。なんどかトライしては、失敗して、首をかしげる。不思議そうに「あれー。あたし、急に飛べないみたいっ？」と言う。リンリンもきょとんとするが、あまり気にせずキャンディと手を繋いで、

「じゃ……」

とささやく。

「走ろうぜっ？」

その左頬に……ゆっくりと、涙みたいな形の縦長の赤い痣が浮かびあがりだす。

キャンディはほっとしたように笑って「うんっ！」とうなずいた。

「二人で走ろっ！　どこまでも！」

と、どこからか、若い男二人の泣き声があわさったものが響いてくる……。ずいぶん遠くから聞こえてくる……。これは誰の、なんのための涙か……？

キャンディとリンリンはぎゅっと手を繋ぎ、にこにこしながら、教会に向かって仲良くもどっていく。

ミニのウェディングドレスと黒いきちっとしたスーツの小柄な後ろ姿が、昼の眩しい光の中に溶けるように、ゆっくりと遠ざかっていった……。

「きゃーっ！」

近くで女学生らしき人の悲鳴が聞こえる。大人二人を見送っていたグローリアとジョゼはハ

ッとして振りかえった。

「マンホールにうちの小猫が落ちちゃった！　どうしよう！　うわーん鳴いてるよぅっ」

二人は顔を見合わせる。

グローリアが、おでこの青い星をそっと触ってみせる。ジョゼも勇敢にうなずく。

それからグローリアとジョゼは手を繋いで、悲鳴のするほうに急いで走っていった。グローリアの足は地面からちょっと浮いて飛んでいる。二人は、

「どうしたの？　待ってて、あたしたちに任せて！」

元気いっぱいに走る子供たち。夏の眩しい日射しが、二人の希望に満ちた新しい横顔をきらきらと輝かせていた……。


ぼくらのワンダーパワーは不滅!?

――〈以下次号！〉

エピローグ

世界一のタワー〈アポカリプス〉エントランスに、疲れ切ったパーティ客が一人また一人と現れ始めた――。非常階段の扉から登場しては、警察官に名前を聞かれ、救急隊員に保護される。

おおきなガラス扉の向こうには、カメラやマイクを手にした報道陣、消防隊員、野次馬の群れが蠢《うごめ》いている。警官がテープで仕切り、タワーにそれ以上は近づけないように見張っている。

最上階では燕尾《えんび》服姿だった男たちは、力を合わせて木材をどけ続けたために、みんな途中で上着を捨て、白いシャツも汗だくになっていた。豪華な夜会ドレス姿だった婦人たちも、ハイヒールを脱ぎ捨てて裸足《はだし》で階段を下り、華美に結いあげていた髪も乱れて首元に落ちて、おてんばな女の子にもどったような恰好《かっこう》になっていた。〈紳士録《フーズ・フー》〉の常連である上流階級の大人たちはみんな奇妙に高揚して、汗をぬぐいながら、最上階で起こったことや上から下まで階段を下りる冒険についてなど、声高に話していた。子供たちは疲れた様子もなく駆け下りてきて、あわてた親に呼び止められている。

紳士も婦人も、老いも若きも、口々に、

「そう！　名探偵みたいな女の子がいたんだよ。すごくちっちゃくて、びっくりするぐらいきれいな顔をしてて！」

「まずエレベーターが爆発したの！　それでね……」

「犯人を捜すことになって。誰にもなんにもわかんなかったのに、きれいな女の子がとつぜん！」

「で……。いろいろわかったところで、仮面とマントの男が飛びこんできて……。ラーガディア様に銃を向け……」

「あのワンダーガールみたいな女の子を守る東洋人の青年もいた……。そう、まるで大人になったリンリンそのもの……」

「どこにいるって？　目立つからすぐわかるだろ。ほら……」

「あれっ？」

「いや、ここに降りるまで、青年のほうが俺たちを道案内してくれてたんだが……。なにしろときどき障害物があって」

「あんなに人目を引く二人なのに……？」

「あれれ？　ワンダーガールとリンリンは？」

「おや、ぜひともお礼を言いたいのに」

「もう……」

「どこにも……」

「いない……？」

紳士淑女とその子供たちが不思議そうに辺りを見回す。汚れた燕尾服と夜会ドレスの上流階級の人々でごったがえす〈アポカリプス〉エントランスホールのどこにも、青いサテンのドレス姿の、すばらしい美貌《びぼう》と頭脳と闇を誇る、彼らの新しい女王――〝未来の希望の女の子《オールアメリカンガール》〟と忠実なる東洋人従者の姿はない。

「消えちゃった？」

「あららっ」

「ママ、きっとあの二人はさ……」

子供がガラス扉の向こうに広がるマンハッタン島のきらびやかな夜景を指さして、笑顔で言った。

「飛んでっちゃったんじゃない？」

「まぁ！」

エントランスホールは、一瞬の沈黙の後、おだやかで楽しそうな大人たちの笑いに包まれた。

ヴィクトリカと一弥は、人目を忍ぶように〈アポカリプス〉のガラス扉から出ていこうとしていた。後ろから聞こえた子供の声に、ヴィクトリカが「いや、飛べはしまいがな……」とむっつりつぶやくと、一弥が静かに答えた。

「じゃ、走ろう。二人で走ろう」

と。

ヴィクトリカはきょとんとした。それから、そうだなというようにゆっくりとうなずいた。

ガラス扉を出ると、外の風にさらされた。新世界の強い風に。二人は支えあうように寄り添ってよろよろと歩きだした。するとヴィクトリカと一弥をみつけた一部の野次馬たちが「生きてた！」「おーい！」「ワンダーガールとリンリン！」と歓声を上げた。

カメラのストロボの光に目をつぶって、立ちどまったとき、左右からそれぞれ、別の人物に声をかけられた。

「ワンダーガール！　待ってくれってばよーッ」

「リンリン、生きてたかっ。おーっ、よかった！」

その声に、ヴィクトリカは右に、一弥は左に振りむいた。

ヴィクトリカの横には、疲れ切って汚れ、泣きそうな顔をし、それでも陽気そうなニタニタ笑いを浮かべようとしているボンヴィアンが立っていた。青と白と赤の星条旗模様のスーツも、頭にかたむいてのっかる青いシルクハットもボロボロになっている。

走って追いかけてきたらしく、はぁはぁ言っている。

なにか言いかけて、やめる。唇を噛《か》んでうつむく。それから顔を上げると、いつもの放蕩《ほうとう》者の笑顔を見せて、

「こ、これを渡そうと思ってさ！」

ヴィクトリカがなんだというようにむっつりと見上げると、

「反対側のポケットから、もう一本出てきた……」

「あーっ！」

リボンのついたでっかいペロペロキャンディを不器用に渡してくれる。こんどは毒々しいほど派手なピンクのキャンディだ。

ヴィクトリカはものも言わずに包みをはがすと、急いで口に入れた。ぷくぷくのほっぺたがキャンディのかたちにおそろしく広がる。

もごもごと舐《な》めながら、

「ぽんふぃあん、わかっへいるじょ」

「ん？　なんだって？」

「さっき、ちみは嘘をちゅいちゃな？」

「……えっ、い、いや！」

否定しようとして、ボンヴィアンは黙り、それから「うん。へへ、ばれてたか」とうなずいた。

「コイン、ほんとは表だったよ！　あんなあぶないことすんなよ。ばーちゃん、きっとまじであんたを撃ち殺すつもりだったと思うぜ」

「うむ。きちゃまはいのちのおんじんにゃな」

「ははは！　クーと約束したからな……。正しいと信じたことをするって……。まぁ、ばーちゃんもあれでよかったのさ……。だってよォ！　勝ったり負けたりするもんだろ、人間って。ばーちゃんも、もう自分ばっかりずっと勝たなくていい人になれたんだ。六十五年前にイタリア南部のコロネア村で起こったっていう悲しい出来事から、きっとついに離れられたんだ。って、そんな話……これからゆっくり、ばーちゃんとするよ……」

「ほふか」

二人は互いの姿をしげしげと見合った。

と、ボンヴィアンは腕を組み、しみじみと、

「それにしてもさぁ、あんたが不思議な方法で推理したのには、ほんとびっくりしたよ！　それに相棒の活躍にも、さ……。あんたたちってば、世界一すげぇコンビなのによ、ニューヨークに着いたばかりで、住むとこも仕事もなーんにもないんだよな？　一文無しのヒーローか！……よかったら〈回転木馬《カルーセル》〉をあてにしろよ。俺がオーナーだからさ、住居にはできない決まりだけど、事務所としてなら格安で貸すぜ、ワンダーガール。いや……」

「……」

ヴィクトリカはまだ口いっぱいにキャンディをほおばっていて、もうまともに返事をしそうな気配もなかった。ボンヴィアンの話を聞いているのかいないのか、無表情で見上げているばかりだ。

ボンヴィアンは気にせず腕を組み、ヨレヨレになった星条旗柄のスーツ姿で胸を張ってみせ、

「ボンってのは、ニューヨーク高校で、エドガーっていう美形のいじめっ子につけられたあだ名でさ。俺っちのほんとの名前は、そういやみんなあんまり知らねぇみたいだけど……。ウォーター・ブルーキャンディっていうのさ」

「もぉーだぁー」

「ウン！　で？」

「みゅ？　にゃんだね？」

「あんたのほんとの名前は?」

「……」

ヴィクトリカは渋い顔をした。

それからいやいや口からピンクのキャンディを出すと、急いで、

「ヴィクトリカ・ド・ブロワだ!」

と名乗り、光の速度で口にキャンディをもどして、再び一心に舐めはじめた。

それを聞いたボンヴィアンはすごくうれしそうに笑って、ずいっと右手を差しだした。「よろしく! ヴィクトリカちゃん!」と歯ぐきまで見せてニカニカする。

——一方、一弥が振りむいたさきには……。

おおきなサンドイッチの包みがあった。揚げたての鱒《ます》フライと特製タルタルソースの匂いがぷんっとする。なんだかわからず目を白黒させていると、下のほうから、

「サンドイッチ屋、まだ開いてたぜ! これはおまえのぶんだ!」

「あっ、はい! ……トロルさんッ、御無事でッ!」

と下を見る。

金色のちょび髭《ひげ》に謎めいた緑の瞳《ひとみ》。いかにも陽気な小柄な紳士が、汗だくで汚れきった顔をして立っていた。

一弥がうやうやしくサンドイッチを受け取ると、

「メアリ、助かったぜ……。明日見舞いに行ってやるんだ。よかったらリンリンもこいよ。で、帰りにセントラルパークで、この名士と、鱒サンドイッチと最高のイモサラダの昼メシを食う

んだ。たらふくな！」

「はい。……あぁ、よかった！」

「それとよ……。仕事のあてもなんにもないんだろ？　語学も堪能《たんのう》で優秀なのによ。ま、ほかになかったらだけどさ」

トロルは人に渡した鱒サンドイッチをなぜか物欲しそうに見上げてみせながら、

「〈デイリーロード新聞社〉記者見習いの口なら紹介できるぜ。考えときな」

「デイリー、ロード……？　あれ、どっかで聞いたな」

一弥が首をかしげる。サンドイッチを持つ手がかたむいて、その手にトロルの目がひきつけられる。

「えっと、確か今夜の始まりのときに……。ラジオのＤＪが……。そう、自動車王が趣味で買い取った新聞社、って……？　自動車王？　トロルさんが売ってるのも、車って……」

「おぅ、それそれ！　俺っ、俺っ！」

「エーッ!?　トロルさん、有名な自動車王だったんですか！」

トロルは居住まいを正すと、顎《あご》を引いた。急に立派な様子になる。一弥に向かって右手を差しだし、堂々とよく通る声で、

「〈ウルフカンパニー〉創始者のロバート・ウルフだ。ボンがべたべたにペンキを塗ってた新型ウルフカーを開発したのは、なにを隠そう、この俺の灰色の頭脳でしてねェ」

別人の如くきりりとしたダンディな様子になる。こうして聞くと、確かに、一弥たちがミラクルカーで〈アポカリプス〉にやってきたとき、ラジオＤＪと話していた自動車王と同じ声だ

った……。

「アァ。そ、それでミラクルカーに忍びこんでたんですか……」

あきれるのと感心するのとで一弥がうなずくと、トロルは自慢の髭を両方から引っ張りながら、

「よろしくな」

一弥も、はい、と背筋を伸ばし、

「ぼくの名前は──久城一弥です」

名乗ると、ようやくマンハッタン島にほんとうに辿《たど》り着いたような気がして、一弥は自然と穏やかに微笑した。夏の夜の生暖かい風が漆黒の前髪を揺らしていった。同じ漆黒の瞳がふと潤み、夜景の光を映して光った。

ヴィクトリカが一弥のほうをちらっと見上げた。一弥もヴィクトリカを見て……その口がなぜか左右におおきく丸く広がり、おまけに長い棒が突きでているのを見て、「わっ？」とおどろいた。

ヴィクトリカは無表情のまま、一弥が手にしたサンドイッチの包みにも狙いを澄ますようにじーっと見た。だが、ちいさな形のいい鼻をくんくんとうごめかせると、特製タルタルソースの匂いを感じ取り、口からショッキングピンクのキャンディを出してあっさり一言、

「それはいらんな」

「……だと思った」

一弥が微笑む。ヴィクトリカはふんっとそっぽを向く。またキャンディをペロペロし始める。

それから二人は自然とまた手を繋《つな》いだ。

これまでずっとそうだったように。これからもずっと……。

仲良く並んで、ゆっくりとニューヨークの夜に足を踏みだした。


「待って、通して！　お願い、家族《ファミリー》がいるのよ！　通せってばこんちくしょう。こ、こんちくしょう……で、えっと、ございますわよっ？」

聞き覚えのある若い女性の声がして、ヴィクトリカと一弥は足を止めた。

封鎖された〈アポカリプス〉前広場。ぴょんぴょん跳んだり、警官を押しのけようとしては反撃されている、長い黒髪に鮮やかな紫色の着物姿の東洋人女性の姿があった。

こちらに気づくと、

「……あー！　やっぱりっ！」

と泣きそうな声を上げ、動きを止めた。

両手のひらで顔を覆い、くぐもった声で「ヴィクトリカさーん！　一弥さまーっ！　ヴィクトリカさーん！　一弥さまーっ！」と呼ぶ。ヴィクトリカと一弥も気づいておどろく。

「……あ！」

「瑠璃っ？」

警官の制止を振り切って、久城瑠璃——いまでは武者小路瑠璃が飛ぶように駆けてきた。紫の袂《たもと》が鳥の羽のように広がり、長い髪に結んだ濃い赤のリボンもトサカみたいに舞った。帝都の女学生だったころと変わらない身軽さだった。

「る、瑠璃……」

「ちょっ、姉さん、ど、どうしてぼくたちがここにいるってわかったの？　武者小路家の住所がわからなくてね。これからグリニッジビレッジに向かって探そうと……」

瑠璃は二人の一メートルぐらい手前で畏《おそ》れるように止まった。こうして会えたのが信じられない幸運だというように。これ以上近づいたらヴィクトリカと一弥が消えてしまうのではないかと怯《おび》えるように。

でもすぐにうれしそうに弾んでみせ、

「うちでラジオを聞いてたの！　ワンダーガールってヴィクトリカさんみたいって思って読んでたからね、今夜本物そっくりの謎の女の子がニューヨークに現れたってニュースを聞いて、もしかしてって……。実家から、二人がいなくなったって連絡があったから……。でもまさかねぇって。そしたら事故のニュースも入ってきて……。心配でいてもたってもいられなくなって、飛んできたの！」

「そっか、姉さん……。心配かけてごめん……」

「む、瑠璃……」

「あのね、ぼくたち、移民船に乗って……。狭間《はざま》の海を越えて……。いろんなことがあったけど、今日ぶじについて、それで、ここに……」

と生真面目に説明し始めようとする一弥を、瑠璃がパタパタと首を振って遮った。

夏の夜の風がやさしく吹いてくる。クラクションや人々のざわめきが耳に届く。銀色の髪がゆっくりとたなびく。

ヴィクトリカが黙って一歩進みでた。一弥もつられてついていく。すると瑠璃も二人に一歩近づいてきて、また会えてうれしいのと、安堵《あんど》したのと、いろんなことでいっぱいいっぱいになったまま、ゆっくりと両手を広げてみせた。「ヴィクトリカさん、一弥さま、二人とも……」とささやく。

「——新しい世界《ウエルカムトウアメリカ》にようこそ」

そうして、ようやく新大陸に辿り着いたヴィクトリカと一弥を、勇気りんりん、これからも力を合わせて歩いていくだろう二人を……とにかく力いっぱい、抱きしめた。

本書は書き下ろしです。

桜庭一樹（さくらば　かずき）
2000年デビュー。04年『砂糖菓子の弾丸は撃ちぬけない』が、ジャンルを超えて高い評価を受け、07年『赤朽葉家の伝説』で第60回日本推理作家協会賞を受賞。同書は直木賞にもノミネートされた。08年『私の男』で第138回直木賞受賞。他著作に「GOSICK―ゴシック―」シリーズ、『伏　贋作・里見八犬伝』『無花果とムーン』などがある。

GOSICK BLUE《ゴシックブルー》

2014年11月30日　初版発行

著者／桜庭一樹《さくらばかずき》

発行者／堀内大示

発行所／株式会社KADOKAWA
東京都千代田区富士見2-13-3　〒102-8177
電話　03-3238-8521（営業）
http://www.kadokawa.co.jp/

編集／角川書店
東京都千代田区富士見1-8-19　〒102-8078
電話　03-3238-8555（編集部）

印刷所／旭印刷株式会社

製本所／本間製本株式会社

ISBN 978-4-04-102354-9　C0093